GW00792216

Standard

DU MÊME AUTEUR

La Voyeuse interdite, Gallimard, 1991 (prix du Livre Inter 1991).
Poing mort, Gallimard, 1992.
Le Bal des murènes, Fayard, 1996.
L'Âge blessé, Fayard, 1998.
Le Jour du séisme, Stock, 1999.
Garçon manqué, Stock, 2000.
La Vie heureuse, Stock, 2002.
Poupée Bella, Stock, 2004.
Mes mauvaises pensées, Stock, 2005 (prix Renaudot 2005).
Avant les hommes, Stock, 2007.
Appelez-moi par mon prénom, Stock, 2008.
Nos baisers sont des adieux, Stock, 2010.
Sauvage, Stock, 2011.

Nina Bouraoui

Standard

roman

Flammarion

© Flammarion, 2014.
ISBN : 978-2-0813-1500-6

à Anne

Bruno Kerjen avait la certitude que rien d'important ne le précédait et que rien d'important ne lui succéderait. Que sa vie ne tenait pas entre deux segments, avec un début et une fin, comme la vie de chacun d'entre nous, mais qu'elle ressemblait à un cercle : le passé embrassait l'avenir. Il venait d'avoir trente-cinq ans et nourrissait le pressentiment d'une catastrophe sans en connaître la date ni l'organisation. Il n'avait jamais eu accès au monde tel qu'il l'avait rêvé enfant. Le monde réel était fait d'hommes et de femmes à son image, qui pouvaient être remplacés sans que personne remarque la différence de l'un, l'absence de l'autre. Pour cette raison, il ne votait pas. Il n'était ni de droite ni de gauche. Aucun parti extrême ne l'attirait, assuré que les hommes politiques ne considéraient pas les gens comme lui, individu quasi invisible, infime partie d'un Tout que certains nommaient « la masse » en raison de son volume. Ils étaient nombreux et leur nombre voué à augmenter.

I

Depuis dix ans, Bruno Kerjen assemblait de petits filaments de cuivre autour de petites puces elles-mêmes soudées à une plaque qui serait reliée ensuite à un transformateur, intégrée au ventre d'une télévision, d'un ordinateur ou à un boîtier de téléphone. Ses petits gestes pour de petites choses lui donnaient la sensation de participer à un projet collectif sans avoir à subir la contrainte des autres : celui de relier les êtres, unique plaisir qu'il tirait d'une occupation automatique qui relevait plus de la pratique que de la science.

Bruno Kerjen travaillait pour Supelec, l'une des dernières entreprises françaises actives sur le marché des composants électroniques. Il n'aimait ni ne détestait son métier, l'accomplissant davantage par devoir que par passion, soucieux du travail bien fait.

Il se comparait à un poisson qui remonte le courant avec les autres poissons, suivant le flux qui l'entraînait vers une eau noire et fermée. Le courant était peut-être le plus mauvais des courants mais il préférait s'y inclure plutôt que de s'en extraire, refusant de se démarquer : mieux valait l'accepter et y puiser le plus de tranquillité possible et ne pas mettre en péril ses habitudes qui le rassuraient. Un petit point parmi les autres valait mieux qu'un petit point perdu dans l'espace et, même si sa solitude demeurait, il entretenait l'illusion de la partager avec des êtres comme lui, ni bons ni mauvais, ni doués ni idiots, moulés dans un format banal que proposait une existence banale : se lever pour se nourrir. Une partie de son salaire servait à rembourser ses prêts effectués auprès d'organismes de crédit qui lui avaient permis d'acheter un écran LCD, une machine à laver la vaisselle, objets dont il aurait pu se passer en cas de force majeure, mais nécessaires à l'amélioration de son quotidien. L'autre partie assurait son loyer, sa nourriture, ses vêtements, ses rares loisirs. Il voyageait peu, ne possédait ni voiture, ni scooter, se déplaçait en train depuis Vitry où il vivait, puis en RER jusqu'à la porte d'Italie.

Bonnes ou mauvaises, Bruno Kerjen n'aimait pas les surprises, menant une existence qui ne devait pas l'éloigner du canevas qui s'était tracé malgré lui au fil des années, qu'il avait fini par accepter, à l'image des plaquettes électroniques qu'il complétait selon un schéma obligatoire qui assurait le bon fonctionnement de la machine.

Il limitait, autant qu'il le pouvait, ses affects. Rien ne venait perturber le système qu'il avait élaboré, système qui n'était pas bon, mais qui marchait. Il ne quitterait pas sa place, une non-place qu'il jugeait supérieure à celle de certains : « Une foutue putain de vie mais une vie qui fonctionne quand même. » Il y avait toujours pire que soi. Et quand le jour de ses trente-cinq ans il avait eu la vision d'une catastrophe, vision qui se mua en certitude, il la considéra comme une simple information qui s'ajoutait aux autres, sans chercher à en expliquer la cause, sans en redouter les effets.

Son existence était pareille à une coutume. Il en faisait usage comme tant d'autres avaient fait avant et feraient après lui. Il n'avait rien d'unique, on ne lui proposait rien d'unique, glissant sur des rails, dans un sens puis dans un autre, avec pour seul repère le temps qui passe.

Il avait quitté sa jeunesse, occupait une période intermédiaire avant un âge plus mûr qui verrait ses facultés s'amoindrir. Il possédait encore toute sa force, profitait d'une bonne constitution, d'une santé égale, d'une taille supérieure à la moyenne des hommes français, d'une musculature correcte qui n'était le fruit d'aucun effort particulier. Le visage carré, les yeux bleus, les cheveux châtains qu'il envisageait de raser avant qu'ils ne disparaissent totalement, il ne se trouvait ni beau ni laid, ni attirant ni repoussant, et Bruno Kerjen n'était ni beau ni laid, ni attirant ni repoussant.

Il avait renoncé à toute relation durable. Aucune femme ne trouverait de place dans sa vie qu'il comparait à une mécanique. Une seule personne au centre de ladite mécanique était bien suffisante. Il n'avait qu'à veiller sur lui, ce qui, d'une certaine façon, était la seule forme de liberté que lui offrait l'existence. Il ne s'aimait pas, pas plus qu'il ne se détestait. Il était comme un outil qui ouvrait quelques possibilités – du travail, un logement, de la nourriture, du repos, des séjours à Saint-Servan chez sa mère qui vivait dans la maison de son enfance composée d'un étage et d'une dépendance close depuis peu : le bar-tabac que ses parents avaient tenu avant que son père ne meure.

Il avait abandonné le cursus scolaire classique à l'âge de quinze ans pour s'orienter vers une filière professionnelle, choisissant l'électricité dont il obtint un diplôme. Il n'avait pas d'ambition spéciale hormis celle de quitter sa ville natale, seul moyen pour lui de ne pas reprendre le commerce de ses parents qui, il en était sûr, avait fini par tuer son père.

Bruno Kerjen ne croyait pas en la chance mais sa jeunesse fut marquée par une somme de hasards qui le menèrent sur le chemin de Supelec, chemin qui lui semblait tracé d'avance quand il en résumait les grandes lignes : service militaire section logistique, dépannages chez des particuliers, déménagement à Fougères à proximité de la ville de Rennes, intégration à une succursale de Supelec, mutation dite économique à la maison mère porte d'Italie à Paris.

Conscient de la crise magistrale que traversaient son pays et le reste du monde, il ne se plaignait pas. Il s'était laissé faire par les choses qui suivaient un ordre auquel il ne devait pas résister. La vie décidait pour lui, et, même s'il n'était pas le plus épanoui des hommes, il s'estimait plus chanceux que certains d'entre eux, « faut pas se plaindre bordel, jamais, il y en a qui crèvent la bouche ouverte, dehors, c'est pas mon cas, ou alors pas encore, donc je ferme ma gueule, et je continue, je continue ».

Il était sans croyance. Il était né ainsi, ce qui signifiait qu'il n'avait pas l'espoir d'une meilleure vie non plus. On venait de la terre, on retournerait à la terre ou au feu. La vie s'enfonçait vers une sombre fin : la limite, inégale, du temps imparti à chacun. Il aurait lui aussi son heure. L'oubli ferait comme le sable qui recouvre. Il n'y avait rien avant, il n'y aurait rien après. Certitude qui s'était confirmée devant le corps de son père dont il avait attendu un signe pendant la veillée funèbre, un bruit, une étincelle, une preuve du passage d'un état à un autre, mais « que dalle, rien n'était arrivé, pas même un putain de souffle qui aurait pu foutre les jetons ».

Il n'avait rien ressenti non plus, habitué à accepter le sort qu'on lui réservait. Ce qui devait arriver arrivait ou finirait par arriver. On ne pouvait rien y faire, preuve de la suprématie de la nature sur l'homme. Le combat était perdu d'avance et si une force devait exister, elle n'était pas de son côté. Il n'en avait ni l'expérience ni la connaissance.

Ses rares décisions ressemblaient aux constructions en dominos. Une pièce tombait, entraînant les autres et ainsi de suite. Il n'y avait pas de pouvoir, ni humain, ni divin mais une somme de règles auxquelles il fallait obéir pour assurer sa survie. Seul l'amour aurait pu détourner le cours des événements mais il n'y croyait guère : ni en celui des hommes en général, ni en celui d'une personne en particulier. Sa jouissance était solitaire, liée à l'ennui. Elle faisait partie de ses rites, manger, boire, dormir et il ne lui attribuait aucune importance si ce n'est le plaisir rapide qu'elle lui procurait, plaisir qui disparaissait aussi vite qu'il était apparu. Bruno Kerjen redoutait le contact d'un corps à cause de l'odeur, préférant le téléphone aux prostituées qui arpentaient les abords du périphérique. Il avait ses numéros fétiches, se laissant emporter par des histoires plus stupides les unes que les autres mais qui avaient le mérite de le faire jouir en un temps record.

Il lui arrivait de penser à la possibilité d'une autre vie, contaminé par les images d'un monde parfait que lui vantait la publicité. Il s'imaginait alors marié, deux enfants (de préférence une fille et un garçon), un chien, propriétaire d'un pavillon muni d'un portail automatique et d'une bande de gazon, signes distinctifs, selon lui, d'une classe supérieure à celle à laquelle il appartenait. Il n'y voyait pas le modèle du bonheur mais une alternative à son existence et à la sécurité qu'il y puisait.

Quand il comptabilisait la somme des charges et des soucis qu'une telle vie aurait pu lui procurer, crédit, éducation, entretien, il se réjouissait de son célibat, de ses économies, un livret A qu'il alimentait dès que possible à hauteur de trente euros par mois, une assurance-vie d'une réserve de cinq mille euros qu'il avait contractée uniquement pour sa mère au cas où il lui arriverait quelque chose, réserve qui couvrirait ce que l'on nomme « les mauvais coups du sort ». Aussi se félicitait-il du loyer limité de son F2 au cinquième étage avec ascenseur, de son balcon, de la vue sur les champs de colza qui s'opposaient aux barres surgissant au loin tels des monstres de ciment, blocs massifs et fermés que même la lumière ne semblait pouvoir transpercer. Les champs le reliaient étrangement à son enfance, quand il se rendait en auto-stop depuis Saint-Servan jusqu'aux falaises de La Varde, siège des blockhaus de la dernière guerre mondiale, à l'intérieur desquels il avait un jour trouvé un fragment d'obus, lui faisant croire qu'il était le témoin d'une histoire plus grande que la sienne.

Quand il pensait à son enfance il n'éprouvait pas de réelle tristesse à part celle du temps qui passe et défait. Il avait gardé dans une enveloppe quelques photographies du bar-tabac qu'il lui arrivait de regarder comme on consulte les archives d'une famille que l'on reconnaît à peine. Son constat était franc, dur, il était passé à côté des choses sans qu'elles laissent une empreinte sur lui.

Il n'était pas convaincu de l'amour de son père comme il n'était pas convaincu du sien pour ce dernier. On lui avait appris à taire ses émotions, qui finiraient par déserter une partie de son être. Il gardait des images plus douces de sa mère avant de ressentir, adulte, une sorte de répulsion qu'il avait eu du mal à accepter et à comprendre ; mère qu'il se forçait à voir plusieurs fois par an, davantage par culpabilité que par attachement. Fils unique il avait appris à se distraire seul, plongé dans les aventures du lieutenant Blueberry, héros auquel il ne ressemblerait jamais mais qui ouvrait les murs de sa chambre vers un autre monde que l'on appelait encore la grande Amérique.

Ses souvenirs de jeunesse étaient différents. Sans laisser de regrets, ils avaient semé en lui quelques doutes dont il minimisait l'importance pour s'en protéger : les virées au Pénélope, le night-club de la région, les courses à mobylette (Peugeot 102 bleu-gris) sur le barrage de la Rance, les nuits blanches, Marlène, et un constat de plomb : sa vie, à peine commencée, était déjà à demi ratée.

Bruno Kerjen avait rejoint le lycée professionnel de Rochebonne l'année de ses quinze ans. Il avait intégré la classe A8, section mécanique-électricité. Le diplôme fermait trois ans d'études et de stages en petites et moyennes entreprises, diplôme que le service militaire honorait, ce qui lui avait permis de se faire la main pendant un an dans le nord de l'Allemagne, comme responsable adjoint de la maintenance des circuits et des liaisons. Il n'en gardait pas un souvenir traumatisant comme tant d'autres avant lui, travaillant dans les hangars de la caserne que remplissaient le soir les recrues brûlées par le froid, la faim et la colère. Lui ne perdait pas son temps, il apprenait un métier, affinant sa minutie, sa patience et sa capacité à décider seul sans avoir peur de se tromper ou de se faire réprimander. Le jugement des autres lui importait et il s'assurait de sa tranquillité par un travail toujours bien fait, seule façon pour lui d'adhérer à une réalité qui lui avait parfois échappé durant sa dernière année d'étude au lycée pro.

Les classes n'étaient pas nombreuses mais les sections bien définies comme le genre des élèves qui les fréquentaient. Les garçons étaient en cycle mécano ou maçonnerie-plomberie, les filles en apprentissage esthétique ou *métiers de service*, appellation large dont personne ne relevait, finalement, l'injustice.

Les mentalités n'avaient pas évolué, il n'avait rien contre les femmes, les jugeait à l'égal des hommes qu'il ne considérait pas spécialement non plus, « hommes ou femmes, il y a des connards et des connasses partout, l'important c'est de savoir les éviter, la vie c'est ça : une course de slalom entre les fils et les filles de pute. Et cette vie, elle détruit assez comme ça alors autant éviter ceux qui vous mettent la tête sous l'eau ».

Tout le monde naviguait sur le même bateau, il fallait sauver sa peau d'un naufrage certain ou du moins la protéger le plus longtemps possible même si personne ne pouvait décider de son destin. Personne, sauf Marlène, avait-il souvent pensé.

Ils s'étaient rencontrés dans les couloirs du lycée, un matin, alors qu'ils étaient tous deux en retard, courant dans les escaliers, elle avait manqué de se blesser une cheville, à cause de ses talons, détail qu'il avait retenu parce que cela l'avait excité. Les filles du lycée pro portaient des pantalons, des pulls immondes, des chaussures plates ou des tennis, par confort. Elles seraient belles et apprêtées plus tard, dans un institut, un restaurant ou à l'accueil d'une société. Pour l'instant, elles apprenaient, restaient « mal tankées, imbaisables au final ».

Marlène se tenait un cran au-dessus de tous, dotée d'un pouvoir dont Bruno Kerjen était privé : la séduction. Parce qu'il lui fallait apprendre un vrai métier avant de se lancer dans la vie qu'elle espérait grande et hors du commun, elle suivait une formation de Coiffure/Manucure mais son avenir était ailleurs, bien loin de ce lycée de ploucs qu'il lui fallait fréquenter malgré elle, sa mère tenant un salon à Rothéneuf, petit bourg situé en retrait des côtes à huit kilomètres de Saint-Malo. Elle y avait assuré quelques remplacements à l'occasion mais elle visait plus haut, bien plus haut, attirée par la mode et le milieu du cinéma, sûre que son destin basculerait en sa faveur dès qu'elle quitterait son environnement. On l'attendait quelque part. Un jour, ils entendraient parler d'elle. Pour l'instant elle obéissait à sa famille, tout en faisant des photos à côté, ce qui laissait entendre une forme de vie clandestine qui fascinait Bruno. Ils se rejoignaient sur un point : le désir de liberté.

Mais Bruno ne voulait pas être complètement libre. Il tenait à ses limites. Elles le rassuraient. La liberté ne l'attirait pas parce qu'elle n'existait pas. C'était une idée la liberté, pas plus, pas moins. On restait prisonnier de quelqu'un, de son passé, de sa propre personne, de sa condition sociale. Les autres seraient toujours là pour le lui rappeler. Et il n'aimait pas se confronter aux autres comme il n'avait jamais résisté aux accès de violence de son père auxquels il ne trouvait aucune explication si ce n'est les excès d'alcool et la fatigue que lui infligeait son métier, debout derrière un bar à recueillir les lamentations des poivrots du coin. Seuls les arbres, les vagues, les nuages, étaient libres et non les hommes.

Bruno Kerjen n'espérait pas une meilleure vie ailleurs mais avait la certitude qu'elle ne serait pas pire que celle de ses parents, « deux pauvres vieux qui sont passés à côté des choses même s'ils avaient un toit sur la tête et à croûter tous les jours. Mais deux pauvres pommes quand même ». Il voulait maintenant le cap, qui n'était pas un modèle, mais l'assurance – même si on n'était jamais sûr de rien – de ne rien devoir à personne, d'avoir essayé par soi-même, d'être un adulte digne de ce nom. Ses parents avaient travaillé dur, il en ferait de même mais dans une autre ville, façon pour lui de n'être jugé ni par son père ni par personne. Il aspirait à une petite vie sans histoire, seul ou accompagné, mais plutôt seul. Parce que si les hommes n'étaient pas libres et encore moins égaux, il savait aussi qu'ils demeuraient seuls, de la naissance à la tombe.

Le jour de leur rencontre, Marlène portait une jupe écossaise courte, de couleur rouge, un gilet moulant qui laissait dépasser un bout de son soutien-gorge en dentelle, des collants chairs que Bruno avait imaginé retenu par deux pinces à l'exemple des fantasmes pornographiques qui le hantaient.

Il était en dernière année d'apprentissage, Marlène commençait sa formation Coiffure/Manucure et, bien que de trois ans son aîné, il s'était senti inférieur à elle, sans expérience.

Elle faisait partie de ces filles qu'il avait déjà croisées la nuit sur la piste du Pénélope et dont il craignait la folie et l'indifférence affichée à son égard, « qu'une bande de salopes, pas une pour relever le niveau, pas une pour me sucer non plus ». Il en avait souffert mais n'en souffrait plus. Ce type de filles avait fini par sceller les barreaux de sa prison. Avec son vernis, son rouge sur les lèvres, son mascara appliqué par paquets qui lui donnait un regard de poupée démente, ses tenues et son prénom qui n'était pas le sien, Marlène avait en elle, sur sa peau, et peut-être même à l'intérieur de sa chair, un défaut de *normalité* qu'elle n'arriverait jamais à corriger.

Marlène était un volcan, et ce matin-là, assis à sa table de travail, ajustant les fils et les écrous, il s'était fait la promesse de s'en méfier, promesse, il le savait, qui serait difficile à tenir, « c'est le diable cette nana, c'est un putain de diable en personne ».

Marlène était comme tombée du ciel au lycée professionnel, mais tombée d'un ciel qui n'abritait que l'enfer remisant le paradis dans un territoire reculé qu'elle ne foulerait jamais. Elle avait déclenché un torrent de haine parmi les élèves de sa classe et une folle obsession chez les garçons et les hommes du lycée, formateurs compris.

Pourtant peu enclin à la nostalgie, chaque image de Marlène avait marqué sa mémoire, comme si elle devait un jour à nouveau faire partie de sa vie, lui revenir alors qu'elle ne lui avait jamais appartenu. Quand il y pensait, tout resurgissait intact, sauvé des vingt années qui venaient de s'écouler : ses vêtements, sa voix, la couleur de ses cheveux, les allers-retours en mobylette quand il la raccompagnait chez elle, sa façon de lui murmurer − « mais tu crois encore au père Noël, mon petit Bruno ? », ses seins, ses fesses, ses cuisses, ses mots qu'elles choisissaient de plus en plus crus autant pour le choquer que pour s'affirmer, « ça mouille aujourd'hui Bruno, ça mouille, qui sera mon pompier, hein, tu le sais toi, tête de piaf ? Qui va éteindre le feu au cul de Marlène, dis-moi qui Bruno, toi qui sais tout ».

Marlène était plus forte que lui, plus forte que tous les hommes qui se retournaient sur son passage, plus forte que ces péquenots dont il faisait partie mais dont elle appréciait la gentillesse un peu rude comme elle aurait pu le dire d'un animal. Et même s'il n'y croyait pas, parce qu'elle voyait bien à son regard qu'il n'y croyait pas, elle aurait, d'une façon ou d'une autre, un destin. C'était ce qui l'avait attaché à elle, le « destin », mot qu'elle vénérait plus que tout, l'affublant d'un sens quasi mystique, se comparant à ses idoles, Ava Gardner, Rita Hayworth, Lauren Bacall, Marlène Dietrich dont elle avait emprunté le prénom, sans jamais révéler le sien qui devait, selon Bruno, être aussi banal que la petite vie qu'ils menaient dans le trou de la Bretagne comme elle disait. Pour lui, le destin relevait plus du néant ou de la tragédie que de la gloire et il s'était surpris à redouter celui de sa nouvelle amie qu'il devinait sombre et cassé.

Il avait passé sa dernière année d'apprentissage à la scruter, à l'attendre, à l'écouter. Marlène avait toujours une peine de cœur mais ni lui ni personne ne voyait les amants qu'elle évoquait comme des étoiles filantes, Tanguy le commissaire de police, Edmond le père de famille, Jacques le Parigot tête de veau qui venait chaque été à Paramé dans l'une des villas de bord de mer que l'on ouvrait qu'à l'occasion des grandes vacances pour des citadins aisés qui, pensait-il alors, venaient briser le cœur de leurs filles le temps d'un été.

Cette année-là, Bruno Kerjen avait eu le sentiment de se décoller de ses doutes et de ses refus, de ce qu'il croyait connaître de lui. Marlène avait dérangé ses certitudes. Elle n'avait pas ouvert un chemin mais un minuscule interstice qu'il redoutait de voir s'élargir. Il refusait de tomber amoureux et il commençait à plier. Il refusait d'éprouver du désir et il s'en consumait. Quand il rentrait vers la maison de Saint-Servan sur son 102 gris-bleu, il n'avait qu'une hâte : se décharger de la force qui tendait son ventre, et retourner à sa solitude qui le protégeait, Marlène le faisant bander comme personne.

Son diplôme était sa priorité. Le service militaire un premier pas vers une autre vie, contraire à celle qu'il avait toujours connue, le bar-tabac de ses parents, le manque d'horizon malgré la mer, l'ennui. Il ne figurerait jamais dans la constellation amoureuse de celle qui, dès le départ, l'avait prévenu : « Ce qui est confortable avec toi Bruno, c'est que je ne pense jamais à ta queue. »

Il s'était juré de ne pas s'éloigner de ses choix, en dépit d'un moment qui l'avait rendu comme fou. Marlène lui avait donné rendez-vous un jour au salon pour une coupe gratuite car elle lui devait bien ça. Il avait senti le feu prendre de son crâne à son ventre, quand elle avait passé le jet d'eau sur sa nuque, sa tête, son front, quand elle avait caressé la peau de son visage à cause de la mousse qui tombait

25

tels de petits flocons tièdes. Il avait cru exploser en sentant sa poitrine contre sa nuque, puis son ventre si près de sa bouche. Il avait tout fait pour se retenir quand elle avait fait glisser la lame du rasoir sur chaque tempe. Il avait fermé les yeux quand il avait senti son souffle qu'il aurait pu reconnaître entre tous comme sa voix qui portait peu mais qui disait tous les mots qu'il n'avait jamais entendus jusqu'alors, « tu vois mon vieux, dans la vie faut tracer une ligne, et tu la suis, tu t'en écartes jamais. Et tu sais pourquoi il ne faut pas s'en écarter ? Parce que des deux côtés de la ligne c'est le ravin. Alors soit tu traces soit tu te bousilles la gueule ».

Bruno Kerjen avait obtenu son diplôme de justesse mais l'avait obtenu tout de même. Il s'en était voulu d'avoir relâché ses efforts sans en vouloir à Marlène qui n'avait fait que relever ses faiblesses, « c'est trop con de se faire avoir par sa propre bite, trop con ». Il s'était inscrit plus vite que les autres élèves de sa génération aux trois jours obligatoires avant de regagner le contingent militaire de la deuxième division de Bernem sans faire ses adieux à son amie, qui, il l'apprendrait à son retour, avait quitté la région.

Bruno Kerjen pensait que les hommes étaient là pour le sauver des femmes et que lui-même saurait se sauver des hommes, de leur appétit sauvage pour la violence qu'il ne partageait pas, « que des blaireaux qui se castagnent, ça me fout la gerbe, les

mecs, ils sont pas mieux que les meufs, pires même,
ils n'ont même pas de nichons qui font triper ». Il
rêvait d'une existence dite blanche, sans encombre,
inscrite sur une ligne qui aurait un terme, ne redoutant ni attendant ce terme qui ne pouvait être pire
que son début. Il concentrerait ses forces sur son
travail, passant son année de service militaire à
apprendre et à parfaire ses compétences qu'il mettrait en pratique aussi vite sorti, à Saint-Servan puis
à Fougères, recommandé par l'un de ses clients
auprès d'une filiale de Supelec qui lui offrirait un
jour la possibilité de partir encore plus loin de son
lieu de naissance, dans une ville, Paris, qui ne l'avait
jamais fait rêver mais qui assurerait son anonymat.

II

Le siège de Supelec surgissait porte d'Italie, à cheval entre la ville et le boulevard périphérique, boyau qui vomissait un flux de voitures et de camions dans un vacarme que Bruno Kerjen avait intégré à son cerveau et qui le suivait jusque dans son sommeil, une fois rentré à Vitry. Ses rêves étaient inverses à sa vie. Ils étaient désordonnés, nerveux, comme les milliers de véhicules qu'il regardait depuis la fenêtre de son atelier lors de sa pause quand les autres sortaient pour fumer. Supelec était une grande entreprise : il ne connaissait pas l'intégralité de ses employés. Le bâtiment s'organisait selon les différents secteurs d'activité. Le sommet abritait les bureaux des dirigeants, étage qu'il n'avait visité qu'une seule fois pour signer son contrat d'embauche, et, si tout se passait bien, qu'il visiterait une seconde fois pour signer les formulaires relatifs à sa retraite. Il espérait ce jour le plus lointain possible et évitait d'y penser. Il était encore jeune, il avait du temps devant lui et peut-être que ce jour n'arriverait jamais.

Concentré sur sa tâche il ne pensait pas, ou il pensait d'une manière qui ne l'affectait pas. Il prenait de la distance avec les choses et celles-ci, à force, commençaient à prendre de la distance avec lui. Il s'ajoutait aux objets qui l'entouraient : son agrafeuse, sa palette, ses pinces numérotées de un à dix, ses tournevis, les bobines de fils et de cuivre, la paroi qui le séparait des autres employés dont il n'enregistrait ni les voix ni les gestes, concentré sur ce qu'il avait à faire : oublier l'être humain qu'il était, devenir aussi neutre que ses carnets de commandes, sa carte de pointage, l'anorak qu'il gardait sur le dossier de sa chaise. Il s'était intégré au décor et ce décor lui convenait. Il n'était pas exigeant, seule la sécurité d'un emploi comptait, des horaires, une paye à la fin de chaque mois, une mutuelle, une cantine, un CE dont il ne profitait pas vraiment, hormis une inscription à une salle de musculation à laquelle il ne s'était rendu qu'une seule fois, ainsi qu'une carte UGC et qui s'ajoutait aux petits bénéfices que l'on pouvait tirer d'une société dont on faisait partie. Il semblait détaché du sentiment d'ennui ou d'angoisse, et si ces derniers venaient à surgir pour une raison ou pour une autre, il arrivait à les détourner en redoublant d'effort, prenant de l'avance sur la charge à accomplir, charge qui ne lui apparaissait ni injuste ni trop lourde à exécuter.

Bruno Kerjen aimait son travail à cause de sa répétition. Il était à l'image de son existence, sans surprise ni grande difficulté. Les éléments s'imbriquaient les uns aux autres, créant une logique qu'il comparait à la succession des jours qui mènent aux quatre saisons, identiques aux aiguilles qui font le tour du cadran, liant les secondes, les minutes et les heures sans jamais s'arrêter ni se tromper. La marche du temps encadrait sa propre marche, il ne prendrait aucun chemin détourné, aucune initiative dont il ne connaissait pas l'issue. Tout avait un sens et une raison et si un élément extérieur à sa volonté venait à perturber son cycle clos, il agirait au plus vite pour l'écarter, « pas de surprise, pas d'embrouille, juste une piste nickel sur laquelle glisser avant de crever comme un rat, mais un rat qui s'est quand même bien démerdé ». Il avait procédé de la sorte à la mort de son père.

Quand la sonnerie du téléphone avait retenti dans la nuit, il s'était préparé avant même d'entendre la voix de sa mère à l'autre bout du combiné. Il avait eu les mots justes, ceux que sa mère attendait, « t'en fais pas je suis là, on va pas chialer au tel quand même, allez, allez, courage, je vais venir, t'inquiète ». Il l'avait écoutée, rassurée, lui promettant d'arriver au plus vite. Il s'était aussitôt levé, douché puis il avait préparé son sac avec un costume pour l'enterrement et deux tenues plus adaptées aux quelques jours qu'il passerait à Saint-Servan afin de s'occuper des formalités. Il avait attendu la fin de la nuit sur

30

son balcon, malgré le froid ; l'aube était jaune sur Vitry dont il était le seul à profiter du silence, privilège dont il tirait un certain plaisir « quand je suis comme ça, levé avant les autres, j'ai l'impression de pisser sur le monde ».

Il n'avait pas vraiment ressenti de tristesse, ni de soulagement. Il se sentait démuni face à l'événement, impuissance qu'il réparerait en encadrant autant que possible sa mère désormais veuve qui, il le savait, lui demanderait plus d'attention. Il ne lui raconterait rien car il n'avait rien à raconter ou rien de *racontable*. La mort de son père était prévisible, il s'étonnait qu'elle fût si tardive à arriver. Il ne l'avait pas attendue mais pressentie les dernières fois où il avait passé du temps avec ce dernier.

Sur son balcon, il avait eu une série de flashs répartis en tableaux si figés qu'ils semblaient n'avoir jamais existé : son père en débardeur, au comptoir du bistrot, au volant de sa voiture, en maillot de bain noir sur une plage reculée de Saint-Lunaire, à la sortie de la boulangerie, déchargeant les fûts de bière qui arrivaient par camion le lundi matin, sur le toit en train de réparer l'antenne de télévision, derrière la caisse pour l'inventaire soupçonnant son fils de venir s'y servir quand il manquait deux billets. Les souvenirs qu'il gardait de son père ne se mélangeaient pas à ceux qu'il avait de lui enfant. Il ne figurait sur aucun des tableaux. Le fils et le père ne se tenaient jamais ensemble, séparés par une distance qui lui semblait réduite depuis l'appel de sa

31

mère. Il allait s'occuper de lui, son père dont il ne gardait que des images d'homme, de force, de travail, d'alcool, de cigarette. Un homme qui tenait ses clients, ses amis, par le cou, les épaules sur les photographies dédicacées qui couvraient les murs du bar-tabac, traces ultimes d'une vie de labeur et de fêtes tristes.

Il avait attendu l'ouverture de Supelec pour prévenir de son absence. Il s'en était même excusé. M. Levens, son chef d'atelier, lui avait présenté ses condoléances, lui notifiant qu'il pouvait prendre le temps qu'il lui faudrait. Il n'avait jamais manqué un jour depuis son arrivée, dix ans auparavant, dans l'entreprise. Bruno Kerjen avait précisé qu'il rentrerait sans tarder, ne désirant bénéficier d'aucune faveur. Son père était mort, mais son travail demeurait sa priorité, « il va pas tout prendre le crevard quand même, OK, respect pour les morts mais faut pas pousser non plus ».

Il avait commandé un taxi pour la gare Montparnasse, chose qu'il n'avait pas coutume de faire, jugeant le prix des courses démesuré, « enfoirés de taxis », en comparaison de son passe Navigo qui lui permettait de traverser la ville autant de fois qu'il le désirait. Pendant le trajet, il avait regardé par la vitre de la voiture un paysage différent de celui que lui offrait le train, passant en revue les blocs qu'il ne fréquentait pas. Son immeuble se situait en léger retrait de Vitry, ce qui, il en était certain, concourait à sa sécurité. Les bandes évoluaient autour du centre commercial, dans les sous-sols des barres gigantesques que l'on commençait à détruire régulièrement, l'État voulant *assainir* les lieux en proposant une architecture plus humaine que celle des années soixante puis soixante-dix qui avaient vu se monter des ensembles perçant le ciel, des cités circulaires dont on ne pouvait sortir et qui rendaient fou. Personne n'avait le courage de protester contre la violence imposée par une poignée de jeunes sans travail qui se retrouvaient la nuit pour défaire leur haine et leur frustration à coups de batte de baseball et plus récemment à l'arme de poing. La résignation délitait les passions. Hors du monde, il était difficile de se faire entendre, d'exister aux yeux de ce même monde qui avait organisé la ville en deux parties, l'intérieur qui tournait le dos à l'extérieur. Bruno Kerjen naviguait entre les deux. La situation géographique de son immeuble lui permettait de retrouver un calme dont ni les gens de Vitry ni ceux de Paris ne profitaient, selon lui, de façon pleine. Cela faisait partie de ce qu'il considérait comme les rares petites chances de sa vie, même si vu de plus près il n'était ni chanceux ni à l'abri de quoi que ce soit.

Il venait de perdre son père sans parvenir à faire exister deux réalités qui ressemblaient à deux briques que l'on cogne sans qu'elles se brisent, chacune résistant à la force de l'autre. Il y avait la route depuis Vitry et les chemins de Saint-Servan. La vie qui s'éveillait et le noir de la disparition. Ses mains sur

33

ses genoux et les mains de son père qu'il imaginait déjà bleues. Sa solitude et sa mère entourée de clients, de cousines et d'enfants qu'il n'avait pas vu grandir. Paris surgissant et sa ville natale et endeuillée.

Bruno Kerjen n'avait plus de geste tendre envers sa mère, d'une certaine façon elle le dégoûtait, son odeur surtout qui selon lui réunissait l'odeur de toutes les femmes, redoutant de sentir son corps contre le sien, ses larmes sur sa peau, ses mains à son cou, ses mots auxquels il n'aurait pas de réponse. Il avait ressenti de la colère, sentiment qu'il jugeait indigne mais qu'il ne pouvait contenir. Son père en mourant avant sa mère lui administrait une dernière raclée, « quel salaud, il s'est bien démerdé sur ce coup-là ». Il accomplirait son devoir et ne se laisserait déborder par aucun élément extérieur même si la mort d'un père explosait à l'intérieur de soi ; qu'il le veuille ou non, il devenait orphelin à demi, scié par le milieu. Il était maintenant privé d'une part irremplaçable, celle que son père avait emportée en une nuit et qui contenait un pan de sa vie sans pouvoir s'en remémorer tous les souvenirs, se forçant à retrouver des images qui ne lui appartenaient plus. Il refusait d'embrasser son enfance une seconde fois. Les fantômes étaient nuisibles aux vivants.

Il s'était demandé combien d'hommes et de femmes pris dans la circulation avaient perdu leur père, comment ils s'arrangeaient de leur nouvelle histoire, pleuraient-ils, avaient-ils de la peur, de la haine ? La vie était-elle suffisamment bien faite pour protéger les uns du départ des autres ? Il n'était pas attaché à son père et ne le regretterait pas. On ne devenait pas meilleur en mourant. Son histoire était banale. Ils étaient et seraient nombreux à la partager. Toutes les secondes, des hommes et des femmes tombaient, de mort naturelle, ou, comme il était rapporté à la radio, à Kandahar, à Peshawar, à la corne de l'Afrique, dans ce monde si vaste qu'il ne lui semblait pas en faire partie. Il ne devait pas se plaindre, étant en âge d'accepter, d'assumer, d'oublier, « je vais faire avec, putain ». Ce qui arrivait relevait de l'ordre des choses. Ni lui ni personne ne pouvait y échapper. Il avait encore sa mère, ne s'en réjouissait pas mais ne s'en plaignait pas non plus. Elle restait le dernier témoin de son histoire. Vivre n'était ni une chance ni une malchance, mais un état que l'on n'avait pas choisi.

Il avait acheté son billet de train en seconde classe via une borne électronique, multipliant les réservations afin d'obtenir la place qu'il souhaitait, un duo côte à côte près d'une fenêtre. Supelec lui rembourserait son voyage qui entrait dans la catégorie *frais de vie* en dépit de la raison de son déplacement. Il avait laissé un message à sa mère lui indiquant l'horaire de son train qui se rendrait à Saint-Malo par Le Mans, Laval, Vitré, Rennes, villes qu'il avait coutume de traverser en voiture de location, avant la création d'une ligne TGV plus rapide que le train

Corail, quand il allait voir ses parents pendant ses congés qui lui apparaissaient de plus en plus nombreux, creusant des vides qu'il jugeait absurdes dans son emploi du temps. Le travail était plus simple que la vie. Il détestait en être privé. Il aimait être un manuel. Les objets, à l'inverse des humains, le rassuraient. Il y avait toujours une solution à un problème et, si elle tardait à arriver, il suffisait de considérer la situation depuis un angle différent.

Il s'était acheté un sandwich mixte à l'Épi d'or, servi dans sa formule à cinq euros avec un quart d'eau minérale et un dessert qu'il pouvait choisir. En avance sur l'heure du départ de son train il avait parcouru les travées de la Maison de la presse, restant dans sa partie large qui présentait les derniers best-sellers. Les titres des ouvrages se classaient selon deux catégories, Amour ou Crime, ce qui lui avait fait penser que le monde se partageait entre le bien et le mal, qu'il fallait choisir son camp, lui qui se tenait à la limite des deux dans un espace que personne ne considérait ou ne racontait. Il faisait partie des invisibles et, en dépit de la tranquillité qu'il tirait de sa condition, il en éprouvait une légère tristesse. Il était interchangeable et sans valeur. La société ne lui proposait aucune alternative. Il se tenait dans le flux de passagers aussi gris que lui, enfermés de l'intérieur, sans histoire assez importante pour qu'elle puisse être écrite par un autre. Il n'était ni un amoureux ni un criminel, évoluant dans une sorte de zone franche qui fermait son accès à la passion, à la violence. Zone dans laquelle il ne se passait rien de frappant sinon une multitude de faits qui, les uns mis à la suite des autres, ne conduisaient nulle part. Les journées se remplissaient puis se vidaient jusqu'aux prochaines, identiques et sans surprise, « putain de train-train mortel ».

C'était étrange mais la mort de son père l'excitait. Il se passait enfin quelque chose, avait-il pensé un peu honteux. Au centre de la gare, avec son sac, sa formule à cinq euros, son journal, *Le Parisien*, il était devenu un homme légèrement transformé par la disparition de celui qui l'avait élevé, nourri, éduqué. Il n'était plus l'enfant, le fils, il n'était pas quelqu'un d'autre mais différent de l'homme qu'il avait eu l'habitude d'être, comme s'il portait un vêtement qui s'était soudain élargi ou qui avait changé de couleur. La mort de son père présentait un avantage. Elle le sortait de son système, sortie qu'il avait redoutée, rejetée mais qu'il commençait à apprécier. Elle offrait une nouvelle perspective. Il testerait sa résistance à la pitié, son sens de l'organisation, et du devoir, en dehors du travail. Il s'était demandé si le décès de son père se voyait sur son visage comme on pouvait le dire quand un puceau perdait sa virginité. La sienne, il l'avait perdue un été à Saint-Servan avec une pute qui avait l'habitude de prendre son café au bar-tabac entre deux clients. Il l'avait choisie car elle n'était ni trop jeune ni trop jolie et qu'il était impossible de s'attacher à quelqu'un que l'on payait pour baiser. Elle avait

37

voulu lui faire un prix car il était le fils du patron mais Bruno avait tenu à payer, gage de sa discrétion même si les sourires entendus de son père par la suite lui avaient fait comprendre que celui-ci savait, et pire encore, qu'ils avaient joui de la même femme, des mêmes seins, de la même chatte, des mêmes cuisses un peu molles qu'il avait senties frotter contre ses flancs jusqu'à ce qu'il décharge sa semi-virginité, lui qui se faisait jouir de façon régulière, étonné de la force de son désir qui survenait à tout moment de la journée comme un trop-plein d'une jeunesse qu'il peinait à épuiser.

Le train n'était pas complet et il s'était dit qu'il pourrait changer de place si un passager venait s'asseoir près de lui, chose qui n'arriverait pas. Il avait posé son sac sur le siège vacant, n'ayant pas confiance dans les racks prévus à cet effet situés près de la porte, ce qui facilitait l'œuvre des pickpockets.

Plus que la solitude, il aimait le silence. Il n'avait pas vraiment de rêves mais aimait laisser son esprit partir, seule façon de s'offrir une autre vie, ne s'imaginant jamais avec quelqu'un, il n'aimait pas assez les êtres pour cela. Il se demandait parfois s'il avait pris le bon chemin, s'il n'avait pas failli quelque part, si son destin aurait pu être meilleur, s'accusant à tort de son défaut d'ambition, « je suis le larbin de ma propre vie, bordel, c'est un comble, je me suis imposé un objectif que je n'atteindrai jamais parce que je vois comment je peux évoluer plus et je me fais bouffer par ce que j'ai construit, c'est tordu mais c'est ma vie et elle fait chier parfois. Ce n'est pas la vraie vie ça ».

Comme un cube que l'on tourne dans tous les sens pour relier les couleurs entre elles, il ne voyait pas de solution à sa vie, ou ne voyait pas d'autres solutions que celles qu'il avait choisies, le contexte économique n'étant pas favorable aux gens de sa catégorie, même si Bruno Kerjen avait toujours son emploi, ce qui relevait du miracle. Le marché des composants électroniques était sous la domination de la Chine qui avait su s'emparer de la manne technologique, proposant des coûts inférieurs à la norme européenne, se rattrapant sur sa main-d'œuvre sous-payée. Les usines de Pékin embauchaient des enfants pour accomplir le travail de Bruno en raison de la finesse de leurs doigts, de l'agilité de leurs petites mains. Supelec résistait encore à la concurrence déloyale, polarisant son activité à Paris sans avoir eu recours aux licenciements de masse, mutant ses meilleurs employés vers le siège. Bruno Kerjen était passé de Fougères à Paris sans perdre de points sur son salaire, l'augmentant parfois grâce à un nouveau décret sur les heures supplémentaires qu'il ne se privait pas d'accomplir, préférant ce qu'il nommait son box à la vie du dehors.

Le trajet vers Saint-Servan lui avait paru plus long que d'habitude. Il avait eu hâte d'en finir, la mort était une confrontation de plus à laquelle il ne pouvait échapper. Il imaginait la vie comme un cadre composé de petites cases qu'il fallait cocher au fur et à mesure que l'on avançait en âge – la naissance, l'école, la première branlette, le lycée, la première cuite, le service militaire, le premier travail, le second travail, le premier appartement, le second appartement, la peur, la colère, l'ennui, la mort des siens puis encore la peur, l'ennui, la solitude de plus en plus pesante, puis l'oubli de tout, la résignation et enfin sa propre mort qui ne lui apparaissait pas comme une délivrance car il fallait aussi y penser, la préparer, la payer, « et moi j'aurais assez de fric pour me payer un endroit décent où crever ? ».

Sa mère lui avait dit au téléphone que son père avait laissé des papiers concernant ses funérailles, papiers qu'elle ne l'avait jamais vu rédiger mais dont elle connaissait l'existence dans le premier tiroir du vaisselier, parmi les factures, les impayés, *tiroir des mauvaises nouvelles* comme elle avait coutume de l'appeler. Bruno Kerjen avait alors pensé que le seul avantage d'un couple, si le sort le voulait bien, était que l'on était moins seul dans la mort, que l'un assurait pour l'autre parti avant. Puis il s'était dit que ce n'était peut-être pas tant que ça un avantage, du moins pour celui qui restait, obligé de s'arranger avec une solitude qu'il n'avait jamais connue.

La Vilaine coulait derrière la vitre du train, grise et agitée, éventrant les deux rives qu'elle séparait comme une langue de boue qui n'avait jamais quitté son lit depuis la nuit des temps. Les choses perduraient en dépit du malheur du monde. Bruno Kerjen s'était dit qu'il faisait plutôt partie des choses et non des êtres qui les regardaient. Lui non plus ne changeait pas. Lui aussi restait indifférent. Il ne se sentait pas vivre dans le sens où on l'entendait d'habitude. Il coulait à son tour dans le paysage, sans regret ni tristesse. Il venait de perdre son père et rien n'y changeait. D'ailleurs, il l'avait déjà perdu, partageant si peu avec ce dernier sinon une colère contre l'existence qui lui semblait injuste. Il n'avait pas réussi à s'assoupir. Plus il approchait de la fin de son voyage, plus il se demandait comment il réagirait à la tristesse de sa mère, devant le corps qui avant d'être celui de son père, était un corps mort. Il avait vu celui de ses grands-parents, mais ne gardait pas de souvenir précis, sinon cette impression que les morts semblaient avoir été moulés depuis le même masque.

Il avait à peine parcouru son journal, n'avait pas touché à son sandwich, lui préférant une bière qu'il avait achetée au wagon-restaurant. Il se sentait seul, n'en éprouvait pas de tristesse particulière, se disant que si le sort l'avait terrassé sur son siège, personne n'aurait su qui alerter de sa disparition. La vie était comme un trait de craie, elle s'effaçait d'un revers de manche, ne laissant que des objets, « les encombrants », comme il était écrit sur les papiers de la mairie municipale.

Le décès de son père annonçait par ricochet le sien ; comme une pierre que l'on jette dans l'eau il ferait un jour partie de l'une des ondes qui s'élargissent à l'infini. C'était cela la mort, un impact puis une suite à cet impact qui ne cessait pas : une sorte de partition tragique dont personne ne connaissait ni le début ni la fin. La mécanique était en marche, elle s'arrêterait un jour à l'instar des petites machines que fabriquait Bruno Kerjen depuis son box de Supelec, ultraperfectionnées et périssables.

Gilles l'attendait sur le quai. Ils se connaissaient depuis le lycée pro. Gilles était resté en Bretagne, détestant la capitale, « ville de gros tarés », travaillant au port de Saint-Malo malgré ses études en électricité. Il n'était pas marié, n'avait pas d'enfant, n'en désirait pas pour l'instant, en tous les cas pas dans cette vie-là qui ne laissait la place à rien de bon. Il demeurait différent de Bruno qui ne se comparait jamais à lui. Gilles avait encore des rêves parce qu'un jour il foutrait le camp de ce patelin, pas pour Paris, non, pour une contrée lointaine où il fait chaud, où les femmes sont belles et généreuses, pas comme les petites putes du Slow Club (la boîte du casino de Saint-Malo dans laquelle Bruno et lui avaient l'habitude de se rendre). Gilles était fasciné par le Brésil, pas seulement à cause du carnaval ou des reportages que l'on pouvait voir à la télévision. Il disait avoir une intuition du Brésil, comme si quelqu'un l'y attendait. Il l'imaginait tel un eldorado qui lui offrirait une existence plus douce, sans vraies contraintes. Là-bas il ne suffisait que de vivre selon lui et il valait mieux vivre au soleil plutôt que dans la brume d'un pays tragique, la Bretagne battant les records de suicide. Un jour il prendrait à son tour l'un des bateaux à quai et il partirait pour ne plus jamais revenir, parce qu'un départ réussi était un départ sans retour. Bruno ne partageait pas son optimisme, mais, par amitié et lassitude, il ne contredisait jamais Gilles : après tout, cela faisait du bien de croire en un paradis qui n'existe pas ; lui n'avait pas de rêves et donc pas de déception. Et si Gilles partait un jour au Brésil cela voudrait dire qu'il y a pour chacun une possibilité de changer, d'agrandir son horizon. Le problème de Bruno était là, il ne voulait pas changer, « changer pour quoi, changer pour qui ? », s'estimant arrivé au terme de ce qu'il pouvait espérer. Rien ne surgirait de mieux, ou de différent. Il était au maximum de ses capacités et la vie lui avait offert son maximum d'opportunités. Ce n'était pas grand-chose mais c'était déjà pas mal, ça existait, et il ne devait rien à personne. Il préférait se contenter de ce qu'il estimait avoir déjà gagné, l'avenir étant plus incertain que ce qu'il connaissait. Gilles se moquait de ce qu'il nommait sa petite vie, la sienne était encore plus minable que celle de Bruno mais il avait ouvert une porte sur un ailleurs, qui, il en était certain, l'absorberait un jour, comme une terre magique dont on ne se remet pas. Il se sentait supérieur à Bruno, comme s'il avait occupé une place de choix alors que personne ne pouvait choisir son destin.

Gilles se tenait sur le quai et Bruno l'avait vu avant que ce dernier le voie descendre du train son sac à la main. Ils s'étaient pris dans les bras, « désolé, mec, vraiment désolé pour ton père. Fais chier la vie, fais chier », « merci vieux, ne t'inquiète pas », puis ils avaient marché vers la porte Saint-Vincent où s'était garé Gilles. Ils avançaient sans rien dire, et Bruno avait pensé que Gilles le ramenait toujours à sa jeunesse, refaisant à chaque fois les pas qui les avaient menés au lycée pro, vers le Sillon, et encore plus loin, aux abords du barrage de la Rance, quand ils jouaient avec la vie, se prenant pour des héros, debout sur leurs mobs, chargés à fond, de bière pour Bruno, de shit parfois pour Gilles car il aimait déjà rêver, se démarquer, casser cette saloperie de réalité qui lui collait à la peau comme de la glu, et pour cela l'alcool ne suffisait pas. Il fallait autre chose, une chose qui ne circulait pas facilement à Saint-Malo, ce qui lui donnait une valeur sans doute.

Gilles ne faisait pas partie des junks (ceux qui se piquaient sur les remparts, dans les rochers) mais il consommait régulièrement comme d'autres s'abrutissaient de vin, de gin et de vodka. Le shit lui semblait plus noble, il avait traversé la mer, d'un continent à l'autre, pour finir dans sa main quand il l'émiettait avec son tabac. Bruno préférait la dureté de l'alcool, la violence qu'elle provoquait et qu'il retournait contre lui pour se sentir inscrit dans le réel, « tiens-toi, pauvre connard, t'es qu'une bouse », pour exister. L'alcool lui redonnait la vue, il sortait enfin de lui, plus confiant, allant vers les femmes qu'il n'osait pas aborder à jeun, se prenant des vestes sans en retenir la moindre honte, ses petits matins de beuverie ressemblaient à la fin d'un voyage, il était arrivé quelque part, échoué sur un territoire qui rétrécirait au fur et à mesure qu'il dessaoulerait, pour disparaître complètement. C'était ce territoire qu'il tentait de reconquérir à chaque fois avec l'alcool. Gilles avait son Brésil, Bruno ses ivresses, chacun se laissant emporter par de faux espoirs.

La voiture de son père était garée devant le bar-tabac et rien n'indiquait que ce dernier ne sortirait pas de son commerce, les bras en l'air, heureux de voir son fils et son pote de lycée, proposant un apéro au comptoir avant de passer à table, parce qu'il y avait toujours un petit plat sur le feu, cela rassurait sa mère, la nourriture. C'était ce qui dégoûtait Bruno chez elle, ses façons de trancher la viande, le cou des poulets, la peau du lapin, et l'odeur aussi, d'oignon, d'ail, d'échalotes, sur ses mains qu'elle passait sur son visage à lui et qui lui faisait penser à l'odeur du sexe des femmes. Enfant il s'était dit que ça devait sentir comme ça plus bas : comme un fumet, un peu rance. Il pouvait vomir encore en pensant à ça, ce qui expliquait sa préférence pour les trips par téléphone malgré quelques coups sans lendemain dont il ne gardait pas un grand souvenir, à cause de la fille, de l'alcool ou de lui tout simplement. La voix, elle, laissait libre cours à l'imagination, Bruno choisissait le visage, les nichons, les hanches, le cul, la peau de celle qui racontait une histoire avec son souffle. Les mots suivaient le rythme lent de son sexe qu'il branlait de haut en bas en gémissant. Il ne sentait rien, ni huile, ni oignon, ni saleté, sinon sa propre odeur qu'il ferait fondre sous l'eau et le savon par la suite.

Bruno Kerjen craignait l'intimité des femmes à cause de l'idée qu'il pouvait s'en faire : elles étaient rares « à bien se nettoyer à l'intérieur », mais il n'aimait pas les hommes non plus. Il n'aurait jamais voulu baiser avec un mec, cela le répugnait car il aurait eu l'impression de baiser avec son père. Tous les hommes et toutes les femmes avaient un lien avec ses parents, ce qui faisait de lui un adulte inaccompli, hormis l'indépendance financière qu'il avait acquise très jeune non sans une certaine fierté. Et quand parfois à la gare de Vitry il se faisait traiter d'enculé par de jeunes mecs, il pensait qu'il aurait adoré se faire enculer par une femme, qu'elle le pénètre, qu'elle lui donne du plaisir sans avoir à la regarder en train de s'agiter comme une folle au-dessus de lui, plantée sur sa bite, attendant un plaisir long à venir, et parfois qui ne venait jamais, et c'était connu, de nombreuses femmes simulaient pour s'en débarrasser, tableau qu'il trouvait absurde et peu excitant. Il préférait les voix du téléphone. Elles l'emmenaient loin dans le désir, le plaisir : il en avait pour son argent.

Sa mère portait un tablier sur sa robe. Elle était de plus en plus ronde, surtout les seins, avait-il pensé quand elle l'avait pris contre lui, en larmes, « c'est dur tu sais, dur, c'est arrivé si vite, il dormait, enfin, non, il ne dormait pas complètement parce qu'il s'est levé et il est tombé, et j'ai appelé ton oncle Jean, parce que je savais qu'il n'y avait plus rien à faire, c'était fini, foutu, il n'a même pas crié, il est tombé d'un coup, du lit au sol, comme un arbre que l'on scie, avec un bruit terrible, mon fils, terrible, et puis Jean a appelé, lui, les pompiers, mais c'était trop tard, et ils ont dit qu'il n'y avait plus rien à faire et que même s'ils avaient été là, au bar-tabac, il n'y aurait rien eu à faire, parce que l'attaque était mortelle, c'est ce qu'il ont dit, fils, mortelle, alors ce qui me console un peu c'est qu'il n'a pas souffert, il n'en a pas eu le temps et il ne s'est rendu compte de rien, et ça c'est bien parce que c'est horrible de se voir mourir, et puis c'est aussi horrible pour moi, je l'ai vu, ses yeux, son visage, ce n'était plus ton père, ce n'était plus mon mari, c'était même plus un homme, un arbre je te dis, allongé là dans la chambre qui n'est pas une forêt comme tu le sais ».

Bruno Kerjen s'était dit que sa mère avait un peu perdu la tête, « elle dévisse la vioque, elle dévisse », que c'était normal après le choc et puis il avait pensé à lui tout de suite, sa vie allait se compliquer, sa mère lui en demanderait plus, et il devrait donner ce qu'il n'avait vraiment pas envie de donner à cette femme qui sentait la blanquette de veau : elle avait eu le temps de préparer un plat pour celui qu'elle nommait désormais « l'homme de la famille ».

Gilles était resté en dehors de la maison, tirant sur sa clope, les yeux dans le vague, plus gêné par la scène que par la mort qui, pour l'instant, n'existait pas vraiment. Il fallait aller voir le corps, ils iraient, tous ensemble, solidaires, eux les vivants encore un peu vivants, à l'hôpital Broussais, et la perspective d'avoir rendez-vous avec un macchabée lui plombait les idées, « ça me fout les boules, je déteste les crevards, et en plus c'est même pas mon paternel ».

Ni Gilles ni Bruno ne désiraient déjeuner, la blanquette ne passerait pas, ils préféraient se mettre au comptoir, comme avant, débouchant une bouteille de vin qui ne ferait aucun effet, il leur en fallait plus. Le bar-tabac était fermé, la mère de Bruno avait accroché ce petit écriteau étrange, « Fermé pour cause de décès ». Étrange parce que Bruno non plus ne réalisait pas vraiment, comme si son père n'avait finalement jamais vécu ici, comme si le corps de sa mère prenait tout l'espace du commerce qu'elle comptait liquider parce que ce n'était pas pour une femme seule et qu'elle était fâchée avec les comptes. Bruno avait prévenu, il ne reviendrait jamais à Saint-Servan pour y vivre et encore moins pour reprendre l'affaire qui demeurait celle de son père : les clients iraient voir ailleurs, on ne buvait pas dans la maison d'un mort.

48

Bruno Kerjen avait eu envie de téléphoner à Charles Levens, son chef d'atelier, Supelec lui manquant déjà. Il pensait à ses objets, à sa chaise, ses planches, ses outils, ses feuilles de route qu'il suivait comme on suit le plan d'une ville que l'on connaît par cœur mais qui réserve encore quelques surprises, parce que personne n'était jamais à l'abri d'une erreur. Tout en sachant que le travail serait fait et bien fait car il n'était pas si compliqué, il aimait croire que l'on pensait à lui, là-bas, à la capitale, que l'on s'inquiétait pour cet homme qui était devenu aussi gris que le ciment de l'entreprise qui l'employait.

Son père reposait à l'hôpital Broussais, dans la partie la plus retranchée du site puisqu'il n'y avait plus d'urgence pour les morts. Son oncle Jean et sa mère suivaient la voiture de Gilles qui avait tenu à être présent jusqu'au bout parce que les amis sont aussi là pour les emmerdes, avait-il dit à Bruno, qui s'était moqué de lui car il avait un lecteur CD pourri, et les albums des Doors, des Clashs, des Stones qu'ils avaient tant écoutés l'année de leurs vingt ans avant de se séparer et de se retrouver souvent par hasard à Saint-Servan, même si le hasard n'y était pour rien. Gilles faisait partie de la vie de Bruno et inversement, ils s'aimaient bien, comme deux mecs peuvent bien s'aimer, s'embrassant quand ils étaient bourrés en se répétant qu'ils n'étaient pas pédés mais que les filles étaient toutes des sacrées salopes qui n'existaient que pour faire souffrir des types dans leur genre. Sauf que Bruno avait renoncé depuis longtemps à l'amour. Depuis Marlène en fait, dont il parlait peu à Gilles, craignant de se ridiculiser tant d'années après. Il ne l'avait pas oubliée. Elle était différente, elle avait marqué son esprit, et il lui arrivait de se demander si elle avait eu le destin qu'elle souhaitait. En tous les cas, elle n'était pas connue, il ne l'avait jamais vue à la télévision, dans les magazines ou sur les affiches de cinéma qui tapissaient les murs de Paris. Elle jouissait peut-être d'une petite célébrité dans sa nouvelle région ou à l'étranger. Il n'était jamais allé se renseigner auprès de sa mère qui tenait encore son salon de coiffure à Rothéneuf. Gilles non plus n'évoquait jamais Marlène et c'était mieux ainsi, Bruno craignant d'apprendre sa mort qui serait aussi la mort de la seule partie fascinante de sa jeunesse. Marlène incarnait encore ses rêves, son désir, lui qui se sentait desséché, éteint de l'intérieur.

Il n'appréhendait pas de voir son père sans vie, il avait hâte, « qu'on en finisse bordel ». Son oncle Jean (le frère de sa mère) lui avait promis son soutien, son amour, Bruno n'en avait rien à foutre, c'était la vie qui gouvernait, pas la tendresse ni l'amour, tout cela c'était pour les livres, les best-sellers de la gare Montparnasse qu'il ne prendrait jamais la peine d'ouvrir parce que les histoires qui n'existent pas ne l'intéressaient pas. Bruno Kerjen collait à la réalité, comme le bitume à la terre, traquant les défauts, les hésitations, tout devait rentrer dans le cadre prévu à cet effet, le reste n'était que du vent, ne comptait pas, ne le concernait pas. Il était né non pour se plaindre mais pour endurer. Et c'était avec cette endurance qu'il avait ouvert la porte de la chambre numéro 12 dont on n'avait pas pris la peine de relever le store, les morts n'avaient plus besoin de lumière. Il était là, son père, le vieux qui n'était pas si vieux, le paternel, sous des draps beiges qui s'arrêtaient à hauteur de poitrine cachant à demi ce cœur qui avait cessé de battre depuis quelques heures.

Il avait pensé qu'il restait encore de la vie, sous la peau, sur la chair encore chaude, quelques images qui se promenaient à l'intérieur du cerveau et qu'il aurait pu percevoir s'il s'était concentré. Mais il n'en était rien. Un silence de plomb entourait le crevé, telle une corde avec laquelle on a fait plusieurs tours afin de tenir les membres, les organes, les os ensemble avant l'écroulement final. On ne voyait rien sur son visage, ni sourire, ni peine, rien sur les mains dont on avait retiré l'alliance. Rien sous les paupières un peu mauves qui ne cillaient plus. Bruno Kerjen avait alors pensé que la mort n'était pas un mystère. Il se tenait près de son père comme il aurait pu se tenir près d'un homme endormi qui va se réveiller, se lever, se brosser les dents, pisser, déjeuner, chier, boire, travailler, forniquer, s'endormir pour un nouveau tour de manège. Aucun signe n'avait surgi dans la petite chambre que l'on avait réorganisée pour veiller celui qui n'avait plus besoin de personne.

On avait fait un cercle autour du lit avec les chaises et le tabouret de la salle de bains. La mère de Bruno priait, Gilles n'osait pas regarder l'homme qu'il avait bien connu pendant sa jeunesse, redoutant ses colères quand les deux adolescents rentraient bourrés au petit matin, puis son regard, bien plus tard, quand il le croisait au port de Saint-Malo et qui semblait lui dire « espèce de minable, toi tu es vraiment en train de rater ta vie ».

L'oncle de Bruno n'arrivait pas à rester assis, il avait soif, il avait chaud, il voulait relever le store, sortir fumer une cigarette, appeler une infirmière, et Bruno avait pensé qu'il était mal à l'aise, qu'il ne supportait pas de voir son beau-frère crevé car il avait l'impression de se voir lui, un jour, bientôt peut-être et que c'était intolérable. Et c'est vrai que cela l'était, intolérable, et même insupportable, avait pensé Bruno qui se sentait pris au piège que lui avait tendu son père juste pour l'emmerder, déranger ses plans, sa petite vie chez Supelec, sa solitude à Vitry. Lui aussi avait envie de partir, de s'arracher, de prendre la voiture, de longer le Sillon jusqu'à Paramé, de courir vers La Varde, de se sentir libre de sa famille, de tout ce qu'elle lui imposait. Le vin devait faire effet, il se sentait un peu partir, sur sa chaise, les jambes croisées, le regard vague qui n'embrassait jamais la scène en entier, il était ailleurs, exclu du tableau qui ne le concernait plus depuis longtemps, présent pour sa mère mais pas pour cet homme qui ne délivrait aucun message, ni sur le passé ni sur une autre vie qu'il était en train de gagner, montant aux branches d'un arbre relié au ciel, ce ciel vide et écrasant, avait pensé Bruno avant d'ouvrir la porte à l'aumônier que sa mère avait fait appeler : « Ensemble prions, mes frères, mes sœurs, prions pour la mémoire de votre père, votre époux, notre ami, unissons-nous dans la pitié et la misère de ce que nous sommes, nous autres pauvres hommes qui ne savons pas, qui ne savons rien. » Bruno n'avait pas prié mais avait fermé les yeux, rejoignant son enfance qui n'existait plus.

Il faisait déjà nuit quand ils avaient quitté Broussais, la mère de Bruno le tenait par le bras et il avait détesté la sentir contre lui, agrippée comme un oiseau qui tient sur la branche à la force de ses serres, il s'était dit que sa vie ne serait plus jamais la même avec cette mère qu'il fallait consoler mais surtout dont il faudrait s'occuper puisque le bar-tabac fermerait bientôt et que l'oncle Jean ne s'entendait pas avec cette sœur incapable d'un mot gentil, d'une attention, son mari ayant déteint sur elle comme on le dit d'une couleur sur une autre. Gilles avait proposé à Bruno de le ramener chez lui, proposition qu'il déclinait, il se coucherait tôt pour être en forme le lendemain qui s'annonçait chargé ; il s'occuperait de l'acte de décès, du notaire mais surtout de faire ramener le corps de son père chez lui puisque l'hôpital n'avait pas assez de lits vacants et que les vivants passaient avant les morts, avait dit l'infirmière, et qu'en plus, la morgue, elle en

ignorait la raison, était ces derniers temps complète,
« si je peux m'exprimer ainsi, pardon monsieur »,
avait-elle ajouté.

Il avait aussitôt regagné sa chambre au premier
étage, sans dîner, s'allongeant sur le petit lit à une
place et scrutant le plafond dans l'attente d'un dernier signe que lui aurait fait son père ; ne voyant
rien venir il avait baissé la fermeture éclair de son
pantalon et empoigné son sexe de sa main droite :
il était dur et mouillé. Il s'était endormi avant de
jouir, s'envolant vers des rêves qui n'avaient aucun
lien avec la journée qu'il venait de passer, du moins
le croyait-il, rêves de chute, de feu, de rochers qui
s'effondrent.

Les jours qui suivirent furent rapides, irréels. Une
petite semaine avait suffi pour tout régler. Le notaire
avait dressé une liste de biens qui revenaient à la
mère de Bruno, mariée à son mari sous le régime
de la communauté universelle – La maison, le fond
de commerce, la voiture, un compte qu'il alimentait
régulièrement, sans faire jamais aucun retrait, ce qui
avait paru de bon augure pour la mère de Bruno
même si l'on ne devait pas se réjouir en de pareilles
circonstances.

On avait installé le mort dans la chambre du bas
à cause des étages à monter et les amis, les habitués
étaient venus lui rendre visite comme si de rien
n'était, comme s'il allait se relever de ce sommeil
un peu trop profond, un peu trop lourd aussi,

Bruno ne supportant plus la vue de son corps, craignant que la mort ne diffuse son odeur de pourri.

Le soir de l'enterrement il avait rejoint Gilles au bar de l'Univers, un de leurs repaires de jeunesse, il avait envie de se mettre la tête à l'envers, non pour oublier qu'il venait de perdre son père mais pour oublier que la vie n'avait pas de sens, que cela ne servait à rien de vivre sa vie à lui puisqu'il partirait dans la tristesse et la solitude, Gilles avait dit qu'il était trop pessimiste, que la vie pouvait réserver de bonnes surprises puis s'était arrêté croyant reconnaître dans le regard de Bruno celui de son père, « tu parles d'une surprise, regarde-toi, pauvre minable », mais Bruno était resté silencieux et il n'éprouvait aucun mépris pour son pote de lycée, et d'ailleurs il n'éprouvait aucun mépris pour personne, chacun faisait ce qu'il pouvait dans un monde qui n'avait rien à offrir et qui chaque jour retirait l'infime part de liberté que chacun croyait posséder ou s'évertuait à gagner avant de la reperdre ; c'était cela la vie, une suite de retraits jusqu'au retrait final, il ne fallait pas s'en plaindre et il ne fallait pas rêver non plus, on serait toujours déçu et si ce n'était pas par les autres ce serait par soi-même, l'homme était impuissant, petit, ridicule et l'amour n'existait pas, et même s'il avait existé il ne sauverait de rien.

Bruno et Gilles avaient descendu une dizaine de rhums Coca, Gilles en voulait encore plus, il avait de la bonne beuh sur lui, et après tout, « demain c'est dimanche, tu pourras rester vautré au fond de ton lit comme un cancrelat, ton père n'est plus là pour te gueuler dessus », et Bruno avait pensé que cela faisait déjà bien longtemps que son père ne lui gueulait plus dessus, qu'il n'en avait plus l'occasion et qu'il se réjouissait d'avoir quitté la région, d'être devenu un étranger dans son pays, la France, dans une banlieue, Vitry, dans son immeuble, ne connaissant ni ses voisins de palier, ni son concierge, ni la femme de ménage qui venait nettoyer les parties communes, le local à poubelles, toute sa minuscule géographie qui semblait l'absorber à l'extérieur de Supelec. Il demeurait un objet, pareil à ses outils, ses fiches, son tabouret, Bruno se sentant parfois inanimé, vidé de sa chair, de ses organes de tout ce qui constituait un être humain normal ; il avait alors pensé qu'il n'était peut-être pas comme les autres, qu'il avait échoué, que ce n'était pas la vie qui était tragique mais qu'à lui seul il formait une tragédie, un labyrinthe sans entrée ni sortie qui avait surgi tout autour de son corps pour l'enfermer.

Il faisait froid sur les remparts de Saint-Malo, novembre crachant ses bourrasques, ses pluies fines que venaient faire grossir les embruns de la mer, la nuit était sans fond et elle ne contenait plus son père, avait pensé Bruno conservant des images de l'enterrement qu'il ne parvenait pas à chasser malgré l'alcool ; le bruit du cercueil que l'on descend, les pelletées de terre, tout ce que l'on recouvre pour retarder un maximum la pourriture, pour ne plus voir aussi, faire son deuil comme chacun le lui avait dit, à tour de rôle, au comptoir du bar-tabac après la cérémonie funèbre, clients, amis, parents noyant dans le pastis davantage leur gêne que leurs larmes, parce que c'était aussi cela la mort : un immense embarras ; on ne trouvait jamais les bons mots, les bons gestes, on avait peur de ne pas bien faire, ou pire, de faire encore plus mal, et parfois on se forçait à pleurer même si on n'en avait pas du tout envie, on pleurait sur son propre sort et non sur le cadavre dans sa boîte. Bruno tirait sur le joint que lui avait tendu Gilles, des bandes noires traversaient le ciel comme si on avait repeint la nuit, lui rajoutant une couche pour cacher ses défauts.

III

Bruno Kerjen faisait ses courses, de préférence le samedi, au supermarché Cora tout près de la gare de Vitry, privilégiant les aliments sous vide au détriment du rayon frais. Il éprouvait un dégoût pour ce qui venait de la terre, que l'industrie n'avait pas transformé. La nourriture « sèche », en dépit de sa toxicité – assemblage de produits chimiques, de bouillie animale –, lui semblait plus propre, passée au tamis de la science, lavée, vidée, reconstituée, et s'il appréciait la nature c'était uniquement pour ses paysages, l'immensité qu'elle offrait, unique façon de s'élever de sa condition de petit humain qui attendait son tour pour vider son chariot, poser ses produits sur le tapis roulant, tendre sa carte de fidélité à la caissière qui ne saluait que lorsque venait le tour du client, le tour de payer, de casquer toujours plus cher, avait-il envie de crier à la face de celle qui lui rendait sa monnaie sans le regarder ni le considérer.

Il regagnait son domicile par les terrains de foot, admirant les jeunes joueurs qui disputaient une partie, à coups d'épaules et d'injures, les trouvant libres en dépit du contexte – le lieu, l'ennui –, liberté dont il n'avait jamais profité même quand il avait eu leur âge. Son appartement était modeste, mais il s'y sentait bien. Personne ne venait le déranger, chacun menant sa petite vie sans histoire que reliaient les antennes paraboliques au vaste monde. Il ne connaissait pas ses voisins, ne cherchait pas à les connaître, « rien à carrer de ces cons », il évitait de les croiser, attendant derrière sa porte quand il entendait des bruits de pas sur son palier. Il préférait les enfants aux adultes car c'était plus facile avec eux, on n'avait pas besoin de parler, un regard ou un sourire suffisant à se faire comprendre.

Quand tombait la nuit, Bruno Kerjen pensait aux milliers de corps qui exécutaient les mêmes gestes : se déshabiller, se brosser les dents, se laver le visage, se coucher, près de quelqu'un, seul, regarder la télévision, lire un journal, fermer les yeux, baiser ou se masturber. Gestes qui revenaient sans cesse comme si vivre était aussi une corvée. Bruno, lui, fixait le plafond de sa chambre avant de s'endormir. Une tache noire qu'il n'avait pas réussi à effacer ni à recouvrir le fascinait. Il n'en était pas certain mais elle lui semblait grossir au fur et à mesure des mois qui passaient. Au début il l'avait prise pour une araignée, nichée à l'angle du mur, puis essayant de la chasser avec un balai il avait pensé à une fissure entre la peinture et le plâtre, ou à une infiltration. Le plafond était sec, la tache lisse que ni le produit vaisselle ni l'eau de Javel n'avaient réussi à faire disparaître. Un été, alors qu'il s'ennuyait, Bruno avait décidé de repeindre sa chambre et par la même occasion de recouvrir à tout jamais la petite ombre à son plafond. Trois couches n'avaient pas suffi, le défaut était ressorti une semaine plus tard, un petit peu plus large qu'à l'origine, « va te faire foutre, connasse », lançait-il quand il avait trop bu, convaincu que la tache avait une fonction dans sa vie de tous les jours : elle aspirait ses sinistres pensées, les jugeant au passage. C'était l'œil de sa chambre, celui qui regardait, écoutait Bruno pendu au téléphone, fou d'un désir qu'il ne tardait jamais à satisfaire. Il n'éprouvait aucune honte à se livrer à ses séances de masturbation qui se déroulaient toujours de la même façon : une fois rentré chez lui, il fermait la porte à double tour, allumait son poste de télévision dont il montait le son, indifférent au programme que l'on y diffusait, puis depuis sa ligne fixe dont il avait cherché puis trouvé l'abonnement le moins cher en raison des tarifs abusifs des numéros « de cul », comme il les appelait, qui restaient moins chers qu'une passe, un massage « complet », c'est-à-dire jusqu'au « finish », comme le proposaient les hôtesses asiatiques qui démarchaient non loin de Supelec et dont il avait toujours refusé les services, par crainte des maladies (son obsession) et surtout, bien sûr, par dégoût de tout ce qui n'était pas sa propre chair.

Il aimait le sexe, les seins, les fesses des femmes, indifférent au reste et même à la beauté : un trou restait un trou, il ne pensait qu'à cela, à le remplir, à se vider, puis à raccrocher. Il n'aimait les femmes que pour son plaisir, et elles devaient se tenir éloignées, faire semblant de gémir à l'autre bout du combiné, dans une chambre qu'il imaginait close et drapée de velours, tout en sachant que les professionnelles du *hard-telling* se tenaient sur des platesformes à l'exemple des commerciaux, des techniciens des grandes enseignes ou des opérateurs téléphoniques, séparées les unes des autres par des parois de liège, capteurs de sons, munies d'un microcasque par lequel tous les souffles, tous les mots passaient jusqu'à Bruno : « Sors ta queue, je suis à poil, bien écartée, je prends mes seins entre mes mains, regarde bien entre mes cuisses, c'est pour toi, juste pour toi, je veux t'entendre, tu me fais mouiller, je sens qu'elle est bien grosse ta bite, je suis de plus en plus chaude, regarde encore, passe ton gland, tout doucement, sur ma chatte, comme ça oui, c'est bon, tu sens comme c'est bon ? » Bruno Kerjen jouissait souvent avant la fin de l'histoire, ce qui faisait de lui un mauvais client. Une fois la « conversation » achevée, il ne restait plus rien dans la petite chambre de Vitry des séances qui le faisaient décoller bien plus haut qu'un avion ou une fusée n'aurait pu le faire. Plus rien mis à part son plaisir, énorme, liquide, continu. Il se félicitait d'avoir au moins ça dans sa vie, même si cela ne durait pas longtemps et que s'ensuivait une forme de tristesse bien particulière : soit il devait passer à autre chose, soit

61

recommencer une heure plus tard tout en sachant que l'explosion serait moins forte, moins rapide, parce que l'on ne refait jamais deux fois le même exploit et que, même pour ce genre de trucs, la déception était au rendez-vous.

Il quittait sa chambre, baissait le son de la télévision qu'il laissait allumée. Elle faisait une présence au centre de son appartement, comme un pôle diffuseur de lumière et d'animation – les infos, la météo, la maison idéale Leroy Merlin, les publicités, *Esprits criminels*, et, tard dans la nuit sur une chaîne du bouquet satellite, Astro voyance, qu'il avait un jour, bourré, hésité à appeler pour demander si l'on pouvait dire que l'avenir n'existait pas, si l'on pouvait en être certain, s'il n'y avait pas pour lui une chance infime de refaire un tour de roue, d'espérer, ou si tout était plié d'avance. Mais il n'avait pas osé appeler, réservant le téléphone à ses plans culs, ou à sa mère, ce qui n'avait aucun lien selon lui.

Depuis la mort de son père sa mère avait appris à envoyer des SMS dont elle ne maîtrisait pas toute l'écriture, rédigeant son texte en majuscules, sans virgules, oubliant des mots, ce qui la rendait difficile à lire mais pas à comprendre : c'était toujours pareil, elle se plaignait, s'ennuyait, il faisait froid, son père lui manquait car après tout il n'était pas un mauvais bougre, quand reviendrait-il la voir, lui aussi lui manquait, la maison était bien vide maintenant, elle avait ses amies, son frère, mais ce n'était pas pareil, elle ne concevait pas la vie sans un homme à la maison, elle détestait cuisiner pour elle seule, les dimanches étaient longuets et tous les jours avaient fini par devenir des dimanches, mornes et pluvieux en dépit du soleil qui revenait timidement sur les hortensias du jardin dont elle lui enverrait la photographie.

Bruno Kerjen comprenait sa mère, sa solitude, sa tristesse mais il lui en voulait ; son désarroi n'entrait pas dans son programme et il détestait se sentir perturbé par ce qu'il n'avait pas décidé, par ce qui le dépassait ; seule sa frénésie sexuelle arrivait à recouvrir les plaintes de sa mère et d'une certaine façon sa culpabilité, il aurait pu déménager, se rapprocher d'elle, il trouverait un boulot à Saint-Servan, Gilles lui avait parlé de quelques plans, de potes qui avaient monté leur boîte, et du manque de mecs qualifiés dans la région : on avait toujours besoin d'un électricien comme on avait toujours besoin d'un boulanger, il n'aurait pas de mal à se faire une place au soleil, et la vie était beaucoup moins chère que dans la putain de capitale dont il ne profitait même pas des plaisirs, pauvre tache qu'il était, et Vitry semblait bien pourri quand il en parlait alors pourquoi rester, sa vie était en Bretagne, pays qu'il avait voulu fuir, mais on revient un jour à ses origines, comme le maso à son boulet. Les tirades de Gilles ne l'avaient pas convaincu mais il se sentait souvent mal à l'aise à cause de sa mère, l'imaginant seule dans sa maison puis déambulant dans l'ancien tabac qu'il avait, avec d'autres, débarrassé de son mobilier vendu par la suite sur e-bay car aucun café n'en avait voulu, gardant le reste des chaises et des tables dans le garage avant de les brûler un jour, il ne restait plus que cela à faire contre l'avis de sa mère, « on ne brûle pas des années de travail petit con ». La peine de sa mère faisait comme un creux dans sa vie, il le remplissait en s'oubliant au téléphone avec des femmes qu'il ne rencontrerait jamais mais qui avaient le mérite de trouver les mots exacts à ses attentes. Plus sa mère se plaignait, plus il se ruinait en 08, déplorant qu'un système de forfait n'existe pas.

La nuit, les sirènes des voitures de police troublaient le silence de Vitry, Bruno Kerjen pensait aux plages de Paramé, quand la mer se retirait si loin qu'il croyait, enfant, qu'elle ne reviendrait plus jamais. Elle dénudait l'île du Davier qu'il avait l'habitude de rejoindre à la nage sans craindre de se noyer, la mort ne lui faisant pas peur : elle n'était rien, il le savait depuis toujours, et si la vie ne lui offrait aucune véritable raison de se réjouir, il lui arrivait de penser que la mort n'était pas pire. Personne ne le regretterait, pas même Gilles qui trouverait d'autres compagnons de biture, parce que personne n'était unique. On pensait avoir des souvenirs mais ils demeuraient aussi légers que les pollens que faisait voler le vent au-dessus des champs. Tout semblait se désagréger avec le temps, le meilleur comme le pire, ce qui était d'ailleurs un avantage : Bruno ne pensait que rarement à son père, et quand cela lui arrivait c'était parce qu'il avait surpris dans son miroir une attitude de ce dernier qu'il se pressait de corriger. Il ne voulait pas ressembler à son père et il ne lui ressemblait pas car il n'avait jamais baissé la garde, les gènes étant plus forts que tout. Parfois il avait l'impression que son père coulait encore dans ses veines, battait dans son cœur, brillait dans ses yeux, parlait avec sa voix, impression qu'il détestait autant que les mots que son père avait eus un jour de passage à Vitry, « c'est pas terrible chez toi, Bruno, je m'attendais à mieux ». Mots auxquels il n'avait pas eu le courage de répondre, son père lui ayant longtemps fait peur.

Il évitait de penser à ce qu'il était en train de devenir, au travail du temps, de la terre, des vers, les images de pourriture lui apparaissant comme un manque de respect. Les rares fois où il pensait à son père, il le revoyait au comptoir, servir, faire les comptes, lisser la mousse des demis, s'en avaler un vite fait bien fait. Son père buvait bien, comme lui, ce qui signifiait qu'il tenait bien l'alcool, comme lui. Il était rare que Bruno se sente vraiment ivre comme il pouvait se sentir avec Gilles, quand il buvait seul. Il n'avait pas vraiment de limites sinon l'ennui qui lui semblait encore plus pesant après quelques bières. Il ne trouvait plus vraiment de plaisir dans l'alcool, en tous les cas plus le plaisir de sa jeunesse quand il se mettait la tête à l'envers et qu'il ressentait un bonheur fou en lui dont il ignorait l'existence.

Désormais, la bibine ou le pinard accompagnait ses dîners, puis ses rêveries sur son canapé quand il ne s'endormait pas devant la télévision. L'alcool le fatiguait et pire encore l'empêchait parfois de bander, ce qui était un bon argument pour, parfois, lever le pied.

Le ballet des voitures de police achevé, le silence revenait sur Vitry comme un insecte géant qui se pose sur les habitations. Bruno se sentait oppressé, évitant de penser que lui et les autres formaient une sorte d'amas cellulaire qui nourrissait une cellule encore plus grande, celle d'un organisme qui leur suçait tous les jours le sang. C'était ça le monde, ou plutôt l'organisation du monde, les petits pour un seul grand, qui n'était pas Dieu mais une entité puissante pour laquelle chacun travaillait durement, sans plaisir, croyant se nourrir alors que l'on nourrissait un truc que ni Bruno ni personne n'arrivait à identifier, un truc que l'on nommait aux infos « le capital » : c'était ça le vrai pouvoir, la machine écrasante dont il faisait partie à son petit niveau, il était l'écrou d'une mécanique vertigineuse qui entraînait tout sur son passage à l'image des vagues du tsunami de 2004 qu'il ne se lassait pas de regarder sur Internet, puisque l'on avait mis en ligne sur Youtube des images de la catastrophe, filmées par des mobiles qui donnaient l'impression d'y être, quand on passait de la petite fenêtre au plein écran de l'ordinateur et que les cris des touristes et des habitants retentissaient encore des années plus tard, comme des spectres qui appellent à l'aide et pour qui on ne peut plus rien.

Bruno Kerjen ne se lassait pas de regarder les films amateurs, affinant à chaque fois ses recherches, essayant de zoomer sur les visages. Il ne tirait aucun plaisir du malheur des autres, bien au contraire, mais il avait cru reconnaître, en pleine course, hurlant, Marlène, qui n'avait cessé finalement de le hanter. Il n'en était pas sûr mais cette femme qui courait aurait pu être l'idole de sa jeunesse, qui, il en était sûr, avait un rôle dans sa vie, mais lequel ? Puis il se disait que toutes les blondes se ressemblent et que Marlène avait dû vieillir, elle aussi, grossir, peut-être, et que cette jeune femme qui courait n'était qu'une putain de tromperie de son imagination. Il s'en voulait de penser encore à elle et s'appliquait à ne jamais l'inviter pendant ses séances au téléphone de peur de manquer sa jouissance et d'avoir payé pour rien.

Il avait tenté quelques recherches sur son amie du lycée pro sans jamais rien trouver sur la Toile qui n'affichait ni son nom ni son image. Elle avait dû se marier comme toutes les filles qu'il avait connues à cette époque. Gilles et lui étaient les derniers célibataires, mais les rares mecs du lycée pro qu'il lui arrivait de croiser à Saint-Servan étaient pour la plupart divorcés. Sa mère ne lui posait jamais de questions à ce sujet, craignant d'entendre une réponse qui la choquerait. Son silence arrangeait Bruno, il n'avait aucune explication à donner, aucun compte à rendre et sa façon de vivre ne concernait que lui. Sa mère, un peu honteuse, confiait à son entourage que la vie était plus difficile à Paris qu'à Saint-Servan, que c'était un peu la politique du marche ou crève et que souvent il était préférable d'être seul plutôt que d'avoir une épouse et une marmaille sur le dos. On acquiesçait sans la contredire, Mme Kerjen était aimée dans son quartier, certes pas toujours aimable mais on saluait son courage, toutes ses années debout derrière une caisse ou un comptoir à entendre les litanies des poivrots du coin, elle avait eu sa part de pain noir en dépit d'une petite réussite comme on disait là-bas. Mais les Kerjen ne roulaient pas sur l'or ; depuis l'interdiction de fumer dans les bars et comme ils n'avaient jamais voulu travailler avec la Française des jeux, le lieu vers la fin n'était plus vraiment fréquenté, et bien souvent le patron finissait les bouteilles entamées avec ses plus fidèles clients. La belle époque était révolue et, d'une certaine manière, le décès de son mari avait mis fin à des nuits d'angoisse : le bar-tabac coûtait plus cher qu'il ne rapportait, en charges fixes, en invendus et parfois en impayés, les ardoises s'entassant dans les colonnes d'un petit carnet qu'elle n'osait aujourd'hui ouvrir par crainte de s'énerver contre son homme qui ne pouvait plus se défendre. On aurait dû vendre il y a longtemps, reprochait-elle à Bruno comme s'il avait été le patron d'un commerce qui lui avait fait horreur durant toute son enfance, obligé de traverser une forêt d'hommes bourrés qui bloquaient l'accès à l'escalier qui menait à sa chambre, hommes qui lui passaient à chaque fois la main dans les cheveux ou plus tard qui lui proposaient un petit verre parce qu'à dix ans on est un mecton et que l'alcool donne de la force et tape à la tête et à la braguette.

C'était ça aussi son problème d'odeur : il y avait les plats mijotés de sa mère et l'haleine des saoulards, leur sueur en été, le tabac froid l'hiver qui se déposait sur tous ses vêtements, ses peluches, les draps de son lit devenu trop petit mais que l'on ne changeait pas car ce ne sont pas les gamins qui font la loi. Il n'y avait que le bruit de la caisse enregistreuse qu'il aimait, il l'entendait de loin, elle berçait son sommeil, le rassurait : l'argent rentrait, il ne mourrait pas de faim.

Son salaire n'était pas élevé mais il ne s'en plaignait pas, ça lui suffisait. Quand Charles Levens lui avait proposé une promotion – car il était un bon élément, on était content de lui, non seulement de son travail mais de la personne discrète et sérieuse qu'il était –, Bruno avait refusé, ne désirant pas s'investir davantage dans une entreprise en laquelle il n'avait plus confiance.

Il valait mieux gagner petit, ne pas coûter trop cher et éviter la prochaine charrette qui arriverait bientôt, il en était certain. Le contexte économique se dégradait à la vitesse de la lumière. Les sociétés fermaient les unes après les autres. On délocalisait à tout-va, le coût du travail s'envolant en France.

Les Chinois formaient une réelle menace pour Supelec. Ils avaient compensé leur retard en un temps
record. Ils travaillaient vite, pas toujours bien mais
finalement on s'en foutait de la qualité, ce qui
comptait c'était le rendement, la masse, l'invasion,
on rectifierait après, il fallait occuper le marché, peu
importaient les moyens, c'était sûr, Supelec se ferait
engloutir un jour ou l'autre. « Au pire, je retourne
dans mon patelin », pensait Bruno sur le trajet qui
le menait depuis dix ans vers la place d'Italie, trajet
qui semblait figé, comme si les passagers étaient toujours les mêmes, posés sur leurs sièges tels des objets,
la mine triste, le regard vague, c'était ça la vie, leur
vie, celle de Bruno, un chapelet de contraintes
auquel il était impossible d'échapper, « faut bien
bouffer bon sang ».

Charles Levens, son chef d'atelier, avait une cinquantaine d'années. Il aimait les vestes à carreaux,
les nœuds papillon, portait ses lunettes autour du
cou, tenues par une chaînette. Ferme et doux à la
fois, il dirigeait l'atelier depuis l'arrivée de Bruno,
contrôlant avec minutie l'ouvrage de chacun, infime
partie de la machine qui serait finalisée au sous-sol.
Supelec traitait avec de grandes marques, résistant
encore au marché qui s'affolait grâce à son savoir-
faire français, gage de qualité. Bruno ne savait
pas grand-chose de son « superviseur » comme on
l'appelait sinon qu'il était « sûrement de la sacoche »,
qu'il dansait à La Coupole tous les dimanches après-
midi ou à Joinville, fou de valse, de tango et de

tcha-tcha. Il était petit et mince, posait la main sur l'épaule de ses employés quand le travail était bien fait, convoquait dans son bureau quand il y avait un problème (absences, retards). Bruno l'aimait bien parce qu'il le trouvait juste, à sa place, et c'était la seule chose qu'il lui importait. Le reste ne le regardait pas. Il avait peu de contact avec le reste du personnel, préférant déjeuner à même son box plutôt qu'à la cantine, fuyant les « pots de départ », les « remises de médaille », les longs discours du président, un homme invisible qui surgissait une fois par an au sapin de Noël que l'on organisait pour les enfants des salariés. Il y avait bien eu Sylvie quand même. Elle travaillait à ses côtés, le corrigeant à ses débuts, lui donnant quelques bons tuyaux pour aller plus vite « pas plus vite qu'une petite Chinoise hein, mais quand même rapidos histoire de faire gagner du temps et de ne pas en faire perdre ».

Sylvie était mariée, deux enfants, la petite cinquantaine, mais elle ne parlait jamais ni de sa famille, ni de son homme, ou rarement, disant que la vie de couple c'était pas évident, ce qui laissait supposer qu'elle n'était pas heureuse en ménage, mais qui l'était ? Cheveux blonds, courts, un peu boulotte, des pulls en mohair qui faisaient flotter dans l'air des flocons roses, rouges ou vert pâle, des jupes à fleurs qui tombaient aux chevilles l'été, toujours cette odeur de propre et son trait de crayon au-dessus de l'œil qui fermait la paupière comme une ligne qu'elle aurait tracée à l'encre de Chine,

« pour le regard de biche, Bruno ». Elle était tendre mais pas maternelle, il aurait détesté sinon, et pas femelle non plus, sans séduction, comme une copine, une véritable pote qui ne voulait que son bien sans demander son reste. C'était cela qu'il aimait chez elle, la gentillesse sans retour, et c'était cela qu'il essayait de lui donner parfois sans y arriver en entier, « t'es un handicapé des sentiments toi je te jure », avait-elle fini par lui dire un jour après un sapin de Noël un peu trop arrosé, alors qu'ils descendaient l'avenue d'Italie un peu bourrés, bras dessus bras dessous comme deux provinciaux qu'ils étaient, Sylvie débarquée de son Alsace natale, perdus dans la capitale qui était cette année la plus visitée au monde, ce qui étonnait Bruno, lui qui n'aimait pas cette ville, mais finalement il n'aimait rien et c'était vrai, il ne savait pas faire avec les choses du cœur, s'empêtrant dans ses gestes, ses mots, sans expérience et déjà déçu de la vie qu'il n'avait pas choisi de mener mais qui s'était présentée à lui comme la seule possibilité, lui, le demi-raté qui s'endormait en chaussettes, en caleçon et en tee-shirt Décathlon qu'il achetait par paquets de dix parce que c'était moins cher et bien pratique.

Sylvie était la seule femme de l'atelier, c'était un métier de mecs, l'électricité, et malgré ses jupes et ses mohairs elle avait une virilité qui avait tout de suite attiré Bruno : au moins, avec elle il y aurait zéro problème. C'était le genre de femme avec qui on picolait sans fin, qui n'était jamais choquée de rien, qui avait voulu *faire* ingénieur mais ses parents modestes n'avaient pas pu lui payer de longues études ; passionnée d'avion, Sylvie disait qu'elle aurait pu démonter un moteur et le refaire pièce par pièce sans se tromper car, putain, elle avait la mécanique dans le sang et regrettait de ne pas avoir fait mieux dans sa vie ; elle travaillait avec une pince à épiler, ce qui faisait rire Bruno mais elle avait ses petits trucs, ses petits secrets, et c'est vrai, Charles Levens la félicitait souvent malgré sa gêne, car elle était une femme qui parlait un peu trop fort et qui pouvait roter au milieu d'une conversation sans même s'excuser, parce que c'était normal, merde on était des humains et on ne pouvait pas contrôler ce putain de corps ; et c'était encore ce putain de corps qui lui avait fait écrire un SMS un soir d'avril à Bruno alors qu'il ne s'y attendait pas : Sylvie était malade, elle ne pouvait plus le cacher, elle commencerait un traitement lourd et il n'était pas près de la revoir, évidemment elle se battrait jusqu'au bout mais avec la maladie on ne savait jamais vraiment, ce n'était pas la force qui manquait, non, mais l'envie : parfois c'était bien d'accepter et que tout s'arrête enfin, de laisser aller, c'était peut-être la meilleure façon de tromper l'ennemi, de l'inviter en soi, de lui faire le plus de place possible et de lui tordre le cou comme on le fait aux poulets, et paf, quand elle s'y attendrait le moins la maladie serait anéantie par un retour de force, un retour de bâton auquel Bruno ne croyait pas trop parce que quand les ennuis commençaient il n'y avait aucune raison qu'ils s'arrêtent, c'était la loi de l'attraction, un truc en attirait un autre, cela marchait aussi bien pour les bonnes que pour les mauvaises choses et il avait attendu longtemps avant d'écrire à Sylvie par crainte d'être maladroit, elle lui avait répondu aussitôt et pendant quelques semaines ils avaient entretenu une sorte de correspondance qui ne tournait qu'autour de sa santé, puis les SMS s'étaient espacés, laissant la place au silence que Bruno ne voulait pas interpréter ; Sylvie était peut-être retournée en Alsace, elle en avait émis le souhait, et après tout ils n'étaient pas si proches que cela pour rester en contact plus longtemps.

On avait aussitôt remplacé Sylvie, Supelec embauchant encore. Un nouvel employé utilisait ses outils, son box et la vie continuait comme si sa copine n'avait jamais existé et d'ailleurs existait-elle encore ? Bruno Kerjen avait pensé qu'on le remplacerait aussi un jour, ou que l'on supprimerait son poste, c'était comme le jeu des chaises musicales, sauf que là, ça ne faisait rire personne.

IV

Les dimanches de février à Vitry étaient froids comme la saloperie de mort ; non seulement il ne se passait rien d'attrayant, « que dalle », mais en plus il pouvait arriver à tout moment un drame tant on sentait la tension entre les habitants, les jeunes de cités extérieures qui venaient régler leurs comptes, les dealers à la petite semaine, les enfants désœuvrés qui jouaient avec l'ascenseur ou pissaient dans les boîtes aux lettres parce que c'était rigolo et pas si grave que ça, les poivrots qui n'en pouvaient plus du bruit et qui menaçaient de tirer dans le tas un jour, de faire un carton puisque ces enfoirés de flics ne faisaient jamais rien quand on les appelait, que l'on n'était jamais mieux servi que par soi-même et tant pis si tout ça finirait en taule parce qu'au moins la zonzon assurait un lit, une marmite, tout cela aux frais de la princesse et dire qu'on les entretenait tous, ces crevards qui nous bouffaient la laine sur le dos.

Bruno Kerjen, indifférent, continuait son tour dans ce qu'il nommait son petit trou à rat, passant par le centre commercial, longeant la voie ferrée, cherchant sans vraiment chercher un truc qui aurait pu lui arriver, mais il n'arrivait jamais rien, il était gris comme le nuage de fumée s'échappant au loin du crématorium et envoyant vers le ciel les cendres de ceux qui n'étaient plus là pour beugler, dealer, faire chier, pensait-il ; parce que c'était vrai, il y en avait toujours qui faisaient plus chier que d'autres, qui gueulaient plus, frappaient plus, insultaient plus, parce que chez ceux-là la violence débordait, impossible à contenir par son volume, sa force, sa continuité ; lui s'obligeait à faire son petit tour le dimanche, pour se vider la tête, libérer les tensions que d'autres n'avaient même plus envie de libérer car ça ne servait à rien, rien n'y changerait, dimanche, jour d'angoisse, pendant lequel il se déchargeait de sa violence qui lui serrait le bide jusqu'à en vomir parfois ; mais c'était une violence sèche, retournée contre lui, Bruno n'aurait pas fait de mal à une mouche et parfois il s'en voulait de cela, il aurait bien voulu castagner le premier mec croisé comme ça, gratuitement, pour se dire qu'il y avait encore plus con que lui, plus faible que lui, plus insignifiant que lui, plus pitoyable que lui, et oui, il l'admettait, il aurait eu du plaisir à latter un mec jusqu'au sang, lui casser les côtes, le nez, et puis en y réfléchissant c'était lui et lui seul qu'il avait envie de latter, d'abîmer et pourquoi pas de détruire pour qu'on n'en parle plus, pour que l'affaire soit réglée une bonne fois pour toutes. Lui, Bruno Kerjen, le minable parmi les minables qui avait tant peur des femmes.

C'était ça son problème, pas vraiment le manque d'amour parce qu'il n'y croyait pas et que l'amour n'entraînait que des problèmes, des complications, ça changeait la vie l'amour, ça obligeait à tout revoir, à tout réorganiser et il n'avait pas envie de revenir en arrière, tout fonctionnait à peu près même si ce n'était pas glorieux, mais ça avait le mérite de rouler, non c'était cette foutue angoisse des femmes qui lui donnait la nausée, il n'arrivait pas toujours à l'admettre, à se l'expliquer, c'était comme ça depuis des lustres et cela n'avait fait qu'empirer avec les années, avec ses habitudes au tel aussi, c'était si simple, si pratique de prendre son pied de cette façon, mais bordel qu'est-ce qui clochait chez lui, à chaque fois qu'il surmontait ses peurs, et son dégoût, parce que, oui, les femmes pouvaient le dégoûter, à cause de l'odeur mais aussi à cause de quelque chose qui le mettait très mal à l'aise, qui n'existait peut-être pas chez toutes les femmes mais qu'il avait décelé chez quelques-unes, cette espèce de fausse soumission qu'elles avaient parfois devant un mec qui leur plaisait, il l'avait vu, ça, au Pénélope ou au Slow Club de Saint-Malo, les chaudasses étaient prêtes à tout pour attirer les mecs qui leur plaisaient mais dont il ne faisait et ne ferait jamais partie, il le savait ; et parfois il avait des idées vraiment horribles quand il déambulait dans Vitry ou à sa sortie vers les terrains vagues que l'on avait

77

laissés à l'abandon alors que le maire avait promis la construction de logements sociaux mais les promesses ne tenaient jamais après les élections, et c'était aussi pour ça que les poivrots du coin juraient de voter pour le Front parce qu'ils n'avaient jamais été au pouvoir, et déçus pour déçus mieux valait l'être par des mecs qui n'avaient jamais été élus, et là en l'occurrence par une femme même si ça cassait les couilles quand même de voter pour une meuf qui, par nature, manquerait de poigne par rapport à un mec, mais au moins ce serait nouveau, du sang neuf, pas tous ces tocards qui venaient les voir régulièrement comme on va voir des animaux au zoo, qu'on leur lance un peu de bouffe, en beaux costumes et voiture de luxe, tout en se disant « les pauvres comme je les plains, il me serait horrible de vivre dans de telles conditions, quel malheur ! », et en ne faisant rien par la suite et même pire, les promesses ont ceci d'affreux qu'elles font un peu espérer, d'un espoir auquel on ne voulait plus croire et qui revient comme un rayon de soleil sur les colzas et disparaît englouti par la merde, parce que c'était ça la vie, ici, pour beaucoup, la merde sous les chaussures ; et on pataugeait sans trop rien dire et les gamins grandissaient dans la fiente, s'y vautraient, alors pourquoi leur en vouloir, ils n'y étaient pour rien, c'était plus haut que ça se passait et les gens d'en haut descendaient rarement de leurs jolies bagnoles et y remontaient aussi vite se jurant de ne plus revenir, parce que la merde ça tachait et surtout ça puait.

Mais Bruno s'en foutait de tout cela, il ne votait pas, n'y croyait pas, n'y avait jamais cru, et son problème lui semblait bien plus vaste même si la politique avait un lien avec sa peur des femmes : c'était encore une histoire de rêves et de force. Les femmes ne le faisaient plus rêver depuis longtemps, depuis Marlène en fait, et il descendait bien bas pendant ses tours du dimanche, se disant qu'il aurait pu, OK, latter un mec, mais aussi une meuf, pourquoi pas, qu'elle paie pour les autres, pour toutes les chaudasses qu'il n'avait pas eues, il l'emmènerait dans un parking, et il lui ferait sa fête, et il n'aurait plus peur ensuite, plus jamais, il serait le plus fort, le mec qui descend de sa belle bagnole et qui promet, la main sur le cœur, un avenir meilleur. Mais bien sûr Bruno n'en faisait rien, continuant son chemin comme la pauvre brêle qu'il était, se maudissant d'avoir eu des pensées si dégueus qui ne révélaient qu'une seule haine : celle de sa pauvre mère qui l'avait mis au monde. C'était peut-être ça le problème encore, sa mère, lien éternel avec les femmes, la peur des femmes, mère qui le serrait un peu trop fort contre ses seins quand elle le retrouvait sur le pas de la porte de la maison de son enfance, parce qu'il restait à tout jamais son petit morveux. C'était à elle qu'il en voulait sans savoir la vraie nature de ses reproches. L'avait-elle trop aimé ? Non. Pas assez ? Non. L'avait-elle humilié ? Pas vraiment.

Maltraité ? Non plus. En avait-il honte ? Oui, peut-être. Lui ressemblait-il ? Sûrement. Bruno Kerjen avait cette faiblesse de caractère, non dans le travail mais dans ses rapports humains, faiblesse qu'il avait souvent surprise chez sa mère avec effroi quand elle pliait devant son père, obéissait à ses ordres, se taisait quand il montait le ton. Et lui aussi courbait l'échine sous les préaux des grands ensembles de Vitry quand il entendait venir en spirale les mots des jeunes mecs qui l'interpellaient parce qu'il n'avait rien à faire par là, qu'on ne le connaissait pas : « Eh, le pélo, tu suces ? T'as une clope, trouduc ? Tu cherches quoi ? Dégage. »

Bruno Kerjen dégageait, refusant de se faire bousculer ou pire, pourquoi pas, taillader comme on pouvait le lire dans la page « faits divers » du *Parisien*, cela arrivait, cela existait et après tout il avait peut-être eu de la chance jusqu'ici. Et s'il avait sucé il n'aurait pas sucé ce genre de petits cons, non, plutôt crever. Il continuait son chemin vers les champs, là où la terre était traversée de longs tuyaux d'aluminium qui charriaient les déchets de la ville vers un fleuve qu'il imaginait de sang et de boue dans ses délires. Il était seul, salement seul. Il avait pensé un jour à prendre un chien, s'imaginant marcher les week-ends avec lui, et quand il se rendait chez sa mère le faisant courir à La Varde, au grand air de la côte d'Émeraude. Il aurait pris un chien-loup, ses préférés, l'aurait appelé Rox comme le chien de ses voisins quand il était enfant pour lequel il s'était pris d'affection un été, parcourant avec lui les lotissements que l'on avait construits loin de la mer qui formaient à eux seuls des petits villages modernes dans lesquels il aurait rêvé d'habiter loin du bruit et de la fumée du bar-tabac que ses parents lui avaient imposés depuis sa naissance. Mais les chiens demandaient de l'attention et Bruno n'avait aucune envie de s'investir dans quoi que ce soit, et malgré l'amour qu'un animal pouvait donner sans compter, amour instinctif qui l'étonnait toujours, il ne se sentait pas à la hauteur et ne voulait pas donner ce qu'il ne se donnait pas à lui-même : de la tendresse, de la patience. Les chiens finissaient par mourir, il ne s'en remettrait pas et préférait éviter ce genre de problème, il avait assez de vide en lui comme ça, pourquoi se mettre un fardeau sur la tête alors que sa seule personne était déjà bien compliquée à gérer ; après tout il était son propre chien, en boule sur son canapé, bouffant à même ses boîtes de conserve, ses raviolis ou son cassoulet qu'il finissait par vomir dans la cuvette des chiottes quand il avait trop bu. Un chien se tenait mieux que lui et il finissait toujours par trouver sa chienne. Bruno n'avait pas cette chance-là, ne cherchait pas, ne savait pas, vaincu d'avance, le monde des femmes lui apparaissant beaucoup trop éloigné du sien, il n'avait rien à proposer et n'attendait rien non plus.

Quand il rentrait de ses balades du dimanche, il s'affalait sur son canapé devant la Formule un, fixant les bolides qui faisaient des tours de piste dans un vacarme ahurissant, il montait le son, il avait besoin de bruit, sa vie l'étouffait. Il s'étonnait que l'on aille à ce genre de représentation, c'était mieux à la télé, plus *safe* puisque des accidents avaient lieu, des voitures s'écrasant contre les tribunes faisant des morts et des blessés. Il détestait la foule en raison de sa parenté avec la tragédie, se souvenant du piétinement de Furiani dont il gardait encore les images en mémoire et surtout les cris des supporters agonisant sous les amas de tôle qui s'étaient décrochés de leur socle. La foule absorbait le malheur, il en faisait partie, il ne serait pas épargné.

Il lui arrivait de commander des pizzas chez Domino qui livrait à domicile ses calzones qu'il avalait comme un porc sans même mâcher la pâte déjà froide et molle, même s'il n'aimait pas qu'une société soit en possession de son adresse et de son numéro de téléphone, craignant de figurer dans une banque de données qui se servirait un jour de ces informations, lui qui n'ouvrait jamais à l'agent municipal pour le recensement, refusant de figurer sur la liste de la population dite active. Moins on en savait sur lui, mieux il se portait.

Le monde depuis Internet avait tendu des fils qui reliaient les uns aux autres à des fins qu'il jugeait dangereuses et, s'il était déjà grillé à cause du porntel à qui il confiait son numéro de carte de crédit sans crainte, il préférait être répertorié dans la catégorie branleur plutôt que dans celle de « citoyen » (comme on le nommait dans le formulaire que laissait dans sa boîte aux lettres l'agent municipal) que l'on appellerait un jour si la troisième guerre mondiale se déclarait. Il ne se battrait pas pour son pays, ce dernier ne s'étant jamais battu pour lui. Il ne se considérait pas comme un marginal, il avait un travail, payait son loyer, profitait d'une couverture sociale, cotisait pour le chômage (entre autres), sa retraite, épargnant le peu de son salaire qu'il lui restait sur son compte, mais souhaitait demeurer le plus invisible possible en dépit des traces que chacun laissait de son passage sur terre.

Il commandait des wings avec sa pizza, baignant dans l'huile et le piment, qu'il dévorait sans faim parce qu'il fallait bien se remplir à défaut de se divertir. Les bolides tournaient comme des voitures folles qu'il n'arrivait pas à suivre, hypnotisé par le bourdonnement des moteurs et des pots d'échappement, ouvrant bière sur bière comme un cinglé sur qui l'alcool n'avait peu ou pas d'effet, mis à part un léger retard dans les gestes, les pensées.

Bien souvent, sa mère appelait en fin de journée, laissant un message sur le répondeur, identique aux précédents qu'il effaçait dès sa fin, « c'est moi Bruno, tu n'es pas là ? Bruno ? Non tu n'es pas là. C'était pour passer un petit bonjour. Tu sais il fait bon aujourd'hui, j'ai installé dans le jardin la chaise longue, ça fait du bien au moral un petit rayon de soleil, tu vois mon garçon je me contente de rien ; tu n'es pas là, rappelle-moi si tu ne rentres pas trop tard cela me ferait bien plaisir de t'entendre, j'ai besoin de parler à quelqu'un, ton oncle Jean est parti pour la semaine à Bénodet, je me sens bien seule tu sais, allez, je ne t'embête pas plus longtemps, à plus tard ». Et comme dans un même élan il avait envie à chaque fois d'appeler l'une de ces meufs qui le faisaient fantasmer au téléphone pour recouvrir la voix de sa mère, la diluer dans des râles dégueus et des histoires aussi dégueus mais il restait, hagard, sur son canapé, sachant que la bière endormait un petit peu sa queue, diminuait ses réflexes, figeait son sperme devenu comme du gravier qui n'arriverait ni à couler, ni à jaillir, ni à le libérer d'une prison qu'il ne connaissait que trop bien.

La nuit tombait, les bandes extérieures à Vitry rentraient sur leurs scooters débridés dont on entendait par-delà les champs de colza le vrombissement que Bruno trouvait insupportable, « salauds de gamins », il baissait le volume de la télévision, les informations du monde ne le captivant pas vraiment, après tout il ne pouvait rien y faire, lui, contre les guerres, la famine, et le chômage, il était un petit bonhomme parmi des milliards de petits bonshommes et un jour un autre petit bonhomme habiterait son appartement, baiserait dans sa chambre, seul ou avec une petite bonne femme qu'il engrosserait régulièrement pour toucher les allocs et se dire pour se rassurer qu'il a donné la vie et que c'est noble et beau de donner une chance à un être qui sans lui serait encore dans le néant, même si l'appar-

tement ne s'y prêtait pas et que la famille s'entas-
serait comme une famille de cafards parce que l'on
n'avait pas assez d'argent pour prendre plus grand,
pour être à l'aise et non les uns sur les autres, c'était
le prix à payer, soit on était bien au chaud à plusieurs, soit on crevait dans son coin comme Bruno
Kerjen un jour dont personne ni ici ni ailleurs ne
se souciait vraiment.

Les câbles de l'ascenseur faisaient un bruit de
poulie qui l'angoissait, frappé de vision de corps
pendus, de viande dépecé que l'on conduisait à
la boucherie, l'alcool parfois menant à ça, à ces
images qu'il n'arrivait à chasser qu'avec un peu de
beuh que lui donnait de temps en temps Gilles
parce que ça faisait décoller vers le ciel alors que
la bibine ramenait à la terre, et d'une certaine façon
à son père qui se décomposait entre les racines des
fleurs qui s'ouvriraient au printemps le long de sa
tombe.

Bruno n'aimait pas l'effet de l'herbe, assis par
terre sur son balcon, ne sentant ni le froid ni la
pluie battant son visage comme aspiré par le ciel
qui n'avait plus d'étoiles, pensait-il, en tous les cas
plus comme dans son enfance quand il traçait avec
son doigt tendu le contour du chariot, de la casserole, de tous ces dessins magiques qui faisaient croire
en une autre vie, bien plus grande, bien plus intense,
se jouant derrière un rideau que l'on n'ouvrirait pas
pour lui. Il pouvait rester des heures ainsi, recro-
quevillé au cinquième étage de son immeuble, entre

l'air et la terre comme un atome perdu qu'aucune lumière ne viendrait révéler, parce qu'il était trop tard, qu'il était trop vieux pour croire aux promesses de la voie lactée qui ne surgissait plus qu'à demi, rongée par la pollution.

V

Tout était de la faute de la putain de matière, c'était d'elle que venaient ses problèmes avec les meufs, sa peur, son dégoût, la matière, la peau, la chair, le fer, ce que l'on peut saisir, attraper, ce qui existe finalement quand on pense que rien n'existe, c'était elle aussi qui faisait circuler l'électricité, il l'avait appris en cours au lycée pro, les charges positives, les charges négatives, l'influx, c'était elle qui l'avait fasciné, et c'était pour elle qu'il avait choisi son métier, un métier facile, serrer des vis et des boulons, faire que le flux circule, ne prendre aucune vraie responsabilité, accomplir des gestes qui ne mettraient personne en danger, parce que au pire la machine ne fonctionnerait pas, à son niveau de la chaîne il ne pouvait rien casser, rien exploser, on arrangerait derrière lui un fil mal enroulé, un cadre un peu de traviole, c'était rien son taf, rien du tout, du vent, un enfant de cinq ans aurait pu l'exercer, il suffisait d'être attentif, minutieux et c'était pour cette raison que les Chinois employaient des mômes, ils savaient, eux, que le boulot de Bruno Kerjen était un boulot de naze, et Sylvie lui avait dit pourtant, elle avait insisté, elle ne comprenait pas son manque d'ambition, que Pôle Emploi offrait des stages de performance pour les mecs comme lui, qu'il avait de l'or dans les mains, qu'il devrait s'en servir pour autre chose, pas une immense chose, parce qu'il ne fallait pas exagérer non plus, hein, mais pour une meilleure chose, pour elle il était trop tard, et on ne proposait rien aux femmes dans son secteur, en tous les cas elles n'étaient pas prioritaires, mais lui, à son âge, il était encore jeune, il pouvait espérer, et Charles Levens lui avait tendu une perche, franchement c'était désolant, pourquoi il n'avait pas saisi sa chance, ça ne reviendrait pas, et même pire ça le grillait dans la boîte, ça montrait son manque d'ouverture, son inflexibilité et l'époque exigeait de la souplesse mon petit Bruno, il fallait en vouloir sinon le rouleau compresseur finirait aussi par l'écraser, il n'était à l'abri de rien, là, dans son box comme une souris qui pédale, qui se croit tranquillos alors qu'il serait le premier à se faire virer en cas de coup dur pour Supelec, elle en était persuadée, Sylvie, et cela la rendait triste, un grand gaillard comme ça qui avait déjà abdiqué, sans même essayer. Et c'était la même chose avec les femmes, il avait baissé les bras, il n'osait plus rien et quand les employés faisaient des petits trucs en dehors, des cinés, un resto, lui refusait direct, alors que les rencontres se faisaient ainsi, c'était le principe des vases communicants, machine connaissait machin qui ramènerait machine, et tout cela, tous ces « machins-machines » se rencontraient, s'attiraient, finissaient au plumard et pourquoi pas la bague au doigt, il n'était pas plus fort qu'un autre, non, il n'avait pas tout compris à la vie, bien au contraire, c'était un ignare qui manquait d'arrogance. C'étaient les grandes gueules qui réussissaient, il n'avait qu'à regarder la télé, tous les mecs et toutes les filles qui osaient montrer leur cul en direct auraient un destin, certes court, mais qui avait le mérite d'exister, parce que toi, Bruno, continuait Sylvie, « tu existes pour qui, pour quoi ? ».

Sylvie avait raison, pensait Bruno, assis dans son train qui le menait une fois de plus vers sa Bretagne natale, territoire auquel il ne semblait pouvoir échapper surtout depuis la mort de son père. Il s'y rendait le plus souvent possible, pour sa mère mais aussi un petit peu pour lui, se sentant plus à l'aise dans la maison depuis que son père n'y était plus. C'était dur de penser ça mais c'était vrai après tout, il éprouvait une sorte de plaisir à retrouver le lieu de son enfance, différent, sans cet homme qu'il avait craint puis qu'il avait fini par regarder de haut pour s'en protéger. Sylvie avait raison, c'était vrai qu'il manquait d'arrogance, et il pensait souvent à ces histoires que l'on ne voyait que dans les pornos, le mec qui est dans le train, la fille qui est devant, dans la rangée opposée, un ou deux sièges en avant, qui porte une jupe courte, qu'elle remonte mine de rien, ses jambes qu'elle croise, décroise, ses escarpins, de biais, le mec qui n'en peut plus sur son siège, qui regarde, les cuisses, les collants, qui aimerait fourrer sa main entre, qui se sent bander, dépassé par son envie, la fille qui se retourne, qui sait, qui sent puis qui se lève, va vers les chiottes, se retourne sur le mec qui n'en peut plus et qui va la suivre jusqu'aux chiottes, et il la plaque contre la porte qu'il a pris soin de fermer à clé, il passe sa main sur les cuisses qu'il regardait depuis son siège comme un fou, les écarte, porte un peu la fille qui s'enroule à ses hanches, elle descend sa braguette, prend sa bite qu'elle glisse tout de suite en elle, parce qu'elle ne porte pas de culotte bien sûr, et elle se fait prendre parce qu'elle aussi a besoin de se soulager, et ils gémissent ensemble comme des veaux, pensait Bruno parce que lui ne faisait pas trop de bruit quand il jouissait au téléphone, il se retenait comme l'on retient des sanglots.

Cela ne se passait jamais comme ça dans son train, non, il n'y avait pas de meuf qui écartait les cuisses et si cela avait été le cas, il n'aurait eu ni la force ni le courage de quitter son siège pour la rejoindre. Il n'éprouvait que de l'ennui pendant ce trajet qui lui semblait plus long qu'en voiture parce que la bagnole c'était plus fun, il pouvait faire des pointes sur l'autoroute, écouter la radio à donf, se libérer d'un truc qui n'était pas tout à fait de la violence mais qui lui serrait le ventre, bref en bagnole il pouvait se défouler mais grâce au CE de

Supelec il bénéficiait de tarifs préférentiels à la SNCF comme si les électriciens ou plutôt les ajusteurs seconde voire troisième zone étaient maqués avec les cheminots, il n'avait jamais rien compris à ce système de réduction mais il en profitait un maximum car c'était l'un des rares avantages qu'il tirait de son entreprise. Pour ça aussi Sylvie se moquait de lui, il avait raté un super voyage en Égypte, le long du Nil, une croisière dans une sorte de felouque moderne mais quand même d'origine, avait précisé Sylvie pour le faire rêver, mais ça ne le faisait pas du tout rêver, il détestait la compagnie des autres et encore plus de gens qu'il était obligé de se taper tous les jours, alors pendant une semaine non merci. Sylvie lui avait raconté le ciel bleu et les éclats du soleil sur les pyramides comme des poignées de pépites d'or qu'un dieu avait lancées pour bénir tous ceux qui approchaient des temples sacrés, la nuit bleue du désert, les étoiles et le croissant, non, Bruno, ce n'était pas un mythe, là-bas ils avaient d'autres étoiles que les nôtres, et puis il y avait eu cet incident étrange que Sylvie racontait en s'excitant. L'un des leurs avait voulu un soir faire une photo des rives plongées dans l'obscurité, et on avait braqué une lumière sur lui depuis la terre, lui sommant de poser son appareil parce que toute photo de nuit était interdite, et Sylvie avait dit à Bruno que le Nil était gardé par des centaines de soldats en embuscade, alignés comme des roseaux que l'on ne voyait pas mais que l'on entendait sans savoir que c'étaient des soldats, à cause des attentats, des intégristes, des touristes qui s'étaient une année fait bousiller à Louxor sur un site. Elle avait dit que ça avait mis du piment dans son voyage et que c'était bien d'aller voir ce qu'il se passait de l'autre côté du monde, ce qui ennuyait profondément Bruno qui avait déjà beaucoup à faire avec son propre monde, minuscule, qui se déployait entre sa tête et sa queue, avait-il pensé.

C'était vrai donc, il n'avait pas d'arrogance et encore moins de curiosité, à quoi bon visiter la misère des autres quand le quotidien nous en gavait ? C'était pour cette raison qu'il préférait les pages sportives à celles qui relataient la politique de son pays ; il y aurait bientôt des élections mais il ne voyait aucune différence entre la gauche et la droite, et en plus il ne se sentait pas soutenu, lui le mecton de province et maintenant de banlieue, on s'en foutait de sa tronche et on avait bien raison de s'en foutre, il ne participait ni à la gloire de son pays ni à la sienne. Alors il ne voyait aucune raison d'aller voter, il ne comptait pas pour la nation et, pour être honnête, la nation ne comptait pas pour lui ; c'était ce qu'il avait ressenti pendant son année de service militaire qu'il avait effectué non pour apprendre à se servir d'une arme mais pour approfondir ses connaissances qui l'aidaient encore dans son métier. L'ajustement de pièces électroniques demandait une attention particulière, c'était la seule difficulté de ce boulot qui n'était vraiment pas compliqué mais Bruno avait remarqué que la concentration n'était pas donnée à tout le monde, que les plus jeunes qu'il lui arrivait de prendre en stage d'une semaine décrochaient assez vite, lassés, blasés, déjà fatigués de la vie alors qu'elle ne faisait que commencer, leur vie, et Bruno se disait que soit il raisonnait en vieux con, soit les mecs d'aujourd'hui étaient, pour la plupart, des abrutis sans ambition. Lui aussi manquait d'ambition mais il savait se concentrer, plus que la moyenne, battant ses records personnels de remplissage de cadres, sans faute, nickel chrome, comme disait Charles Levens, fier de son ouvrier qu'il ne manquait pas de féliciter à la moindre occasion. Bruno s'était d'ailleurs demandé si son superviseur n'en pinçait pas un peu pour lui. Cela ne le dérangeait pas, il pouvait le mater, se rincer l'œil, après tout on était tous les mêmes les mecs, de la sacoche ou pas c'était toujours ça de pris, un petit coup d'œil sur le cul, un petit frôlement d'épaules, on avait tous besoin de frissons même si ça n'irait pas jusqu'au bout et puis Bruno n'avait rien du tout contre les chochottes, comme les appelait son père, du moment qu'on ne le forçait pas, et d'ailleurs aucune chochotte n'avait forcé personne à sa connaissance, ça c'étaient des délires de mecs qui rêvaient finalement de se faire enfiler sans se l'avouer et qui racontaient toujours la même histoire : ne pas se baisser sous les douches de la piscine municipale, rester contre la paroi de l'ascenseur etc., délires que Bruno jugeait débiles, se souvenant des

93

concours de branlettes des recrues de Bernem qui n'avaient ni honte ni peur de se la monter, de se la toucher et parfois de se la sucer parce que soi-disant ils étaient trop en manque de meufs à la caserne, argument auquel il n'avait jamais cru qui cachait juste un désir que personne n'osait admettre : il y avait bien plus de chochottes qu'on ne le croyait et c'était grave de raconter des conneries, le cul restait le cul, peu importe le partenaire, l'envie ; en cela il se trouvait bien plus ouvert d'esprit que son père qui, toute sa vie, avait pesté contre les *anormaux* qui lui donnaient envie de gerber.

Cette ouverture il l'expliquait par sa solitude, lui aussi était différent, à part, en dehors de la meute qui bâfre, baise, se reproduit et il aurait préféré être une chochotte heureuse plutôt que le pauvre type qui n'avait toujours pas trouvé sa place dans un monde qui lui semblait à la fois trop large pour le garder, trop étroit pour lui offrir une histoire. Il se tenait sur les plates-bandes, se contentait de son sort mais n'en était pas heureux. Parfois il se demandait s'il ne fallait pas provoquer les choses pour qu'elles existent, à l'exemple du flux sur la matière qui circule parce que l'on a encastré deux éléments opposés qui s'électrisent ; il fallait peut-être quitter son siège, courir dans le wagon, hurler, prier à genoux pour gagner un tout petit peu d'attention ; ils avaient quoi tous ces connards, perdus dans leur lecture, leur sommeil, bien au chaud dans leur toute petite solitude qu'ils briseraient au terme de leur voyage ? Ils avaient quoi de plus que lui, Bruno Kerjen ? Pourquoi il y avait toujours une femme ou un homme pour les attendre à la gare, les embrasser, les aimer ? Pourquoi ça ne marchait pas ainsi pour lui ? Pourquoi n'était-il possible que dans les films de choper une meuf, de se la faire, sans peur ni dégoût, puis peut-être de rester pour toujours avec elle, parce qu'il l'aurait fait bien jouir puis bien fait rire après au wagon-restaurant autour d'un café, d'une bière ? Pourquoi c'était toujours sous alcool qu'il sentait le courage monter de son ventre, l'arrogance dont il manquait tant ? Pourquoi le réel lui cassait la tête comme une brique qu'on lui lançait sans cesse au visage ? Il faisait quoi sur cette maudite terre ? C'était quoi son rôle à lui, son utilité ? Quelle trace allait-il laisser, de Saint-Servan à Vitry, de Vitry à la place d'Italie ? Est-ce que c'était juste cela la vie, dormir, bosser, se nourrir, recommencer ? Il avait fait quoi de ses rêves de jeunesse, et d'ailleurs en avait-il eu vraiment sinon celui de se barrer le plus loin possible de son père, de son enfance ? Et les autres qui arrivaient à trouver l'amour, ils faisaient comment ? Ils se rendaient compte de la supercherie ? Car l'amour était un cadre supplémentaire à remplir, petit, mesquin, étouffant, à l'exemple des cadres qui contenaient les éléments électroniques. C'était pareil l'amour, ça procédait du même système, des mêmes habitudes, remplir, faire, refaire, tous les jours, la même chose, sans surprise,

95

oui, c'était ça l'amour et c'était pour cette raison qu'il n'en voulait pas, même s'il en manquait ; les gens n'en étaient pas conscients mais leur petit train-train amoureux ressemblait à leur boulot, c'était juste une habitude de plus qui s'ajoutait à toutes leurs habitudes, ça n'avait rien d'exceptionnel l'amour, c'était comme boire ou manger, pas plus, pas moins. Qui s'aimait vraiment dans ce wagon lancé à vive allure vers la mer que l'on ne voyait pas encore mais que l'on devinait dès que l'on avait dépassé Rennes, le paysage se transformant comme par miracle ? Et tous ces enfants qui dessinaient sur leurs tablettes, que savaient-ils des sentiments et qu'éprouvaient-ils vraiment ? Ils avaient besoin que l'on s'occupe d'eux, qu'on leur donne un truc à grignoter, un jouet, une gorgée de grenadine, c'était juste animal leur truc, pas plus, pas moins. Et quand ils se blottissaient dans les bras de leur mère épuisée par le voyage, c'était juste pour s'endormir dans une niche dont ils connaissaient l'odeur et qui serait remplacée un jour par une autre niche, celle d'une femme dont ils se lasseraient et qu'ils finiraient par tromper parce que les niches il y en avait des milliers sur Terre, et que c'était facile de s'y vautrer.

L'amour c'était un amas de dépendances, chacun y trouvant son compte puis disparaissant quand la faim, la soif, n'étaient plus satisfaites. Bruno se félicitait de ne dépendre de personne en dépit de la tristesse que cela provoquait en lui parfois. Il se consolait vite, quelques bières, du porn-tel, des virées quand il se retrouvait à Saint-Servan avec Gilles et tout rentrait dans l'ordre. Il n'était pas une mauviette, juste un mec que la vie avait un peu oublié à l'exemple de millions de mecs comme lui. Ils étaient nombreux dans son cas. Il les reconnaissait les types de son genre, ils avaient un peu tous la même tête, les mêmes fringues, le jean et le blouson de cuir en hiver, le jean et le tee-shirt un peu trop large en été, le teint pâle, les cheveux clairsemés, le regard fixe qui n'embrassait pas le monde, parce qu'ils en avaient fait le tour, de ce monde, depuis leur petite chambre qu'il ne partageaient avec personne. D'ailleurs quelle femme aurait consenti à vivre avec lui, de cette façon ? Qui se serait senti bien dans son immeuble, sur son balcon quand le soleil se lève sur les champs de colza et que ce soleil n'est ni un bonheur ni une promesse, mais juste un soleil froid qui n'a rien à voir avec celui que l'on a imprimé sur les catalogues de voyages, de vacances, de tour operator. La lumière ne brille pas de la même façon pour chacun. C'était ce que se disait Bruno depuis son plus jeune âge, les pieds enfouis dans le sable, détestant les bains de mer, l'huile solaire, le corps des filles qui plongeaient sans lui. Tout s'était joué depuis longtemps. On ne refaisait pas l'histoire. C'était comme ça et pas autrement.

Alors il ne bougeait pas de son siège durant le voyage, ou si peu, toujours pour une bière qu'il avalait d'un trait histoire de se sentir un peu décalé de la réalité, creusant une minimarge en deçà des autres, dans laquelle, à leur tour, ils se nichaient tels les chiens, les femmes, les hommes et les enfants qui l'entouraient. On avait toujours besoin de se recroqueviller, de se retrouver dans ce qui nous avait portés un jour, le ventre de la mère, qui restait pour Bruno Kerjen un ventre étranger, ne parvenant jamais à s'identifier à cette femme qui l'attendait avec impatience, seule dans l'ancien bar-tabac qui ne comptait ni clients, ni allées et venues désormais.

Sa naissance dans cette famille-là avait été un accident comme la suite de son existence. Il ne l'assumait pas mais il ne la rejetait pas non plus, suivant le cours des choses qu'on lui imposait, sans lutter, pareil aux brindilles qui s'envolent avec le vent, lui qui commençait à sentir son corps un peu plus lourd avec le temps, encore mince mais avec du bide qui pointait au-dessus de la ceinture et qu'il détestait sentir pointer, non par coquetterie, il s'en foutait de sa ligne, mais parce que le corps le ramenait à la terre qui elle-même le ramenait à son père.

Il irait le voir, il était obligé, il n'éprouvait aucune tristesse, toujours juste un sentiment d'injustice : fleurir la tombe de celui qui ne l'avait jamais regardé. En ça il pouvait dire que son problème avec les femmes venait aussi de son père, à égalité avec sa mère mais pas pour les mêmes raisons. Il n'aimait pas la sentir contre lui, il avait détesté les gestes de fuite que son paternel avait eu l'habitude d'avoir avec lui, petit garçon ; pas d'étreinte, ni baiser, les mecs, ça ne devait pas s'embrasser, en revanche, une bonne rouste remettait bien les idées en place ; on avait fait ainsi pour lui, il l'avait fait avec Bruno, la violence étant une tradition familiale. Et ils devaient être nombreux les mioches du train à avoir reçu une bonne rouste, il en était certain. Et lui aussi, comment savoir s'il n'aurait pas dérouillé à son tour son fils s'il en avait eu un. Avec les filles c'étaient peut-être différent, mais pas évident non plus ; un gamin restait un gamin, une gifle une gifle. Alors tant mieux de ne pas avoir formé une famille, au moins il n'avait pas à subir ce genre de considération.

Il avait cette impression étrange quand il quittait ses habitudes, son travail, son appartement : il laissait un morceau de lui au box de Supelec, à Vitry, un morceau qui continuait à vivre. C'était bizarre, et ça recommençait à chaque fois qu'il venait voir sa mère à Saint-Servan. Mais ça le rassurait aussi, cela voulait dire peut-être qu'il avait quand même réussi à construire un truc qui n'appartenait qu'à lui, une petite vie faite de petits gestes qui grouillaient comme les germes que l'on observe au microscope. Il laissait des traces, et même s'il était le seul à les voir, à les sentir cela ne faisait pas de lui un total taré. Il avait trouvé un travail, su le garder, un appartement, un local, disait Gilles quand il levait des filles au Slow Club qu'il ne choisissait pas trop jeunes parce que ça l'arrangeait si elles avaient un local, refusant de les ramener dans son taudis près de la plage Solidor ; non seulement il avait honte mais en plus il pouvait se casser au petit matin sans laisser de numéro de téléphone où le joindre parce que les vraies femmes n'étaient pas ici mais à Rio, et un jour, il le promet, il finirait là-bas avec une belle petite aux fesses hautes et aux seins bien rebondis qui tiendraient dans ses mains car Gilles détestait les gros seins ; comme Bruno d'ailleurs qui imaginait toujours ses tapins du tel avec une toute petite poitrine par peur de superposer comme un fantôme l'image de sa mère.

Arrivé à Saint-Malo, terminus du train, il faisait un tour de rempart, montant les rues pavées de la ville-forteresse, comme quand il était petit et que les histoires de pirates et de corsaires le faisaient rêver, moins que celles du lieutenant Blueberry mais quand même, parce que c'était loin de son monde, de ses parents, de ce qu'il avait jusque-là connu et qui ne le comblait pas. Son oncle Jean lui avait laissé une voiture sur le parking du port pour qu'il se sente libre pendant son séjour, voiture qui appartenait au garage de ce dernier, voiture plutôt pourrie mais du moment qu'elle roulait, il ne fallait pas trop en demander non plus. Il achevait son tour par le vivarium situé en contrebas des remparts, sans y entrer mais juste pour retrouver l'odeur infecte qui s'en dégageait, odeur de serpents, d'araignées, de souris chauffées par les néons des petites boîtes en verre qui les retenaient. Toujours cette maudite odeur, se disait-il, répugné et fasciné : des gens travaillaient là, dans une demi-pénombre nauséabonde, c'était certain, il y avait pire que son cas. C'était l'odeur de propre qu'il aimait chez Supelec, qui l'avait attiré. Le métal ne puait pas et, à son étage, il n'était ni frotté, chauffé, à peine collé, aucune poussière ne se déposait dans ses cheveux, sur ses vêtements, aucun liquide ne l'entêtait, son travail était sec, froid, à l'inverse du vivarium où grouillaient des espèces exotiques dont il avait tant craint enfant la morsure quand il collait sa main sur la vitre pour se faire des frissons. Il tardait à prendre le chemin de Saint-Servan, sachant que sa mère l'attendait depuis la veille, qu'elle aurait préparé sa chambre, son cabinet de toilette, changé les draps, les serviettes de bain, se réjouissant à chaque fois de son arrivée quand lui la redoutait ; il devrait partager un lapin, un pot-au-feu, et pourquoi pas du cassoulet maison sur la table de la cuisine dont elle gardait encore le tapis gum d'origine, la nappe à fleurs. Tout cela le gênait, il y avait un rapport avec le sexe mais il n'arrivait pas à dire lequel, la bouffe, la bouche, l'intérieur du corps, le bruit, la mastication, les rots semblant se raccorder à la jouissance, brève et animale.

Il semblait se détacher du ciel, comme si tout son être flottait entre les atomes de lumière, perdu sur le parking de Saint-Vincent, à la recherche de la voiture pourrie de son oncle dont il avait caché les clés sous le tapis de sol comme d'habitude. Un cargo quittait le port, Gilles devait s'affairer non loin, il l'appellerait plus tard pour une bonne biture puisqu'il n'y avait que ça à faire dans ce patelin. En voiture, Saint-Servan était à quelques minutes de Saint-Malo, la prolongeant par ses rues fleuries, sa rampe d'accès vers sa plage principale, ses malouinières transformées parfois en hôtels dont raffolaient les Anglais il y a peu, les prix étant moins élevés qu'à Jersey, Guernesey, îles britanniques que chaque Malouin avait au moins une fois visité dans sa vie soit par l'hydroglisseur qui partait de Dinard avec son lot de passagers à qui l'on donnait dès l'embarcation un sac à vomi, soit par voilier, ce qu'un jour avaient fait Bruno et Gilles manquant périr à cause d'une houle imprévue et d'une biture un peu trop avancée, se jurant de ne boire désormais qu'à terre, pauvres marins poivrots qu'ils étaient.

Bruno ne désirait pas se rendre directement chez sa mère, il voulait faire rouler la vieille Simca de son oncle, étonné que ce vieux tas fonctionne encore, s'engageant dans le souterrain de Solidor, filant vers Paramé, Rothéneuf, sans s'arrêter devant le salon de coiffure de la mère de Marlène par crainte de l'y croiser même si cela demeurait impossible pour lui, on ne rattrapait pas sa jeunesse et celle-ci vous rattrapait encore moins. Il s'arrêtait à la plage du Val, quelques surfeurs avaient laissé leur planche sur le sable, la mer commençait à se retirer, dévoilant des rochers que l'on n'avait pas l'habitude de voir comme des trésors qui n'avaient plus de valeur. Il se sentait mieux, plus libre sans en connaître la raison. Il faisait le plein d'air pur avant de retrouver

sa maternelle qui l'angoissait. Elle l'attendait, il traînait comme un cloporte, pensait-il, sans but, livré
au vent, aux embruns, à la lumière qui passait entre
les branches des arbres qui longeaient le Val comme
une forêt pauvre à peine remise de l'hiver.

La Simca puait le tabac froid et le skaï, Bruno
se demandait combien de couples avaient baisé sur
ses sièges car c'était le genre de trucs crades que l'on
faisait dans ce genre de voiture sans craindre de salir
ce qui était déjà bien dégueu ; lui n'avait jamais
baisé dans une voiture, ses années de jeunesse comp-
tant un nombre de vestes dont il ne voulait plus se
souvenir. Son adolescence avait creusé le trou de sa
vie d'adulte, il n'avait jamais remonté la pente, craignait qu'elle ne s'enfonce encore un peu plus vers
un trou encore plus grand : l'amour était définiti-
vement perdu.

La circulation était fluide, les vacanciers absents,
les villas closes, faciles à visiter, pensait-il, idée qu'il
suggérerait à Gilles comme au bon vieux temps
quand ils s'introduisaient pendant les vacances
d'hiver dans les demeures fermées, pissant sur les
canapés de ceux qu'ils appelaient les sales bourges,
vidant les caves à vin, les celliers regorgeant de
conserves et de paquets de pâtes qu'ils offraient aux
mouettes du rivage proche, hurlant comme des
déments sortis de nulle part. C'était ça aussi son
problème, le manque de repères, non pas géogra-
phiques, mais intimes, quoi qu'il en soit, une femme
offrait une attache, un équilibre, et quand il était

de bonne foi Bruno savait qu'il aurait pu s'attacher, s'équilibrer avec une autre.

Sa mère l'attendait à la fenêtre de la cuisine qui donnait sur la route, elle n'était pas sortie mais lui faisait signe de la main. Il y avait toujours cette odeur de fumet mais aussi l'ancienne odeur s'échappant des murs, celle du bar-tabac, odeur des poivrots qui avaient changé de crémerie, « bon débarras, je suis peut-être seule mais au moins je ne les entends plus beugler. Tu vas bien, fils ? Ton train a eu du retard ? Je commençais à m'inquiéter ! Ta chambre est prête et il fait soleil aujourd'hui, quel bonheur, tu es tout pâlot, c'est Paris ça, tu vas voir l'air marin va te requinquer, tu as trouvé la Simca alors ? Jean m'a dit d'y aller mollo, elle n'est plus toute jeune, un peu comme moi, fiston, regarde, elle a pris du ventre ta maternelle, et du cul un peu non, tu ne trouves pas ? Bon, tu me diras, toi tu ne vois jamais rien, misère, misère, qu'elle est loin ma jeunesse, tu vas manger un petit bout d'accord, je t'ai fait des quenelles, elles sont bien au chaud, on va se boire un petit coup aussi, mon garçon, ne reste que ça de toute façon, un bon coup et les idées noires sont moins noires, hein ? L'andouille de Gilles est passé hier, il m'a dit que tu devais aller le retrouver au port, qu'il en avait une bonne à te raconter, je ne sais pas ce que vous trafiquez mais en tout cas ça y va. Enfin tu me diras, vous faites la paire tous les deux, pas mariés, vieux garçons, qu'est-ce que j'ai

fait au bon Dieu, moi, tu vas quand même pas me
laisser mourir sans m'avoir donné un petit-fils, hein,
Bruno ? Tu ne peux pas me faire ça. Tu sais que
le plus grand bonheur d'une mère c'est d'être grand-
mère, déjà que le père n'est plus là, il faut que tu
t'y mettes, Bruno, dis donc tu leur ferais pas un
peu peur aux filles, toi, mon grand ? Je t'avais dit
que c'était une mauvaise idée la capitale. Les femmes
là-bas ne sont plus des femmes. Tout va trop vite,
personne ne se regarde, moi j'aurais pu te caser avec
la fille de la mère Poulenc, mais bien sûr tu n'as
pas voulu, elle n'était pas assez bien pour toi, tu
t'en mordras les doigts fils si tu passes à côté de ça.
Donner la vie c'est la plus belle chose au monde,
même si ça procure des emmerdements, les gamins,
mais c'est du bonheur aussi, de la joie, de compter
pour quelqu'un. Parce que tu comptes pour moi
imbécile. Beaucoup même. Bien plus que tu ne le
crois. Mais moi je ne sais pas faire avec ces choses-
là, les trucs des sentiments, mais je te le promets
Bruno, tu comptes vraiment pour ta vieille mère,
la mémère comme il m'appelait, lui, le pépère, il
me manque, tu sais, oh il avait un sale caractère,
hein, un vrai Breton ma foi, bien fermé de l'intérieur mais le cœur sur la main, Bruno, tu sais, il
en a tant aidé des âmes en peine, il comptait pas
quand il aimait, tu sais, et il en a rendu des services,
il était pas regardant, ton père, et puis, tu vois, ils
lui ont bouffé la laine sur le dos et il est parti,
pschitt, une belle nuit, comme ça, sans prévenir,

bon ma foi, valait mieux pour lui mais pour moi, je m'en remets pas, de cette mort, j'ai toujours l'impression de dormir près d'un fantôme alors, tu sais, je prends ta chambre quand tu n'es pas là, ça ne te dérange pas, fils, hein, tu comprends je suis sûre, la chambre d'un macchabée c'est toujours un peu bizarre, ça passera mais là ça me fout encore la trouille, je le sens, je l'entends, c'est peut-être mon imagination mais ça existe vraiment, je t'assure, ne ris pas, tu n'y es pas, toi, le soir dans cette fichue baraque qui pue la mort ».

Bruno avait pensé que la maison de son enfance avait toujours pué la mort, et cela n'avait rien à voir avec la disparition de son père mais plutôt avec l'ennui commun à tous les êtres humains : tous manquaient d'imagination, lui le premier. La vie n'était pas un cadeau mais pas toujours un fardeau pour certains, mais ceux-là, il ne les connaissait pas ; la vie manquait d'horizon, de promesses, elle était brutale comme toutes les pierres grises qui tenaient les maisons de la rue de son enfance que seuls les hortensias coloraient. Il touchait à peine aux quenelles mais buvait vite, trop vite, le vin que lui versait sa mère comme la grenadine de ses années tendres dans un pot à moutarde qui servait à présent de verre, « j'ai réussi à me débarrasser de toute la vaisselle du bar, fils, et j'en ai profité pour bazarder celle d'ici, trop de souvenirs, ça me foutait le moral à zéro, mais gueule pas, je vais aller en acheter du cristal pour MÔSSIEUR qui fait la fine bouche, tu es devenu aussi bégueule que les Parigots, ma parole, si je ne te l'avais pas dit, tu n'aurais même pas remarqué que c'était le truc pour la moutarde ».

Bruno Kerjen s'en foutait, il pouvait boire au goulot sa piquette, c'était l'effet qui importait et non l'objet, il n'était pas bégueule, mais « il y avait des limites quand même, pourquoi pas bouffer dans des assiettes en plastoc pendant qu'on y était ? Et puis non, à même la casserole ce serait encore mieux, hein, parce que finalement, maman, on n'est pas mieux que des chiens, et je vais te dire un truc, je crois que j'aurais préféré être un chien : ils ne pensent pas, eux. Ils courent, dorment, dévorent, lèchent, s'attachent même aux plus odieux, ils n'ont pas la conscience du mal, leur amour est infini, leur cœur se refait à chaque caresse, à chaque attention, alors oui, vraiment j'aurais préféré être un clébard ».

La mère de Bruno avait l'habitude des colères de son fils, c'était le sang qui bouillonnait, normal, quand on n'avait pas une petite femme pour le faire sortir, ce sang, l'extraire des veines, eh bien il contaminait le reste du corps et donnait de la bile, c'était cela la colère, du sang qui n'est pas sorti, et les hommes étaient sujets à ce genre de problème, alors pour cette raison, même si ça la débectait un peu, elle s'était laissé faire par le père de Bruno, laissé pénétrer, pendant des années, même jusqu'à la fin, il était vert le bonhomme, et il en avait vidé de la colère en elle, colère qu'elle n'avait pas retenue heureusement car les femmes savaient gérer ce genre de choses, elles ont un grand sens du partage qui est peut-être aussi un grand sens de la connerie mais tant pis, il ne faut pas regretter car on ne tue pas les morts une deuxième fois.

Le vin faisait des ronds dans sa tête, c'était un état agréable, mais il ne pouvait plus prendre la voiture pour aller voir son père au cimetière de Rocabey. Il n'écoutait plus sa mère, la regardait de dos se laver les mains dans l'évier, la fenêtre de la cuisine était grande ouverte et il y avait quelque chose de doux dans l'air, quelque chose qui annonce une bonne nouvelle, mais c'était le pinard, il en était sûr, car il n'attendait rien de nouveau dans sa vie, ni miracle, ni surprise, ou alors un truc vraiment pas cool dont il avait eu le pressentiment le jour de ses trente-cinq ans et auquel il s'empêchait de penser : un truc qui le changerait à tout jamais.

Il avait voulu jeter un œil sur le bar-tabac fermé, il ne restait plus grand-chose à part le comptoir, une vieille bouteille de Suze, un cendrier vide et en fermant les yeux il avait cru entendre la rumeur des clients, debout, attablés, pleins d'alcool et de rires gras. Il ne regrettait pas cette période et son père ne lui manquait pas.

Cela faisait du bien de marcher, de quitter la baraque et les discours dingos de sa mère sur les femmes et les enfants ; elle n'en savait rien après tout, elle, de sa souffrance à lui, et s'il avait été un porc il lui aurait dit qu'il aurait préféré ne jamais naître, mais bon ces choses ne se disent pas, une mère n'était pas responsable de tout, on choisissait son chemin, enfin on avait l'illusion de le choisir, à chacun sa croix, et s'il devait encore poursuivre cette voie il la poursuivrait en ne s'en prenant qu'à lui, car c'était vrai, il avait raté un truc, non avec la fille de la mère Poulenc mais avec les filles en général, il n'avait pas su faire et il ne saurait jamais faire c'était comme inscrit dans son ADN selon l'expression qu'il entendait souvent à la télévision – « inscrit dans son ADN » –, ce que les gens pouvaient être cons quand même ; les gènes ne décidaient pas de tout, il y avait les actes, ça comptait les actes, et en dépit de tout il avait quand même limité les dégâts en quittant la région, certains de ses potes du lycée pro avaient mal fini, beaucoup dans le ravin, trop bourrés en rentrant de boîte, d'autres en zonzon, pour petits trafics un peu minables car ce n'étaient pas vraiment des caïds dans le coin, juste des petits mectons qui se faisaient chier, un peu paresseux, revendant du shit aux bourgeois en vacances qui se défonçaient en regardant la mer, convaincus qu'ils étaient de grands poètes impressionnant les gonzesses du coin qui rêvaient à l'ascenseur social, comme disaient les journaleux, ceux qui savaient tout sur tout : toboggan du malheur plutôt, pensait Bruno Kerjen.

Il longeait la plage depuis la digue, on n'avait pas encore ouvert les baraques à gaufres, la basse saison était encore bien basse mais c'était bon d'avoir le territoire à soi, comme si tout le sable restituait le pays de son enfance. Il avait au moins une chose à lui : sa solitude qu'il avait portée comme un sac de pierres, des remparts à la digue, du barrage aux falaises de La Varde, toutes ses années à se demander ce qu'il faisait sur cette Terre et quel serait son avenir, années qu'il consultait d'un regard différent depuis la mort de son père : il n'avait plus peur.

Le cimetière de Rocabey était encore ouvert et, s'il ne l'avait pas été, il aurait escaladé le muret qui le séparait de la rue comme avant pendant les nuits de pleine lune avec Gilles pour boire tranquille à l'abri des flics qui patrouillaient parfois, et aussi pour essayer d'avoir la trouille mais ce n'était pas les tombes qui foutaient les boules, non, c'était leur condition à eux, le lycée pro, le choix qu'ils avaient fait, se tourner vers une filière courte, ce n'était pas les grandes écoles non, mais il y avait de l'intelligence quand même, enfin, c'est ce qu'ils voulaient bien croire quand ils refaisaient le monde entre les travées de Rocabey, ivres et tranquilles parmi ceux qui avaient passé l'arme à gauche et qui ne se souciaient ni du blé, ni du chômage, ni des meufs, ni du froid, les os à nu et le cœur envolé. Ils n'étaient pas si demeurés que ça, c'était balèze l'électricité, et en plus cela pouvait être dangereux ; Bruno avait appris à fabriquer une bombe pendant ses heures de permanence à Bernem, il aurait pu tout faire sauter s'il l'avait souhaité : Supelec, son immeuble à Vitry, le bar-tabac de ses parents. Mais c'est lui qui explosait de l'intérieur, serré de colère et de frustration. Et elle revenait, la colère, devant la tombe du vieux qu'il ne prenait pas la peine de fleurir parce que les fleurs ne servaient à rien, colère de ne pas lui avoir dit à temps ce qu'il pensait de lui, colère de la mort en général, cette garce qui n'ouvrait aucune perspective. Il était où Dieu dans tout ça ? Où se cachait-il ? Il aurait voulu y croire, l'appeler, mais la foi va avec la confiance que l'on a dans les autres, dans la vie ou pas. Bruno n'avait confiance en personne, pas même en Gilles, son pote de toujours, qui voulait lui dire un truc super important, mais quoi donc encore ? Quelle nouvelle lubie ? Un départ pour Rio ? Une croisière imaginaire ? Une fille ? Gilles racontait souvent n'importe quoi et il n'était pas certain de le rejoindre au port, ses folies le fatiguant, il préférait rester encore là, près de la pierre qui portait son nom de famille, se promettant de ne jamais intégrer le caveau, « déjà que je me le suis tapé toute mon enfance et une partie de ma jeunesse, j'ai pas envie de croupir en sa compagnie bordel ».

Il se sentait décalé de la réalité, pas seulement à cause du cimetière ou du vin mais parce qu'il était loin de Supelec et que cela faisait un vide en lui. Il ne savait pas pourquoi mais il pensait à Sylvie, hésitant à lui écrire un message depuis son téléphone, mais pour dire quoi ? Qu'il était non loin de la mer, sur la tombe de son vieux et qu'il avait beau essayer aucune larme ne venait, aucune tristesse ne le submergeait ? Que la vie était un truc bizarre quand on en prenait conscience et que cela pouvait foutre la trouille parce que finalement on ne contrôlait rien ? Qu'elle lui manquait parfois à Supelec même s'il n'en était pas totalement certain parce que personne ne lui avait jamais manqué jusqu'à présent et que le manque c'était juste la faim ou la soif mais pas les gens ? Qu'il espérait qu'elle se remettrait de sa maladie, mais peut-on dire ça, en trois mots, sans être si proches que cela ? Elle aurait répondu peut-être « tu es vraiment un handicapé des sentiments, Bruno », sa phrase préférée, et il aurait ri, un peu gêné, un peu surpris aussi comme à chaque fois, parce que les sentiments pour lui c'était avant tout l'amour et il ne pouvait pas être cet handicapé-là puisqu'il n'avait aucun amour en lui, rien, nada, que de l'indifférence et parfois du mépris. Pour ça il se considérait comme un pauvre mec.

La mer remontait, il avait envie de courir et d'y plonger afin de cesser une bonne fois pour toutes d'être ce qu'il avait toujours été : un soumis. Mais il ne bougeait pas, comme d'habitude, faible et résigné, et il savait aussi qu'aucune femme n'aurait voulu de la mauviette qu'il était, elles le disaient toutes dans les émissions sur l'amour, « moi mon mec il doit assurer, prendre tout en charge, c'est pas forcément une histoire de fric mais de caractère, un homme protège sa femme, point barre, c'est dans la nature, on peut pas le changer, ça, et les femmes ont beau dire qu'elles sont libres aujourd'hui, qu'elles peuvent tout assumer, c'est pas vrai ça, on aura toujours besoin d'un gars à la maison, d'un mec dans une vie, mais pas n'importe quel mec, pas un rêveur ou un paresseux, un vrai mec qui prend des décisions quand il le faut, qui a des couilles, quoi ». Et c'était vrai, il en manquait, de couilles, et décidait de tourner le dos à la mer, de revenir par les rues vers Saint-Servan, c'était sûr il n'aurait jamais le courage de se supprimer, et d'ailleurs cela aurait servi à quoi, il n'avait aucun message à faire passer, aucune peine à soulager, il était là, dans la vie, une vie pas géniale mais dans la vie quand même, et il devait encore l'occuper cette vie comme on occupe une maison ; la sienne venait de perdre son toit avec la mort de son père, mais il restait encore le plancher, les murs, celui qui le séparait de la chambre de sa mère, trop fin pour se donner du plaisir sans qu'elle l'entende puisqu'elle ne dormait plus.

Gilles l'attendait devant la Simca, et lui non plus n'avait visiblement pas dormi, il portait ses fringues de la veille, agité comme un dément, s'était dit Bruno qui venait de se réveiller un peu perdu de se retrouver encore dans la maison de sa mère, à son âge, parce que les choses ne se finissaient jamais entre un fils et sa famille, ça continuait jusqu'à la fin et c'était ça, le plus rude à admettre en fait : de se dire qu'on avait beau tout essayer on restait le fils de ses parents et d'un mort maintenant.

Gilles fumait clope sur clope, il s'était battu la veille à cause d'une marchandise qui avait disparu sur le port, une histoire de contrefaçon, une caisse qui manquait dans le hangar, on avait accusé Gilles qui avait réglé son compte à l'un des ouvriers du chantier, « je supporte pas l'injustice, putain, j'ai des défauts mais je ne suis pas un voleur, j'avais la rage, mec, j'aurais pu le tuer le type, d'ailleurs il arrêtait pas de beugler, t'aurais vu ça. Je ne sais même pas ce qu'il y avait dans la caisse, des faux sacs, je crois, t'imagines, moi, piquer des sacs pour les revendre après, j'hallucine. Tous des cons faut que je le quitte ce boulot de merde, que je me tire ».

Gilles avait une colère différente de celle de Bruno, que ce dernier considérait comme plus sèche, avalée, ne sortant jamais ou sinon contre lui. Il n'avait pas peur des hommes mais n'éprouvait aucune envie de se battre : le corps des autres le répugnait. Gilles ne pouvait pas rester, s'en excusait, Bruno comprenait et ne lui en voulait pas, lui aussi n'allait pas rester plus longtemps, il avait besoin de se retrouver chez lui à Vitry, se sentant comme plein de son père et donc plein de mort. Mais Gilles était venu pour autre chose, un truc qu'il avait appris par hasard et qui lui avait été confirmé. Il en ignorait la raison mais il avait pensé que l'information serait importante pour Bruno, il le connaissait un peu quand même, son copain, savait qu'il y avait un truc qui clochait depuis longtemps, alors il était venu juste pour ça, pas pour la bagarre ni pour la biture qui avait suivi, non, ça c'était des détails, la routine, il en avait vu d'autres et les choses finis-

saient toujours par se régler parce que l'on était pas
des animaux quand même, mais des hommes avec
un minimum de respect, non, c'était plus costaud
que ça, enfin, peut-être qu'il n'en avait rien à faire
mais il devait absolument lui dire que Marlène était
revenue.

VI

On leur avait demandé de rejoindre la plus grande salle de Supelec située au rez-de-chaussée du bâtiment, réservée d'habitude au sapin de Noël ou aux pots de départ que l'on organisait pour les employés les plus méritants qui partaient à la retraite. Bruno Kerjen espérait faire un jour partie de ceux-là, plus pour le mérite, la durée, que pour la retraite qu'il appréhendait. Son travail occupait sa vie tandis que ses collègues attendaient avec impatience la fin de la semaine, le retour à la liberté. Supelec n'était pas une prison pour lui. La cage se tenait à l'extérieur, au sein de son existence.

Charles Levens avait précisé que l'heure ne serait pas décomptée et qu'ils seraient tous payés puisque ce rendez-vous faisait partie intégrante de leur travail. Une annonce serait faite, mais il ne fallait pas s'en inquiéter. Supelec à l'inverse de certaines entreprises était attachée aux valeurs humaines, au respect des travailleurs. C'était une mise au point nécessaire. Les temps étaient perturbés. Les règles de production avaient évolué comme le monde. Il ne fallait pas se laisser dépasser. Chacun devait y mettre du sien, une entreprise n'était pas le seul fait de son patron, mais de tous ceux qui s'employaient à la faire tourner.

Bruno Kerjen pensait que le supervisor était en train de les mettre en condition, voire de les entuber. Il fallait se méfier de celui qui était au-dessus de vous, il en savait toujours plus bien sûr, il suffisait de le regarder parler, les mains croisées, les lunettes au bout du nez, les jambes bien serrées, un vrai professeur qui n'expliquait pas vraiment mais qui installait son autorité au cas où l'on n'aurait pas compris qu'il menait la barque à son étage, le reste du personnel restant inférieur à lui en dépit de l'estime affichée. Chacun demeurait une petite merde, pas plus pas moins, qui devait non seulement écouter, mais obéir. L'avenir du capital était en jeu. Non, ils n'avaient pas les mains aussi fines que celles des Chinois, mais, Bruno en était sûr, certains ouvriraient leurs gueules en cas d'abus.

Il n'avait pas fini son dernier cadre, accumulant un retard dès le début de sa journée, y voyant un signe : sa soirée serait pourrie. Il suivait ses collègues, descendant par l'escalier de service, les ascenseurs bloqués au dernier étage.

À l'entrée de la salle, on avait punaisé sur un panneau en liège les offres du CE, la salle de muscu, un séjour à la montagne à moitié prix, des photographies sur l'une desquelles il avait reconnu Sylvie portant un chapeau rouge de Noël, une feuille de route indiquant les heures de travail, le tarif des infractions – retards, dégâts volontaires du matériel, absentéisme répété, feuille qui surgissait telle une menace mais dont personne ne faisait cas ; il y avait aussi la date de la prochaine visite médicale avec le docteur Jeanne Thomas qui un jour lui avait conseillé de prendre un cocktail vitaminé car elle le trouvait un peu pâlot, ignorant qu'il s'était masturbé la nuit entière précédant leur rendez-vous parce que ces choses-là ne se prévoient pas.

Personne n'avait encore rejoint l'estrade. Les patrons tardaient à descendre, laissant les ouvriers se masser à leur convenance dans un espace qui semblait de plus en plus étroit malgré sa taille. L'heure était grave, avait pensé Bruno appuyé contre un mur, les mains dans son blouson en cuir qu'il avait refusé de laisser sur le siège de son box parce qu'il n'avait confiance en personne, et que tous ses papiers, son blé et les clés de chez lui tenaient dans ses poches et en plus il adorait son Schott acheté à Rennes il y avait quelques années qui lui avait coûté la peau des fesses, alors hors de question de le laisser à l'atelier. Et puis il avait froid, très froid.

Quand les dirigeants sont arrivés (c'est ainsi que Charles Levens les nommait, évitant le mot de patron qui aurait désigné un seul responsable, et donc un seul coupable), les employés ont cessé de parler. C'était comme dans un film, mais un putain de mauvais film que Bruno avait souvent redouté ces derniers mois vu la dégringolade du monde, de l'Europe, de la France, des métiers comme le sien où l'on jetait les gens par paquets, du jour au lendemain, parce c'était la crise et que l'on n'y pouvait rien, c'était comme ça, il fallait l'accepter, on était tous dans le même bateau, ce qui était une saloperie de mensonge : il y avait deux camps, les coupeurs de têtes et les têtes coupées. Les uns sur l'estrade, les autres au sol pour ne pas dire au tapis : on allait les instruire ces bandes d'ignares qui ne connaissaient rien aux règles du marché, à l'offre et à la demande, aux mutations économiques qui étaient aussi des mutations humaines. On allait leur expliquer à tous ces cons mais pas avec des mots trop compliqués, il fallait faire clair pour ces petits esprits embués, clair et concis, donner un peu d'espoir quand même parce que la machine devait perdurer encore, mais pas trop parce qu'ils devaient être conscients que les choses allaient empirer, que ce serait comme une embarcation lancée dans un torrent de boue : seuls les plus forts résisteraient.

Un des dirigeants dont Bruno ignorait le nom s'était avancé vers ce que l'on aurait pu appeler la fosse, vu l'ambiance.

« Mes chers amis, c'est non sans émotion que je m'adresse à vous ce soir. Le monde a changé, change et changera : ainsi va la marche du temps, marche que nous ne pouvons arrêter mais qu'il nous faut suivre autant qu'il sera possible de la suivre. La dernière décennie, nous avons assisté à un essor technologique sans commune mesure avec les décennies

119

précédentes. Ère du virtuel, de la communication et du partage. Ère moderne, emplie de promesses mais aussi d'exigences. Depuis toujours, nous avons défendu un certain esprit d'excellence française nous imposant sur la scène internationale en matière de composants électroniques. Je salue la qualité de nos effectifs, le sérieux de nos employés. Mes amis, notre succès est aussi le vôtre, l'aventure de Supelec étant une aventure collective. Une entreprise est semblable à une grande famille. Une et indivisible, Supelec a su répondre aux fluctuations économiques, à la dureté du marché. Aujourd'hui, mes chers amis, je ne vous cache pas nos inquiétudes. Nous traversons une zone de turbulences. Plus que jamais nous allons devoir rassembler nos forces, nos compétences. Plus que jamais nous allons devoir nous concentrer sur nos objectifs. Je sais que nous le pouvons. Je sais que vous le pouvez. Ensemble, nous allons gagner. Mais uniquement ensemble. Vos chefs d'atelier vous informeront du nouveau dispositif mis en place. Merci de votre attention et bonne soirée. »

Bruno Kerjen se tenait toujours contre le mur, surveillant Charles Levens, debout sur l'estrade, légèrement en retrait mais sur l'estrade quand même parmi les patrons, ceux qui décideraient de leur sort à tous. Il pensait que les jours à venir ne seraient pas faciles, il en était certain, il allait se méfier maintenant de son superviseur, le salaud, il était de l'autre côté, lui, du bon côté, il serait l'un des derniers dans la charrette, ce n'était pas un employé lambda mais un petit chef qui distribuait des caresses sans vraiment y croire, parce que oui, bien sûr, Supelec était une grande famille, bordel, à qui voulaient-ils faire croire une connerie pareille, et si c'était le cas, la famille c'était pourri à la base, alors non, ce n'était pas la bonne formule à employer, que du vent ou de la poudre aux yeux pour les flatter, eux, les pauvres blaireaux que l'on allait foutre à la porte avec un bon coup de pied au cul parce que c'était la faute à la crise et que la crise n'avait pas de visage, la crise c'est le monde, hein, et le monde est vaste, avec ses peuples, ses forêts et ses océans, et dans le monde il y a même le Brésil qui fait rêver ce pauvre Gilles mais il n'ira jamais à Rio et aucune meuf ne l'attendait là-bas, parce qu'on n'attend pas les péquenots, on les congédie, salut, bye bye, à la revoyure, personne n'est irremplaçable, ni dans une entreprise ni dans le cœur d'une femme.

Charles Levens tenait entre ses mains une feuille avec, comme avait prévu le dirigeant, le nouveau dispositif à suivre. Il était simple, établi sur le modèle des entreprises américaines qui avaient résisté mieux que d'autres au séisme qui secouait la planète entière désormais. Il était basé sur l'observation des employés. En dépit de la tâche souvent identique qui incombait à chacun, la qualité du travail dépendait évidemment de la personnalité de son auteur. Il était trop tard pour reformer les effectifs, on garderait sinon les meilleurs, du moins les plus impliqués, privilégiant la motivation plutôt que les compétences. Mieux valait un gars qui en voulait, qui progresserait sur le tard, plutôt qu'un monsieur je-sais-tout qui se laisserait couler au même rythme que le naufrage de l'entreprise pour laquelle il travaillait. On appelait cela le syndrome de confusion. L'ouvrier compétent ne faisait aucune distinction entre son destin et celui de son usine, refusant de se battre, écrasé par ce qu'il ne pouvait ni contrôler ni appréhender, se sentant coupable du nouveau désastre. L'ouvrier moins compétent mais beaucoup plus motivé endossait le rôle du sauveur, redoublait d'effort, s'oubliant au profit de la production : il devenait l'élément à garder, que l'on jetterait encore plus facilement en cas de besoin, car, après tout, et malgré tout, il ne faisait pas l'affaire et il le savait. Choix cynique qui ne dérangeait pas Charles Levens. Il se sentait encore protégé, avait donné la moitié de sa vie à Supelec, la meilleure, se disait-il souvent non sans amertume : il se vengerait. On lui avait donné des tableaux qu'il s'appliquerait à remplir, connaissant bien ses chers travailleurs comme il les appelait. Il les rangerait dans les colonnes prévues à cet effet, répartissant les capacités et les défauts de chacun. Le vocabulaire emprunté aux Amerloques – *Low performer, Solid perf, Diamond, Pilot* – lui semblait assez vague mais il suivrait à la lettre les recommandations de ses supérieurs, classant au fur et à mesure de sa réflexion ses hommes et ses femmes affairés à l'atelier, vissant et dévissant des petits fils dans des petits cadres, traquant les plus paresseux d'entre eux ou les moins obéissants, car c'était les fortes têtes qu'il fallait désormais repérer, les plus dangereux pour la suite des événements, Supelec ayant prévu un plan de rigueur et sûrement une vague de licenciements sans en avoir parlé directement aux chefs d'atelier.

Ce discours sentait mauvais. Charles Levens le savait, Bruno aussi qui quittait la pièce en donnant un coup de pied dans une chaise sans faire exprès, attirant l'attention de son superviseur qui ne comprenait pas pourquoi sa meilleure recrue avait toujours refusé la possibilité de progresser et, qui sait, d'obtenir un meilleur salaire, se contentant d'une place qui n'exigeait pas d'effort particulier et surtout qui le dispensait de toute responsabilité. Bruno Kerjen faisait partie des *Diamond*, c'était une évidence : il avait de l'or entre les mains, un potentiel énorme, gâché par un esprit qui manquait d'ambition et qu'il faudrait surveiller par la suite car ce genre de comportement relevait d'un problème personnel pouvant s'avérer néfaste à la cohésion du groupe que Levens dirigeait à l'atelier d'une main de maître : ni trop dure ni trop molle mais bien ferme quand même.

Sur le chemin de Vitry, Bruno pensait qu'on les prenait vraiment pour des cons, cela voulait dire quoi, les « nouveaux objectifs » ? Ils bossaient déjà comme des malades, pour un salaire de gueux, ils n'avaient pas d'existence propre, on pouvait les changer comme des pions, il l'avait bien vu avec Sylvie qui était censée revenir un jour et que l'on avait tout de suite remplacée, d'ailleurs personne n'en parlait, de Sylvie, à l'atelier et cet enfoiré de Levens, parce que oui, finalement c'était un enfoiré, semblait super gêné quand Bruno demandait des nouvelles ; c'était clair, fallait pas qu'elle revienne celle-là, on avait déjà trouvé mieux, plus fort et puis les malades ça coûte cher à l'entreprise, faites gaffe à vous, bon sang, on va pas payer pour toutes vos conneries non plus : voilà ce que devinait Bruno à chaque fois qu'il passait la visite médicale annuelle, que l'on scrutait ses mains, son dos, comme on vérifie les sabots d'un cheval ; bien sûr on ne disait pas les choses d'un bloc, on y mettait les formes comme le mec de l'estrade avec sa grande tirade sur la technologie, l'offre et la demande ; mais le problème n'était pas là, on ne voulait pas les protéger, eux, les petits, non, on voulait gagner encore plus de blé, c'était ça l'enjeu ; et tous les petits blaireaux commençaient à coûter cher, après tout en Pologne, en Roumanie, en Chine et encore bien plus loin, les gens n'étaient pas si exigeants, ils bossaient sans rien revendiquer, et surtout ils ne valaient rien, dans tous les sens du terme, c'était ça le truc, ils coûtaient que dalle, ne s'en plaignaient pas, le travail devenait si rare, et en plus ils faisaient faire des économies, pourquoi donc s'en priver, pourquoi s'embarrasser avec une main-d'œuvre surtaxée alors que l'herbe était bien plus verte, bien plus juteuse en dehors de la France, une manne en somme.

Le RER s'engouffrait dans un long tuyau de rails, de pierre et de ciment, tout aurait pu s'écrouler et personne ou presque n'aurait pleuré Bruno Kerjen sinon sa mère et Gilles entre deux cuites ; il était assis sur son siège, bien à sa place, comme d'habitude, liant son box au wagon qui l'emmenait et le ramenait tous les jours à un point A puis à un point B, sans savoir lequel des deux il préférait, le regard vague n'embrassant ni les hommes ni les femmes qui l'entouraient ; il était comme fondu à l'espace, mi-chair mi-sang, mi-vide mi-vent. Qui était-il ce soir ? Comment se qualifier ? Existait-il en dehors de Supelec ? Et s'il venait à perdre son travail, que deviendrait-il ? Il n'était rien ou alors non il était tout, parce que comme les autres, les petites fourmis qui rentraient vers leurs petites maisons de fourmis construites en hauteur pour en loger le plus possible toujours au moindre coût : il avait vu à la télévision que les parois de certains immeubles de banlieue avaient été conçues en usine pendant les années soixante-dix, les murs prédécoupés qui laissaient passer tous les bruits, mais ce n'était pas grave car le bruit c'était la vie et il ne fallait pas trop en demander non plus avec des loyers aussi bas, il y avait forcément une entourloupe derrière ; les plus riches ou plutôt les moins pauvres, les moins dans la dèche avaient fini par quitter les lieux pour des pavillons en vraies briques qu'une vie entière allait rembourser jusqu'au dernier centime, laissant la place aux étrangers, ceux qui n'avaient rien, à qui l'on ne proposait rien et qui devaient s'estimer heureux parce que c'était quand même mieux ici que dans leurs pays de misère, non ?

Bruno Kerjen aimait les trains à cause des autres, les voyageurs sans nom ni visage qui lui ressemblaient, fermés, fatigués, assis, debout, ballottés comme des sacs que l'on aurait posés là avant de les décharger ; en dépit de son manque d'amour pour les autres, il ressentait à chaque fois quelque chose près de ceux qui partageaient son voyage, c'était encore en rapport avec l'électricité, le flux les tenait tous ensemble, ils formaient un tout, une vague dont on ne pouvait séparer les gouttelettes qui la composaient. Elle était là, sa force, et il se disait qu'un jour peut-être la vague briserait la digue que l'on avait dressée, pour la retenir. Il aimait penser à la possibilité d'une révolution, que tout un jour pourrait se renverser, se détruire et qu'il ferait partie de ce renversement, de cette destruction, qu'il existerait enfin, même un court instant, qu'il crierait toute sa rage, toute sa tristesse, tout ce qu'il ravalait depuis l'enfance, tout ce qui n'avait pas de mot mais qu'il partageait avec le plus grand nombre, lancé à toute vitesse vers les zones extérieures de la ville. C'était ça, sa vie, un territoire flou, en dehors de tout, que la nuit recouvrait pour ne plus qu'on le voie, qu'on en parle, c'est ce qu'il se disait en sortant de la gare, longeant le centre commercial, les terrains de foot que l'on n'éclairait plus à cause des trafics, des bagarres, on ne voulait pas le voir, le sang couler, on ne voulait pas la voir, la merde s'échanger, mais c'était ça qui arrivait tous les soirs quand le soleil partait ailleurs, en Chine sûrement, pensait Bruno marchant très vite vers son immeuble, non par peur mais par hâte de se défaire de sa journée, du discours qu'on l'avait obligé à écouter et auquel il ne croyait pas ; il n'avait aucune confiance en les mots, c'était facile de faire de belles phrases, de dresser de beaux plans, de vanter de beaux projets, il en avait vu d'autres depuis toutes ses années à Supelec, et ce soir lui rappelait le soir de sa mutation de Fougères à Paris, c'était les mêmes mots, les mêmes promesses, la même crainte mais aussi la même confiance renouvelée aux petits employés que l'on n'hésiterait pas à sacrifier comme des morceaux de viande qui n'étaient pas vraiment mauvais mais plus au goût du jour, sauf que là ce ne serait pas une mutation, il serait broyé par la machine dont il faisait partie, un petit écrou de rien dans l'amas de fils, de cuivre, de plastique qu'il avait rassemblés tous les jours à son box comme une bête de somme, non pour participer à cette excellence française, comme ils disaient les autres salauds, mais pour noyer son ennui. Avant, l'argent, c'était sa motivation le matin quand il se levait, Supelec remplissait son temps, il ne pensait plus ; c'est vrai, on ne pouvait pas vivre sans gagner du fric, mais l'ennui lui semblait pire que la pauvreté et d'une certaine façon plus dangereux ; sans argent il y aurait toujours une solution, soit retourner chez sa mère en dépit de l'horreur que cela représentait, soit squatter chez Gilles un temps avant de trouver un nouveau job, bref, il saurait faire, tandis que l'ennui c'était un poison qui rongeait, fallait rester vigilant, lutter contre lui toujours même quand il se retrouvait seul dans son appartement de Vitry, car on crevait d'ennui, c'était bien connu, il l'avait entendu un jour, enfant, de la bouche de son oncle Jean, « je meurs d'ennui, bon sang ».

Bruno, lui, ne voulait pas mourir de ça, il n'avait pas peur de la mort, il s'en foutait un peu, mais pas de mourir par ennui, non, il détestait cette idée, parce qu'il savait que ce putain d'ennui le cernait, et même parfois qu'il était au centre de sa vie. Seule Supelec remplissait ses heures, il ne pouvait pas quitter sa place, certes une non-place, mais qui l'aidait à se tenir debout, à faire partie du monde à l'exemple des millions de petits points tournants qui composaient la France : points qui se nourrissaient, déféquaient, baisaient, points qui peut-être alimentaient un point encore, un géant, une entité supérieure dont Bruno n'avait jamais ressenti l'existence. Il ne croyait pas, il ne priait pas, il n'espérait pas, son absence de religieux n'avait rien à voir avec la foi, non, il ne croyait pas au ciel, car il ne croyait pas en la terre, celle qui le portait, indifférente et froide, celle qui le recouvrirait un jour comme le corps de son père auquel il pensait de moins en moins.

Au début, il avait eu de la peine à le savoir seul dans la nuit, au cimetière de Rocabey, peine vite écartée, son père ne pouvait se sentir seul puisqu'il n'était plus, alors peu importe le froid, la pluie, la neige un jour, le silence ou le cri des mouettes. Puis il avait eu des images qu'il ne pouvait contrôler, la nuit surtout, peur d'enfant, se reprochait-il alors devant les tableaux qui s'imprimaient en lui, scènes de peau en décomposition, d'os ramassés, de boue et de sang. Ensuite il avait craint que son père ne revienne le hanter. Il le sentait, partout, chez lui, dehors, à ses côtés dans le RER, derrière son box surveillant son travail, lui reprochant son statut de petit employé invisible qui avait cru faire un grand chemin en s'éloignant de son milieu d'origine mais qui avait juste creusé un petit trou où se cacher, lui qui aurait pu reprendre l'entreprise familiale, la porter, y installer ce qui manquait et qui aurait pu assurer encore de beaux jours à sa mère : un contrat avec la Française des jeux, un comptoir neuf, un flipper électronique qui aurait attiré les jeunes du coin, mais non, en salaud de fils qu'il était il avait préféré fuir et servir les autres, des étrangers sans cœur qui n'hésiteraient pas à le remplacer comme ils l'avaient fait avec d'autres que lui. Il avait peur que son père ne vienne se venger, ne lui porte la poisse, ne brise ses habitudes. Puis très vite, il l'avait comme oublié, il ne faisait plus partie de son histoire mais d'un décor, il était le ciel et les feuilles des arbres, le bitume et le jaune du colza, le sable des plages de Dinard et le phare de Cézembre, décor que son regard survolait, indifférent et sans regret.

Il y avait toujours comme une secousse quand il sortait de la gare de Vitry, un truc qu'il n'arrivait pas à définir, comme si deux réalités s'affrontaient et qu'il ne pouvait choisir, aucune des deux ne le satisfaisant. Il n'avait pas deux vies mais deux espaces bien différents l'un de l'autre à l'intérieur de sa vie. Supelec, la place d'Italie, Paris qu'il ne connaissait pas vraiment mais qui offrait une géographie large, peuplée, rapide, et Vitry, composé de bâtiments, de contre-allées que l'on avait dessinés comme un schéma qu'il fallait remplir de gens pour qu'il existe vraiment. Mais la vie manquait ici. Plus qu'ailleurs, plus qu'à Paris, plus qu'à Saint-Servan.

Il y avait un groupe de filles à la sortie de la gare, quatre ou cinq, assez excitées, des oiseaux, pensait Bruno en les dépassant. L'une d'elles avait lancé « hé le blancos, je te suce pour vingt voire dix euros si t'es sage ». Il n'avait pas répondu, pressant le pas vers son immeuble, un peu dégoûté car elles avaient à peine quatorze ans, s'imaginant sa queue dans la bouche d'une gamine qui venait de cracher son chewing-gum pour quelques euros vite fait bien fait, derrière le kiosque à journaux qui avait fermé depuis longtemps : dès que la nuit tombait les gens rentraient chez eux, s'enfermant à double tour plus par habitude que par peur ; c'était comme ça que l'on vivait depuis quelques mois, deux jeunes mecs ayant été retrouvés dans une voiture carbonisée non loin sur un terrain vague. Chacun prenait ses précautions mais la majorité des gens, dont faisait partie Bruno, ne couraient aucun danger, la guerre était d'ordre privé, elle éclatait entre mecs qui se connaissaient, qui s'étaient trahis, que l'on éliminait du paysage comme on abat un arbre qui gêne la vue. Lui Bruno, personne ne le connaissait, ni les gens du quartier ni les petites suceuses qui l'insultaient de loin, « connard, t'as rêvé ta life là ou quoi ? », et il était assez heureux qu'on ne le connaisse pas, ni dans la rue, ni dans son immeuble, ni au supermarché, ni près des stades de foot, d'une certaine manière il avait mené à bien son projet : celui d'être le plus anonyme possible, ce qui le protégeait des embrouilles, car il y en avait des embrouilles ici, à chaque coin de rue, parfois des petits rien, et parfois la mort, sèche comme les balles de ce que les flics nommaient les armes de poing quand ils faisaient des perquisitions dans les caves ou les appartements. C'était bizarre d'ailleurs toutes ces armes qui traînaient, des gros calibres, des kalachnikovs, avait même entendu Bruno, qui dataient de la guerre en ex-Yougoslavie, avec l'Europe tout circulait plus facilement, rien ne s'étant perdu, on revendait aux gamins, on recyclait la merde, la haine se propageait d'un pays à l'autre et c'était bizarre de se dire que la France devenait comme les States, c'était Gilles qui disait toujours ça se félicitant de vivre en province, certes dans un petit bled mais où les conflits se réglaient au cutter comme au bon vieux temps et non à coups de balles dans la tête, ce qui faisait sourire Bruno parce que ce n'était pas vraiment la réalité, cela arrivait mais c'était rare quand même, la police exagérait juste pour foutre la trouille à tout le monde et contrôler un territoire qui lui échappait un peu plus tous les jours, et puis de toute façon il n'aimait pas trop les flics, s'étant fait contrôler plusieurs fois aux abords des champs de colza, pris pour un revendeur, lui, le pauvre mec qui se contentait de quelques bières pour noyer son ennui quand il quittait Supelec parce que la drogue ça faisait aller trop haut et qu'il avait assez le vertige comme ça.

Il ne voulait pas trop penser à Supelec, au drôle d'air qu'avait eu Charles Levens en le regardant quitter la salle qui voulait dire « va falloir faire gaffe, mon vieux », il se disait qu'il fallait recouvrir cette journée pourrie, se faire plaisir, même un plaisir rapide mais pas celui que lui avait proposé la sale gosse de la gare, non, il en aurait vomi de se faire sucer ainsi, d'ailleurs, à part lui personne ne devait toucher à sa queue, c'était le seul truc qui lui appartenait, c'était dingue de penser ça mais il le pensait vraiment, après tout c'était sa seule source de plaisir, certes infime mais elle avait le mérite d'exister et aucune gamine qui devait en plus manquer d'hygiène ne s'en approcherait, jamais, c'était immonde d'imaginer le tableau aussi bien pour la fille que pour lui ; il préférait les femmes, les vraies femmes, pas les vieilles mais les vamps, qu'il s'imaginait derrière le téléphone, assises sur un canapé en cuir, en déshabillé rouge ou rose, les jambes écartées, toutes à l'écoute de son désir, distribuant les ordres qu'il exécutait sans broncher, soumis, plein, complètement fou d'envie. Alors une pauvre gosse qui racolait dans la rue, c'était juste ridicule, et pas pour lui. Il avait peut-être peur des femmes, ne les approchait pas en vrai mais il s'en faisait une idée précise : elles devaient être dominantes, sadiques, propres, sévères, sans tabou. Ces femmes n'existaient pas dans la vraie vie, il le savait, ce qui le consolait aussi. Mieux valait rester seul plutôt que de se taper une mégère dont les doigts sentaient la bouffe et les oignons.

Bruno Kerjen achetait toujours des boîtes de conserve à capsule, plus faciles à ouvrir, mais, aussi, parce que l'ouvre-boîtes lui rappelait de mauvais souvenirs, outil qu'il jugeait préhistorique et qui le reliait à son enfance, à sa tristesse dans les étés sans fin quand il ouvrait des sardines qu'il avalait pour tuer le temps en en détestant le goût mais c'était plein de bonnes choses, lui ordonnait sa mère ; pareil pour le vin, il aimait les tire-bouchons plus modernes et non celui qui obligeait à tenir la bouteille entre ses cuisses, geste qu'il avait tant de fois vu son père accomplir et qui aujourd'hui l'angoissait. Il achetait des boîtes familiales, réchauffant son mets le lendemain s'il en restait dans la casserole. Il aimait se remplir le ventre, y ajoutant quelques verres, ça le rassurait, même s'il n'avait pas vraiment peur mais le discours chez Supelec l'avait mis mal à l'aise, on les prenait pour des cons, et ça, il détestait. Il ne se sentait pas supérieur à la moyenne mais il connaissait sa valeur, sa rapidité d'analyse, sa capacité à se concentrer. Il avait refusé toute promotion, ne voulant pas se sentir engagé complètement, non par paresse mais parce que cela lui donnait l'impression d'avoir décidé quelque chose pour lui, c'était infime, et comme à l'envers de ce que l'on pouvait attendre ou espérer de lui mais il aimait se dire qu'il avait choisi de rester dans ce qui pouvait apparaître comme de la médiocrité vu de l'extérieur mais qui lui convenait ; il ne devait rien à personne, s'appliquait à sa tâche, se contentait de sa maigre paye, rentrait chez lui sans avoir à se poser de questions au sujet de ses lendemains. Tout serait semblable, d'une année sur l'autre, son secteur d'activité ne connaissant pas vraiment de progrès, un fil restait un fil, le flux électrique ne changeait pas, seuls les encadrements que l'on ajustait en sous-sol se modifiaient à la vitesse de la lumière mais cela ne le concernait pas et il s'en félicitait. Il aimait son métier mais il détestait l'évolution, elle abîmait les hommes, exigeant toujours plus, ouvrant un espace qui n'était pas la liberté mais une prison dont on repoussait les barreaux sans les défaire pour de bon.

Le vin était chaud dans sa bouche, il n'était pas très bon mais il s'en foutait, il avait envie de se défaire de lui, d'oublier l'homme qu'il était, le petit

employé chien-chien des patrons, avec son blouson
en cuir, ses outils, sa petite carte-pointeuse arrivant
toujours avant l'heure, de peur de perdre quelques
euros sur son salaire – le prix d'une pipe mal faite
par une gamine qui sentait la clope, la sueur et le
patchouli –, le fils de son père, le raté, le provincial,
le célibataire qui commençait à perdre ses cheveux,
à avoir du bide et qui ne parvenait pas à jouir à
tous les coups car il était à court d'imagination,
d'histoire et de liberté ; car il en fallait de la liberté
pour éjaculer bien, fort, vite, pour se décharger du
poids d'une existence qu'il subissait de plus en plus,
dont l'avenir ne présumait rien de bon ; le mec de
la sacoche, Charles Levens le tenait dans son rétroviseur, il ne le raterait pas ce petit salopard qui
n'aimait pas les hommes mais pas vraiment les
femmes non plus, Bruno en était certain, il lui ferait
un coup dans le dos, c'était évident, trop gentil pour
être honnête le Charles et dans les moments de crise
on pouvait s'attendre à tout, chacun se protégerait
et l'autre n'existerait plus, c'était dans la nature
humaine, il fallait l'accepter ou du moins en être
conscient pour s'en défendre. Sa conscience, Bruno
avait décidé de l'endormir s'ouvrant une deuxième
bouteille de vin, assis sur le canapé de son salon
devant une émission de télévision où deux équipes
adverses essayaient de deviner le montant précis
d'une cagnotte secrète, dans un laps de temps qu'il
ne fallait pas dépasser, ce qui créait une sorte de

tragédie à la chose : on hurlait pour gagner un peu d'argent.

Il ne jouait pas à la loterie, ni au PMU, ne croyant pas à sa chance mais il lui arrivait d'y penser, de se projeter dans une nouvelle vie sans contraintes financières, vie qui ne le faisait pas rêver car, il le savait, il n'aurait pas su quoi faire de sa fortune. Le bonheur se plaçait ailleurs, à l'intérieur de soi en premier puis dans quelque chose de magique auquel il n'avait pas accès. Il manquait de clé, s'en voulait de cela, buvant pour recouvrir le ravin qui le menaçait. Il avait besoin d'entendre une femme au téléphone, il ne jouirait pas, il avait trop bu, mais il fallait effacer l'image de la gosse de la gare, la tuer par une voix qui lui demanderait son numéro de carte de crédit, puis les trois chiffres figurant à son dos, clé miraculeuse qui permettait quelques minutes de plaisir confidentiel, jamais honteux, car oui, une fois de plus, sa bite lui appartenait.

Il se donnait le prénom de Max, à cause du Mad Max de sa jeunesse et parce que non, il ne pouvait pas entendre « viens en moi, Bruno », ça sonnait faux, à côté de l'histoire que ce soir une certaine Dolly lui racontait avec un petit accent américain qu'elle ne tenait pas toujours mais peu importait, il avait payé pour rêver et on avait les rêves que l'on méritait. Dolly l'emmenait sur un drive-in aux States bien loin de la France, c'était l'été, ils transpiraient tous les deux sur la banquette arrière de

136

leur voiture, il y avait d'autres couples, dans d'autres voitures, sur l'écran, un homme se laissait déshabiller par une femme, enfin non, elle ouvrait juste sa braguette et laissait son sexe découvert, ce qui faisait une sorte de contraste entre la nudité et le reste des vêtements, comme s'il ne pouvait plus attendre, qu'il n'avait plus le temps pour qu'elle lui retire sa veste, sa chemise, ses chaussures. Elle portait un string en dentelle, un débardeur en soie, sans soutien-gorge, elle se mettait tout de suite à genoux, laissant l'homme lui prendre la tête et l'écraser contre sa queue. Ils regardaient la scène sur l'écran, elle n'en pouvait plus, elle voulait faire la même chose avec lui, Bruno-Max, lui sortir son membre lourd et comme le calque d'un dessin, plaquer sa bouche à son tour pour qu'il se décharge au plus vite entre ses lèvres ; il fallait qu'il soit rapide, pensait Bruno, Dolly avait d'autres appels en attente, il faisait froid à Vitry, il ne se rendait jamais au cinéma, n'aimait pas, comme les States, le grand pays du lieutenant Blueberry qu'il n'avait jamais eu l'occasion de visiter car tous les pays se ressemblaient quand on était malheureux, alors pourquoi partir. La fille continuait sa petite histoire et Bruno, pour la première fois, pensait à autre chose, ne se caressait pas, n'en éprouvait pas le désir ; il avait juste besoin d'une voix, s'imaginant qu'il ne l'avait pas payée et qu'elle le réveillerait le lendemain matin. La fille raccrochait, elle n'avait pas de temps à perdre et lui était juste un con de déchirer son fric ainsi mais ce n'était pas son affaire, à chacun sa merde, monsieur, moi j'ai un gosse à nourrir, avait-elle dit avec un accent qui n'avait plus rien d'américain.

Bruno s'en foutait, il avait trop bu, allongé sur son lit, il était absorbé par un détail qu'il n'avait pas remarqué depuis longtemps : la tache noire au plafond. Elle avait grandi, il en était certain. Il s'était passé quelque chose sans qu'il s'en aperçoive mais il était trop bourré pour monter sur l'escabeau et vérifier. La tache s'allongeait au fur et à mesure qu'il la fixait, elle était sombre, noire mais d'un noir spécial, comme travaillé de l'intérieur avec des mini-boursouflures qui auraient pu faire penser à des cloques quand on pose un papier peint sans bien le lisser, sauf que là ce n'était pas du papier, mais de la peinture sur du ciment et ce n'était pas une fuite non plus, il était allé vérifier un jour chez les voisins et ce n'était pas un noir d'origine qui transpirait sur le blanc, non, c'était une tache qui n'avait aucun lien avec le mur en fait, c'était bizarre de penser ça mais cette tache venait d'ailleurs et peut-être même qu'elle n'existait que dans son esprit et qu'il était le seul à la voir, mais comment vérifier, personne ne venait dans son appartement et encore moins dans sa chambre dont il avait interdit l'accès à ses parents quand ils lui avaient rendu visite il y avait bien longtemps.

La tache c'était ce qu'il ressentait au fond de lui, cette part noire qui n'avait cessé de grandir et dont il ignorait l'origine, son enfance avait été ennuyeuse mais pas pire que celle d'un autre, à l'époque tous les gamins recevaient de bonnes torgnoles pour apprendre à se tenir, c'était banal, courant, salutaire pour certains, son rapport à sa mère était celui de nombreux hommes avec la leur, mieux valait être dégoûté qu'attiré, sa gêne avec les femmes traduisait une ambiance générale, les hommes ne savaient plus faire, leurs pères avaient tout pris, tout massacré aussi, les femmes se vengeaient à présent et c'était bien normal après tout, la roue tournait pour tout le monde, quant à l'amour il ne l'avait jamais ressenti, en était vierge, aurait pu apprendre mais cela demandait du courage, il fallait sortir, parler, s'ouvrir, il en était bien incapable ; restaient les réseaux de rencontre sur Internet, il s'y était inscrit juste pour voir, abandonnant aussitôt ses recherches car les mots n'étaient pas son truc, ne sachant ni se présenter ni se vendre. C'était lui, la tache, en fin de compte, pareille à celle de son plafond, petite, sombre, impossible à voir si on n'y prêtait pas attention.

L'alcool le noyait, il ne bougeait plus, allongé sur son lit encore habillé, des bandes bleues parvenaient à lui depuis l'écran de télévision toujours en marche. Il avait éteint la lumière de sa chambre, la tache lui faisait peur, se disant que s'il la fixait trop longtemps elle quitterait le mur pour s'imprimer sur son corps. Dehors, Vitry s'étendait à l'infini, tirant ses barres vers le ciel, les champs de colza vers d'autres champs plus fertiles, la gare vers un clocher de campagne, tout se déformait à présent, s'ouvrait vers un espace sans limites qui n'offrait aucune possibilité particulière mais qui montrait combien la terre était vaste pour celui qui voulait s'évader. Bruno Kerjen ne voulait pas s'évader, c'était ça son problème, il aimait sa boîte et elle était encore trop grande pour lui, arrivant à en faire le tour et à s'y perdre encore parfois : on ne connaissait jamais assez, jamais vraiment, ça le faisait flipper mais ça pouvait le rassurer, infime soit-il, il restait un espoir, non de changer, mais d'évoluer comme on pouvait le dire dans son métier, quand un atome s'organise selon un milieu, épousant ses lignes et ses fractures.

Il s'endormait peu à peu, se disant que malgré tout il aimait bien l'alcool. Avec la bibine il lui arrivait quelque chose, il se déplaçait de lui, ouvrait un horizon qui n'aurait jamais existé sans, se posait de nouvelles questions, y trouvait de nouvelles réponses, le vin avait le don de repeupler sa solitude, il en aimait les effets, en redoutait les lendemains, il avait vieilli, se fatiguait plus vite, résistait moins. L'ascenseur s'était arrêté sur son palier. Aucun pas ne venait dans le couloir, pensant au fantôme de son père qui continuait à le surveiller, craignant pour son fils, car oui, il allait bien arriver quelque chose, il en avait eu le pressentiment le jour de ses trente-cinq ans, un truc qui irait à l'encontre de tout ce qu'il avait connu jusqu'ici. Mais c'était peut-être juste l'ennui qui lui donnait cette impression imminente de catastrophe et d'ailleurs avait-il sans doute envie de provoquer la vie, de basculer. Non, c'était un sale petit con paresseux, son père avait raison et d'ailleurs il en avait la preuve, couché sur son lit, encore habillé, la queue à l'air, incapable de bouger, de se déshabiller, d'aller gerber pour se soulager de Dolly, de Supelec, du bruit des câbles de l'ascenseur, des faisceaux de l'écran de télévision, de la pluie qui tombait comme des pierres sur son petit balcon dont il ne nettoyait plus les fientes des pigeons, car un peu plus ou un peu moins de merde dans sa vie, ça ne faisait aucune différence.

Il faisait un rêve bizarre, il était dans sa baignoire, laissant couler l'eau sans avoir fermé le siphon, mais l'eau ne partait pas, elle montait de plus en plus, couvrant ses jambes, son ventre, son torse, puis il tournait les robinets, arrêtant le flot, assis, les bras autour de ses genoux. Il se sentait bien, comme jamais, et ça n'avait aucun lien avec l'enfance ou le ventre de sa mère, ça, c'était des conneries de psy, l'eau c'était pas juste le ventre, la gestation ou la naissance, et ce rêve n'évoquait ni la vie ni la mort, mais un état entre les deux, inédit, que personne ne connaissait. Bruno Kerjen flottait en lui et aurait pu tomber, de la même façon, en lui, il était la scène et le sujet, le cadre et le point dans le cadre, il était lui et un autre à la fois, mais pas quelqu'un de plus fort ou de plus beau, non, une autre personne, un double qui n'existait pas, qui n'existerait jamais. Puis des poissons sont montés des tuyaux, passant par le siphon, des dizaines de poissons, de taille moyenne, gris, argent, ils n'étaient pas beaux mais pas dégoûtants non plus. Bruno ne s'étonnait pas de les voir tout autour de lui, ils montaient, remplissant la baignoire, grouillant autour de son corps qui ne bougeait pas, se laissant mordiller par des bouches dont il aurait pu sortir une langue humaine. Il l'attendait cette langue, qu'elle le lèche, le guérisse de ce dont il souffrait, qu'elle le transforme, que son existence explose enfin comme un bourgeon, qu'il se passe un truc, juste un truc parce que c'était le vide qui plombait toutes ses années, le vide.

Comme il arrivait souvent avec l'alcool, Bruno Kerjen avait fini par tomber dans un puits sans fond où les rêves n'avaient plus accès. La pluie redoublait sur Vitry, Paris et Saint-Servan quand Gilles avait décidé de composer le numéro de son ami malgré l'heure tardive, multipliant les tentatives avant que ce dernier réponde enfin :

« Eh, mon connard, tu pionces ? Tu sais qu'il n'y a que les nazes pour dormir la nuit, je te l'ai toujours dit, et c'est ce qui fera toujours la différence entre nous deux, toi t'es *out* quand moi je suis au cœur du truc, c'est ma vie, vieux, et c'est la tienne, mais là je me suis dit qu'il fallait que je t'incorpore tu vois ce que je veux dire, que je te ramène dans l'instant T, dans ce qui est en train de se passer, et tu sais pourquoi ? C'est parce que ça te concerne, tu vois ? Non tu ne peux pas voir, t'as l'air complètement ensuqué, t'es bourré ou quoi ? Putain,

Bruno, ça craint de se mettre la tête à l'envers tout seul, c'est la guigne, je te l'ai toujours dit, les délires ça se partage, sinon ce sont de mauvais délires, et les mauvais délires n'apportent rien de bon, tu dois flipper comme un malade tel que je te connais, là, bourré, tout seul dans ton trou à rat, oui, vieux, t'es comme un rat là-bas, t'aurais dû rester chez nous, elle était là ta place, il était là ton salut, et tu sais, quand je parle de Rio, je n'y crois pas vraiment, parce qu'on reste à tout jamais le fils du pays où l'on est né, c'est comme ça, il n'y a rien à faire, il ne faut pas lutter, toi tu as cru t'enfuir d'un truc, te sauver même, mais putain, Bruno, on ne se sauve pas, personne ne se sauve, faut l'accepter, tu t'es pris pour Superman, genre le mec le plus fort de la Terre, plus fort que nous, que moi, tu t'es cassé mais au bout du compte c'est quoi ta vie, franche-ment moi j'en voudrais pas de ta vie, tu fais un boulot de con, OK, t'es monté à la capitale mais tu n'en profites même pas vieux, tu n'as pas le blé pour et tu ne l'auras jamais, alors elle est belle ta liberté, magnifique ton ambition, t'es trop naze, je te jure, comment tu as pu croire que ce serait mieux, plus beau, plus grand, tu es au même point que moi, et pardon de te dire ça, mec, tu es même pire que moi, parce que j'ai la mer encore, l'horizon, j'ai mes rêves, d'accord, je le redis, ils sont bidons, mes rêves, mais ils existent dans ma tête, et tous les jours je les vois partir et arriver les cargos, ça m'ouvre la tête, ça veut dire qu'il y a de l'espace, tu comprends ?

Toi tu n'as plus d'espace, plus rien le rat, tu es pris à ton propre piège et personne ne viendra t'aider, et elle a raison ta mère tu ferais mieux de rentrer, il y a des gens qui t'aiment ici, en tous les cas qui te connaissent bien, ou qui t'ont connu, et qui te dit, espèce de connard, que tu ne leur manques pas à ces gens, hein ? Dis-le, bordel, si t'as des couilles. Dis-le ! Et tu vois, si je t'appelle ce soir, OK, moi aussi je suis bourré, mais je voulais te le dire parce que tu es mon pote et que ce soir il s'est passé un truc de fou, faut que je te raconte Bruno, ne raccroche pas, laisse-moi du temps encore, tu vas halluciner, enfin vu l'état dans lequel tu es je ne sais pas si tu peux encore avoir des étincelles dans ton petit cerveau de moineau, bien, tu me croiras ou pas, je te préviens tout de suite, tu as intérêt à me croire, ça vaut mieux pour toi. Voilà, j'ai fini le taf un peu plus tôt aujourd'hui et tu sais, il commence à faire bon ici, enfin c'est pas les Tropiques mais tu connais, il y a un truc dans l'air qui est plus léger même si ça flotte toujours autant, mais il y a des accalmies, de plus en plus longues, et le ciel en sort essoré de ses averses, ça fait comme une machine à laver, et tout est calme et tranquille, et je t'assure, ça fait du bien au moral, c'est con, mais un petit coin de ciel bleu, un rayon de soleil et tout repart, tu vois, on ne peut jamais se séparer de la nature, c'est peut-être ça le propre de l'homme, d'être lié aux saisons, d'en avoir besoin, de suivre les cycles, on a beau dire, mais la météo, ça compte, et encore plus ici comme tu le sais, moi je n'en pouvais plus de ce froid, de cette humidité, c'est comme si l'hiver faisait tout pour nous faire détester la mer, et pourtant moi j'en suis fou, de notre Manche, grise, bleue, folle et blanche avec le vent. J'ai donc quitté le port un peu plus tôt que d'habitude, il ne flottait pas, c'était comme si le ciel me faisait un cadeau, je suis allé en bagnole à Paramé, c'était vide, les cons de Parigots n'ayant toujours pas ouvert leurs villas, j'ai marché sur la digue du Pont, presque jusqu'au bout comme on le faisait plus jeunes, tu te souviens, et que l'on allait vider quelques bières à l'abri des nazes, tous les deux, et tu sais, je ne les ai pas oubliés nos moments de jeunots, tu ne t'en souviens peut-être pas, mais tu avais encore des rêves plein la tête, mon Bruno, plein, t'étais têtu, mais tu en voulais, merde, tu étais dans la vie, pas à côté comme tu le fais aujourd'hui. Bon bref, je passe parce que je vais encore m'énerver et je ne veux pas que tu raccroches avant de t'avoir tout raconté parce que, tiens-toi bien, ça va te trouer le cul, ce que je vais te dire. Je me suis assis sur la digue, c'était marée haute, mais l'eau était calme, et je pouvais laisser mes jambes pendre dans le vide sans me faire arroser, l'horizon était bien dégagé, ce qui est signe de pluie mais là il y avait comme un répit, juste pour moi, un carré de bleu dans lequel je me suis engouffré, c'était beau, Bruno, tu ne peux pas imaginer comme c'était beau ; je me suis allumé un petit tarpé et j'ai regardé le Davier comme si c'était une île merveilleuse et que peut-être il y avait un trésor là-bas qu'on n'a jamais trouvé parce que tous les deux on n'est pas doués pour le bonheur, c'est-à-dire le fric, c'est notre problème, Bruno, ça, le manque de thunes, c'est ça qui nous rend malheureux mais on n'a pas assez cherché, on n'a pas assez essayé, comme pour l'amour, on est des perdants, et tu sais pourquoi, mec ? On est invisibles, c'est tout, on n'a pas de présence, rien, mais je suis sûr qu'à deux on pourrait la trouver cette putain de présence et tu vas comprendre pourquoi. Oui, mec, tu vas avoir besoin de moi et ça me donne du bonheur de penser ça : je vais te devenir utile. Alors avec mon petit tarpé j'ai décollé tout doux, c'était mégabon, le ciel, un peu de soleil, mon cerveau a commencé à s'ouvrir, comme si toute la lumière rentrait dedans, tu comprends ? Je ne sais pas si tu comprends, mon blaireau de pote, t'as l'air vraiment dans le potage. Tu vois quand tu fumes un tarpé c'est comme si tu faisais des rêves mais avec la conscience que tu en fais. Tu regardes tes propres images intérieures et tu les crées au fur et à mesure que tu les regardes, et en plus tu ne dors pas, alors elles deviennent réelles ces images et ça donne d'autres possibilités, tu vois le monde différemment et peut-être que c'est ça la vérité du monde, Bruno, et que finalement depuis le début on s'est plantés. J'avais l'impression que toute la mer me comprenait et encore plus, toute la Terre et tous les espaces que je ne connaissais pas, que tout se tournait vers moi parce que je prenais le temps pour une fois pour regarder les choses et elles me l'ont bien rendu les choses, mec, elles m'ont accepté dans leur univers et je me suis senti comme un homme, c'était fini le paumé, fini. Après j'ai repris ma caisse et j'ai roulé vers le Val, le ciel était devenu un peu plus noir mais je m'en foutais, j'avais du bleu en moi, c'était liquide et ça coulait comme cette foutue vie qui m'a posé tant de problèmes. Et puis j'ai fait demi-tour et là, mec, tu dois penser que c'est ma life ça, les demi-tours, eh bien détrompe-toi, je me sentais super bien et j'ai eu comme une vision, tu sais comme ces tocardes de voyantes avec leur foutue boule de cristal, bien c'était moi, Irma, tout d'un coup, bordel, j'avais une petite voix qui me disait de retourner intra-muros, de me taper une petite mousse au Château, tu sais, le café sur la place près de Duguesclin, celui ou tous les connards de *redede* vont l'été et font leur marché de meufs avec leur verre de kir de merde à la main et leurs godasses bien cirées, leur gel dans les cheveux, leurs petites chemisettes et leurs jeans bien repassés, d'ailleurs faut vraiment être un loser pour repasser ses jeans, hein, mon Bruno ? Je me suis garé à l'arrache à Saint-Vincent, je m'en foutais de la bagnole, d'avoir une prune de plus ou de moins, de toute façon je ne les paie pas, et qu'ils aillent se faire enculer ces connards qui nous alignent, à part prendre notre fric, ils ne savent rien de la vraie vie ces gens-là. J'ai remonté la rue vers ce café que je déteste, ils avaient ouvert la terrasse, tu vois, je mens pas, il faisait vraiment un temps royal, mais je n'ai pas voulu rester dehors, la voix disait que je devais rentrer, même si c'était pas ma place cet endroit, je me sentais mal à l'aise, comme avant, quand on débarquait raides bourrés et que l'on bousculait les petits cons de fils à papa, mais tu sais, Bruno, il y avait un truc incroyable dans ce café, un truc qui n'en est pas un d'ailleurs. Tu es prêt ?

« OK, alors j'avance dans le troquet, je fonce au bar, je vois une meuf de dos, assise sur un tabouret avec des putains de cheveux noirs qui faisaient comme une putain de danse sur ses épaules, tu sais, Bruno, la danse du serpent qui rend dingue tous les mecs à cause de la rencontre de deux textures différentes : le cheveu et la peau, comme si les deux l'une contre l'autre faisait monter la chaleur qui n'existait plus ; et tu vois, je n'arrêtais pas de la fixer, elle était seule, parlait au mec du bar, je me suis tout de suite dit qu'elle me faisait penser à quelqu'un sans savoir qui vraiment, et le truc de fou qui est arrivé c'est que ton image est venue tout de suite, comme si la meuf avait un lien avec toi, et là j'ai compris, vieux, j'ai compris. C'était Marlène, mec, Marlène, ta Marlène, bordel ! Ouais elle s'est teint les cheveux, finito le blond platine mais je peux te dire que ça lui va bien le noir ça fait ressortir ses putains d'yeux bleus c'est un truc de dingue, le serpent, je te dis, le serpent, j'étais comme un fou, je savais, il y avait une rumeur au sujet de son retour, je t'en avais déjà parlé, mais tu sais, dans ce bled les gens boivent tellement qu'ils finissent par raconter n'importe quoi, pour moi c'était des cracks, une telle bombe ne pouvait pas revenir dans son patelin de Rothéneuf, impossible. Mais si, Bruno, elle était là, devant moi, en train de siroter un petit verre, tranquille, avec son beau cul sur le tabouret, ses gros seins, comme avant mais un peu plus classe, tu vois, genre plus classique, pantalon moulant, pull décolleté, pas les jupes de pute qu'elle se trimbalait au lycée pro, non, classe la meuf, juste ce qu'il faut pour exciter le chaland. Et je n'ai pas fini l'histoire alors ne t'endors pas pauvre cloche, d'accord ? Donc je m'approche, je dis "salut Marlène", elle se retourne et là, le truc hallucinant, elle me reconnaît tout de suite, direct, elle a crié "Gilou !". J'avais même oublié qu'on m'appelait comme ça à l'époque, quel surnom de naze mais bon pas grave, j'étais trop fier, je te promets, tous les mecs me regardaient, ils étaient tous séchés sur place, parce qu'elle a tiré le tabouret qui était à côté d'elle et elle a dit "Cela me fait trop plaisir, prends un verre avec moi, ça fait un bail", et puis on est restés tous les deux au bar à parler de tout, le lycée pro, son parcours, elle ne m'a pas tout dit mais elle a habité dans le Sud, à Menton puis à Nice, elle n'a pas fait du cinéma comme prévu même si elle ne ratait jamais un festival de Cannes à attendre les stars, tout ça, c'est de la connerie mais je n'ai rien dit, elle m'a même montré une photo d'elle et de Clooney sur la Croisette, j'avais envie de me marrer parce que ça faisait vraiment starlette à la noix prête à sucer n'importe quel Amerloque de passage, mais ça non plus je ne l'ai pas dit, tu me connais Bruno, je sais me tenir avec les gonzesses. Elle a bossé dans un magasin, à Menton puis dans un bar à Nice, je crois qu'elle était même gérante, et le proprio était son mec si j'ai bien compris mais ils se sont embrouillés, je ne sais pas trop ce qui s'est passé mais elle est partie en catastrophe du Sud avec son môme sous le bras, eh oui, mec, elle a un gosse, un fiston de huit ans, tu te rends compte, elle l'a fait elle, pas comme nous les pauvres glands sans meufs ni marmots ; alors voilà elle est un peu dans la galère mais elle n'est pas trop inquiète, elle dit qu'elle a mille idées, qu'elle va essayer d'agrandir le salon de sa mère qui commence à fatiguer et qui va peut-être lui passer la main, mais elle doit faire ses preuves car ça fait longtemps qu'elle n'a pas touché l'ombre d'un bigoudi, elle se marrait en disant ça, et tu sais, son rire m'a tout rappelé en fait, tout était là, notre jeunesse, nos cuites à la con, ton 102 pourri, ce lycée glauque, les meufs imbaisables, les mecs paumés, mais aussi le putain d'espoir que j'avais parfois qu'un jour je serai quelqu'un, que je ferai un truc de ma vie. Et puis très vite, d'ailleurs je ne sais pas pourquoi, mec, t'es un verni toi, elle m'a parlé de toi, de vous, elle a dit je l'aimais bien ce type, il était pas comme les autres le Kerjen, Kerjeunot elle t'a appelé, j'étais plié de rire, elle a dit que t'avais de bons yeux et que t'étais un des rares mecs à qui elle

150

s'était confiée au lycée pro, elle m'a demandé ce que tu faisais, je l'ai un peu enfumée, j'ai dit que t'avais un bon taf dans une grosse structure à Paris, tu m'en veux pas, j'espère, mec, mais ce genre de nana faut leur en mettre plein la vue dès le départ sinon c'est foutu, elle m'a dit qu'elle avait vraiment envie de te revoir quand tu viendrais à Saint-Servan, qu'il fallait qu'on organise un truc, que c'était trop bon de revoir ses potes ; quand elle a dit trop bon j'étais méga-excité parce qu'elle, je peux te dire, te le jurer, qu'elle est encore trop bonne. Trop bonne. »

Bruno n'écoutait plus Gilles, balançant son téléphone sur son lit, il était encore habillé, légèrement ivre mais conscient de tout ce qu'il venait d'entendre, désordre d'alcoolo, avait-il pensé mais dont il croyait les grandes lignes car Gilles ne savait pas mentir : c'était vrai, Marlène était revenue. Il se levait pour éteindre l'écran de télévision qui ne diffusait plus de lumière mais un fouillis de points blancs et noirs qui pouvaient donner la nausée si on le fixait trop longtemps comme le cadre que fait tourner l'hypnotiseur pour endormir son sujet.

Il avait cessé de pleuvoir sur Vitry, ce qui était une bonne raison pour s'en griller une sur le balcon et se remettre les idées en place. La nuit commençait à partir vers un autre pays, avait pensé Bruno, ne se sentant plus vraiment d'ici, de ce pays qui s'ouvrait à lui, de couleur encore sombre mais tachée de petits points transparents qu'il s'expliquait par sa fatigue et le vin. Il n'était pas d'ici mais n'était de nulle part, et s'il se concentrait sur ce qui l'animait, à l'intérieur de lui il ne trouvait aucune épaisseur à son être, comprenant alors qu'il n'appartenait à aucune terre, ne s'appartenant même pas à lui-même, pareil à ses Hobie cats qu'il manœuvrait tant bien que mal enfant sous l'œil amusé de son oncle Jean qui le regardait dériver vers les rochers sans jamais lui venir en aide, rigolant de ce piètre marin qu'il surnommait l'hurluberlu ; Bruno était peut-être fou, d'une folie héritée de son père. Lui aussi ne prenait pas le bon sens du vent, le bon reflet du soleil, la bonne trajectoire des courants, se comparant à un bout de bois qu'emportaient les vagues sur les plages sales de l'hiver que l'on nettoyait au printemps pour les premiers baigneurs. Un bout de bois dans la tempête de Supelec, un bout de bois qui ne demandait qu'à rouler vers Marlène, comme un chienchien rentrant vers une niche qu'il connaît à peine mais qui sûrement le protégera du froid et des sortilèges. Il voulait y croire, tout en sachant que Marlène n'existait pas vraiment, dans le sens où ils n'avaient absolument rien vécu ensemble. Sans en connaître la raison, Bruno avait enfoui en lui son image, comme une carte postale des Bermudes que l'on ressortait du tiroir pendant l'hiver pour rêver de sable et d'océan chaud ; c'était cela Marlène, une sorte de mirage de sa jeunesse dont il s'était tenu à l'écart par peur de sombrer, de rater ses études et donc son avenir, pensait-il à l'époque ;

de toute manière il ne fallait pas se faire de films, elle l'avait déjà prévenu, elle n'en voulait pas de sa queue, lui préférant son écoute, sa gentillesse ; et ce crétin de Gilles le mettait dans une place bien embarrassante à occuper. Bruno restait un ouvrier, fier de l'être, dans une entreprise qui commençait à plonger avec le reste du monde, il vivait certes dans un trou à rat, qu'il préférait cependant aux cages à lapins qui s'étalaient au loin devant lui comme des gratte-ciel plus larges que hauts pour abriter le nombre maximum d'individus, de familles que l'on remplacerait d'année en année en changeant le nom des boîtes aux lettres, des interphones quand ceux-ci existaient, sans faire de différence entre les uns et les autres, la vie comme la mort lissaient chaque personne, chacune ressemblant à l'autre et au bout du compte ne s'en plaignant pas vraiment.

Personne n'avait remplacé Marlène, unique modèle féminin que Bruno avait vénéré, fantasmé puis écarté de sa mémoire pour ne pas souffrir, même si la souffrance était un mot trop fort pour l'état dans lequel elle le mettait quand il y pensait de temps en temps. Ce n'était pas vraiment de la douleur mais la sensation d'avoir manqué le coche un soir alors que Marlène était saoule et qu'elle lui avait demandé de rester dormir dans sa chambre de Rothéneuf car les draps étaient tout propres et que sa mère ne rentrerait pas du week-end. Il avait eu peur ; peur de ne pas savoir bien faire, d'être rejeté, de confondre une avance avec un simple élan de tendresse, puis il était reparti sur son 102 dans la nuit vers Saint-Servan, roulant sur les trottoirs de crainte de se faire buter par une voiture, un camion, saoul à son tour et pétri de honte. C'était cela son souvenir le plus fort de Marlène : l'élan arrêté qui l'avait poursuivi tout au long de sa vie d'adulte le séparant des femmes qu'il rangeait en deux catégories : bobonnes qui sentent l'oignon, vamps qui écrasent le cœur.

Elle avait un fils, un môme, avait dit Gilles, mais elle n'était pas comme les autres, il en était sûr, Marlène ne pouvait pas être mère comme on l'entendait d'habitude, elle n'avait ni le profil, ni la mentalité, son garçon devait être un gentil compagnon de route qui parfois veillait sur elle, mais pas un braillard qu'elle mouchait, élevait, disputait ; Marlène était une amante, et une amante ne donnait ni le sein ni le lait, se réservant aux hommes, s'y adonnant sans compter, les possédant tout en leur faisant croire qu'ils la possédaient ; c'était ça qui avait toujours excité Bruno, ça qu'elle avait en plus de tous les autres cette année-là au lycée pro, ça qui ferait qu'elle aurait un destin comme elle le prédisait. Il l'imaginait en cavale, fuyant un gangster du Sud ou un mari trop jaloux, faisant une pause à Rothéneuf, trou perdu au milieu de nulle part.

Gilles avait raison, on revenait toujours au premier point, celui de l'ancrage, on avait beau faire des voyages, organiser des départs, tous ces mouvements ne décrivaient que des cercles autour du point central qui attirait comme un aimant même si on le détestait. Oui, Bruno détestait la Bretagne, il le répétait en criant comme un cinglé sur son balcon, tirant sur sa clope en attendant le jour qui ne venait pas, refusant de se coucher avant de repartir pour Supelec, il avait la haine de sa région, de son patelin, de son quartier mais depuis l'appel de Gilles quelque chose s'était greffé au lieu de son enfance puis de sa jeunesse : une sorte de tige qu'il lui fallait saisir et qui le ramènerait au bercail comme les gaules qui repêchaient les voiliers miniatures coincés à l'extrémité du bassin des jardins publics.

Il n'arrivait pas à imaginer Marlène en brune, son corps, son ventre, ses seins, son cul avaient tout d'une blonde, c'était con à dire, mais c'était vrai, sa couleur de cheveux l'avait tout autant excité que son rouge sur les lèvres, sur les ongles ; une brune était moins en avant, moins grande gueule, moins chaude, il en était certain, mais Marlène avait un don et il lui faisait confiance, elle n'aurait pas beaucoup changé. De toute manière ils se connaissaient si peu, la jeunesse n'était rien, qu'un passage, lui dans la vie de Marlène à peine une comète, elle son arc-en-ciel qu'il s'était fabriqué tout seul comme un pauvre désespéré qu'il était ; il allait être déçu, elle ne l'attendait pas, n'en voulait pas, c'était juste au nom du passé, de ces petites années de merde au lycée pro qu'elle avait envie de le revoir et il le savait bien, Saint-Malo et ses environs

155

étaient assez plombants hors saison, Marlène en avait fait déjà sûrement le tour, s'ennuyant au bar du Château, cherchant une épaule sur laquelle s'appuyer plutôt qu'une bite à se fourrer entre les cuisses.

Il ne voulait pas trop penser à ses seins, à son cul, il se sentait durcir et ne pouvait se permettre de commencer sa journée de travail ainsi, se branler lui demandant plus de temps qu'avant, l'exténuant ensuite comme un chien qui vient de forniquer.

Il quittait le balcon, la queue pleine mais qu'il ne soulagerait pas. Il enlevait son tee-shirt Décathlon pourri avec lequel il avait dormi et qui puait la sueur, face au miroir de sa salle de bains il se trouvait entre deux, pas trop mal de corps pour son âge mais un peu de bide, des épaules pas assez dessinées qui auraient pu l'être bien plus s'il n'avait pas glandé et mal bouffé toutes ces dernières années, il avait les cuisses musclées, un visage carré de pauvre con de Breton qu'il était, le regard bleu des marins qu'il n'était pas et des cheveux qu'il fallait, c'était le jour, raser. Il avait longtemps attendu cet instant, prenant sa bombe de mousse, son Gilette, se faisant un autre visage, plus sombre, plus inquiétant, mais qui mettait en valeur son regard, son seul atout, pensait-il en se rinçant la tête sous le robinet avant de prendre sa douche dont il reculait le moment car il bandait encore.

VII

Les choses ne changeaient pas vraiment chez Supelec, ou elles ne changeaient pas en apparence depuis le discours des dirigeants ; c'était cela qui inquiétait le plus Bruno : on leur cachait la vérité, et quand il disait « la vérité », cela n'avait rien à voir avec la grande tirade sur la crise mondiale, l'excellence française, les coûts de fabrication, la vitesse du rendement. Non, la vérité c'était ce qui n'avait pas été dit. Il en était sûr, on les surveillait en souterrain. On examinait leur personnalité, essayant de repérer la brebis galeuse sans qu'elle s'en aperçoive, se protégeant du syndicat qui pour l'instant ne bougeait pas trop, rassuré par les jolis mots que l'on avait su trouver pour endormir les cerveaux. Oui, c'était cela la vérité : les cerveaux. Mine de rien, pensait Bruno, ils entrent dans nos têtes pour prendre leur décision ensuite. Ils laissent faire avant d'exterminer. La charge de travail n'augmentait pas mais ne diminuait pas non plus, l'effectif restait stable, les horaires inchangés. Un détail avait cependant

attiré l'attention de ceux qui se rendaient à la cantine : on autorisait trente-cinq centilitres de vin rouge
ou blanc, un Merlot bas de gamme par plateau-repas.
Le retour de l'alcool n'était pas bon signe selon
Bruno Kerjen qui préférait déjeuner à son box ou
sauter sa collation, se rattrapant le soir par une orgie
de conserves ou de pizzas.

L'atelier se divisait désormais en deux, ceux qui
avaient un peu picolé et les autres, sous le regard
de Charles Levens qui ne quittait plus son carnet,
penché sur le boulot de chacun comme aurait pu
le faire un chef de chantier sur les différents corps
de métiers à l'œuvre. Bruno non plus ne montrait
aucun changement hormis sa nouvelle coupe de cheveux qui lui avait valu une réflexion de son supérieur, « alors Bruno, on se radicalise ? ». Il n'avait
pas répondu, Marlène était son secret, sa nouvelle
force, peu importe ce qui arriverait par la suite, il
avait un but et ne s'en détournerait pas. Pour une
fois il arrivait quelque chose dans sa vie, un truc
un peu flou il était d'accord mais qu'il ferait exister
jusqu'au bout parce qu'il en était persuadé, c'était
un signe si Marlène revenait sur son chemin. Et il
fallait le saisir ce signe, même s'il se montait la tête,
même si Gilles avait tendance à embellir la réalité :
sa vie était trop pourrie, il ne pouvait plus continuer
ainsi et tant pis s'il allait se prendre une veste, Marlène était rentrée en Bretagne, elle voulait le voir,
et il la verrait. Il en avait besoin, elle n'était pas
que sa jeunesse, elle tenait dans sa main ce qu'il ne

s'était jamais accordé : une forme d'espoir. Il n'attendait pas la lune bien sûr, d'ailleurs elle n'existait pas la lune, mais un peu de légèreté, état qu'il ne connaissait pas, qu'il n'avait jamais cherché à connaître, ne s'en croyant pas capable.

Il repensait à la peau de Marlène, à la couleur de ses yeux, au mouvement de ses cheveux quand elle retirait son casque, à l'odeur qu'elle y laissait, un mélange de vent et de shampoing qu'il reniflait toute la nuit avant de la retrouver au lycée pro, devant la porte en train de fumer sa cigarette. Bien sûr elle devait avoir changé, mais les gestes restaient il en était certain, la voix aussi qu'il avait parfois recherchée au travers des voix qu'il appelait depuis son F2, lourd de désir et de tristesse.

C'était désormais pour Marlène qu'il remplissait les cadres, tournait les vis et les boulons, s'appliquait comme un dingue, travaillant encore plus vite que d'habitude comme s'il relevait un nouveau défi. Il aimait sentir son crâne chauve, y voyait une sorte de rupture avec son père qui n'avait jamais osé tout raser car il valait mieux avoir trois poils sur le caillou plutôt que l'air d'un bagnard. Il s'en foutait de faire repris de justice, il se sentait si viril en fait, bien plus qu'avant, et il comptait bien développer ses épaules, durcir son ventre. Il en avait envie et pour la première fois l'idée de son corps l'excitait. Il lui arrivait de bander à moitié sous la tablette de son box quand il posait sa main sur sa cuisse ou sur sa nuque. Marlène était à son tour dans sa main. Il avait le droit de rêver après tout, ça ne mangeait pas de pain. Il pensait souvent à leurs retrouvailles, planifiant son voyage qu'il étalerait sur plusieurs jours, lui qui n'avait jamais profité de ses putains de RTT qui l'avaient jusque-là encombré, négociant malgré la loi avec Charles Levens pour les prendre quand il en éprouverait vraiment le besoin.

Il se renseignait auprès du CE au sujet de la petite salle de sport non loin du siège de Supelec dont il pouvait profiter à bas prix et qu'il n'avait jamais osé fréquenter malgré un premier abonnement. Il serait parfait pour Marlène, même si la perfection n'existait pas. Le temps avait fait son travail, mais il avait une base quand même, c'était foutu pour le bide mais pas pour les bras ni les épaules, et il l'avait lu, les meufs adoraient les épaules des mecs, elle était là la force et il avait envie d'être fort pour Marlène ; d'ailleurs il avait toujours eu envie de la protéger. Elle n'était pas fragile mais il y avait un truc chez elle d'un peu flippant. Une sorte de part noire qui aurait pu la faire plonger, et, il devait se l'avouer il était heureux de la savoir encore en vie. Elle n'avait peut-être pas eu le destin qu'elle s'était imaginé mais elle était là, à Rothéneuf, et c'était déjà beaucoup pour Bruno. Il ne laisserait pas passer sa chance une seconde fois tant pis s'il devait se casser les dents, il fallait foncer, de toute manière rien était arrivé depuis ses vingt ans alors un truc pourri en plus ou en moins, cela ne changerait rien à son existence. Pour une fois il allait essayer de faire bouger les choses.

Il ne voulait pas trop se confier à Gilles. Il avait confiance en lui mais avec la fumette et la picole ce dernier parlait un peu trop. D'ailleurs il n'était toujours pas sûr de vouloir voir Marlène avec lui, mais ne se sentait pas encore le courage de l'affronter seul. Il imaginait la retrouver sur les remparts, ou sur une plage de Paramé, ou pourquoi pas au restaurant, il l'inviterait bien sûr car ce genre de meufs il fallait savoir les soigner. Il avait son assurance-vie, après tout il fallait bien qu'elle serve à un truc, et une fois dans le trou ses cinq mille euros ne profiteraient à personne hormis à sa mère s'il venait à crever avant elle, qui n'était pas tant dans le besoin que ça.

Il y avait un resto de poissons sur la digue de Rochebonne, un truc un peu classe qui ferait son effet ; ou alors il lui donnerait rendez-vous plus tard dans la nuit, au Slow Club mais c'était dangereux à cause de l'alcool, bourré il n'assurait plus. Il pouvait aussi lui téléphoner, Gilles devait avoir son numéro ? Mais il était mal à l'aise avec les mots et le téléphone était réservé aux pauvres connes qu'il appelait pour le faire jouir sur commande. Il ne savait pas bien écrire, les mots c'était pas son fort donc impossible de rédiger un petit truc qui la ferait craquer. Ou alors il passerait à l'improviste au salon de coiffure comme au bon vieux temps, non sur un vieux 102 mais avec une voiture du garage de son oncle qui lui prêterait, il en était certain, pour l'occasion son Alfa rouge décapotable. Toutes les possibilités étaient bonnes, le seul truc qui clochait c'était lui, Bruno, quand il surprenait son image dans le miroir des chiottes de Supelec : qui voulait d'un mec aussi invisible que lui ? Qui ? Et pourquoi Marlène craquerait-elle ? En plus Gilles avait menti racontant qu'il avait un bon poste dans une bonne entreprise alors qu'il était un point se déplaçant parmi les millions d'autres points, qu'il manquait de chair et d'horizon, il était lambda, pire, il n'était rien d'important, rien d'exceptionnel, rien qui aurait pu faire se retourner une fille, une femme, rien que l'on puisse désirer ou aimer car ne croyant pas à l'amour il ne voyait chez les autres que menace ou mépris. Soit on ne le regardait pas, soit on lui voulait du mal, c'était cela son monde, et Marlène n'y avait pas sa place sauf si elle était encore plus à la ramasse que lui, perdue, à la dérive, ce qu'il souhaitait en secret. Il s'imaginait au mieux devenir son sauveur, et s'il ne restait que son confident ce serait déjà très bien, Marlène était là, elle existait, surgissant de nulle part, elle occupait le centre de toutes ses pensées, il revenait à elle comme un toutou à sa gamelle et il aimait cela, il adorait cette sensation, de retrouver une place qu'il connaissait un peu, à laquelle il avait tant de fois rêvé durant sa jeunesse, qu'il s'était interdite mais on lui offrait une seconde chance, il en était convaincu. Une chance de réussir, de se refaire mais de se planter aussi. Il verrait bien, l'espoir était revenu, une porte s'ouvrait, l'espace était minuscule, infime, mais il y avait un espace, il pouvait y glisser une main et un jour peut-être son corps tout entier.

Son travail s'effectuait sans problème, malgré Charles Levens qui semblait le surveiller davantage. Il cherchait un truc, mais quoi ? Sentait-il un changement chez son employé modèle ? Avait-il un ordre à appliquer ? Charles Levens tapotait comme à son habitude l'épaule de Bruno quand il achevait de ramasser les cadres pleins qu'il faisait descendre au sous-sol, cadres qui seraient happés par les machines en attente. Chacun avait sa tâche, séparés les uns des autres par les différents étages de Supelec mais reliés par le même but, le même objet. Les ouvriers du groupe faisaient partie d'une étrange communauté silencieuse : ils se parlaient peu, ne se fréquentaient pas vraiment à l'extérieur mis à part quelques femmes car les femmes étaient plus enclines à l'amitié que les hommes ; les mecs ne pensaient qu'à eux, à leur bibine, au match du soir, au coup à tirer ou non, aux prochaines vacances. Seul un conflit au sein de l'entreprise pouvait les rapprocher, et encore, chacun craignant pour sa place, pour son petit quignon de pain. Et puis il ne fallait rien dire, toujours continuer, la crise était ample, brûlant les marchés financiers, détruisant les emplois, du Nord au Sud, d'Est en Ouest comme un incendie que l'on ne peut contenir ni éteindre.
Bruno Kerjen faisait partie du désastre comme les millions de petits corps qui se levaient tous les

matins pour se rendre au travail sans l'assurance de le garder jusqu'au soir. La crise n'était pas juste économique elle était en chacun des hommes, en chacune des femmes, abîmant les rapports, fragilisant l'amour quand il existait encore.

Bruno payait pour jouir, un jour il ne pourrait plus, il faudrait payer pour Marlène, il le savait, il n'en avait pas les moyens. Il s'arrangerait, il trouverait. Il pouvait gagner au loto, c'était le moment de jouer, après tout, quarante Français par an devenaient millionnaires grâce à la Française des jeux qui multipliait les tirages, trois par semaine pour le tirage national dont le gain débutait à deux millions, un tirage le mardi et le vendredi pour l'Europe entière qui pouvait atteindre un montant de cent vingt millions, voire plus. Il visait le national, ne se sentant pas capable de gérer une immense fortune qui l'aurait embarrassé plus qu'autre chose. Deux millions ou trois millions c'était déjà bien : un petit pavillon, de la pelouse, un portail électrique, et pourquoi pas un petit salon de coiffure pour Marlène, une voiture, quelques économies pour l'avenir. Il suffisait d'acheter des grilles, cocher des numéros, une première mise de deux euros pouvant assurer des jours heureux. Il se faisait la promesse de jouer depuis son box qui lui semblait plus petit que d'habitude, gonflé par le désir de Marlène qui n'était pas seulement un désir sexuel, mais le désir d'une autre personne que lui, désir de voix, de regard, de gestes, de simple présence qui viendrait rompre sa solitude d'acier.

Il avait envie d'appeler Sylvie pour lui demander conseil. Comment devait-il s'habiller pour retrouver son amie de jeunesse ? Fallait-il lui offrir un petit cadeau au nom du passé, un parfum ? Les femmes aimaient les parfums. Dans quel établissement devait-il la retrouver ? La nuit, le jour, en début d'après midi ? Comment savoir s'il avait une petite chance ? Comment relever le défi et surtout ne pas se tromper ? Il avait vu à la télévision que certaines femmes ne savaient pas montrer leurs sentiments. Qu'il y avait comme une science de l'attirance. D'autres préféraient la gentillesse quand elles n'étaient pas intéressées ; mais comment savoir, comment comprendre ? Il ne connaissait rien aux autres, se connaissant à peine lui-même, se lassant de lui, de ce qu'il était, n'imaginant pas une seule seconde qu'il avait de la valeur, même pas grande, mais une minivaleur qui aurait pu pincer le cœur d'une fille. Alors comment savoir si cette nouvelle coupe de cheveux était ce qu'il y avait de mieux pour Marlène ? Et ses fringues, son Schott, ses tee-shirts infâmes mais si pratiques de chez Décathlon ? Et ses vieilles groles, sa paire de Nike Air qu'il gardait depuis les années quatre-vingt-dix car elles n'avaient pas bougé, toujours comme neuves ? Et sa gourmette en argent au poignet droit à large maillon avec son prénom écrit en lettres penchées sur une plaque qui lui blessait le dessus de la main quand il s'endormait

165

sur le ventre ? Et son eau de Cologne ? Et ses épaules qu'il faudrait renforcer, son ventre un peu gras, ses cuisses blondes de poils mais bien bâties quand même, c'était déjà ça ? Et sa queue ? Avait-elle la bonne taille, le bon goût ? Et ses fesses ? On disait que les femmes adoraient le cul des mecs, le pressant entre leurs doigts quand elles voulaient bien faire des pipes. Et son odeur ? C'est vrai, il détestait l'odeur des femmes en général, mais la sienne, après une journée de travail, était-elle la meilleure des odeurs ? Et tout ce qu'il avait en lui – ses sentiments – tenus en laisse depuis son enfance, comment allaient-ils sortir ? Il n'avait jamais dit je t'aime, jamais je te déteste non plus sauf à lui quand il se vautrait dans la rue trop bourré pour marcher droit. Il n'allait jamais au restaurant, préférant les bars de Saint-Malo, ne se baignait plus depuis longtemps, faisait parfois du bateau avec cet enfoiré de Gilles qui barrait toujours de travers, un peu bourré de la veille, manquant de les faire chavirer au moindre coup de vent.

Il ne connaissait pas grand-chose de Paris, à part les Grands Boulevards qu'il avait remontés à son arrivée comme pour prendre conscience qu'il était bien monté à la capitale, réalisant un rêve d'enfant qui n'en était pas un finalement. Il n'osait pas entrer dans les bars, encore moins dans les boîtes quand il traînait la nuit dans le quartier de l'Opéra plus à la recherche d'une pute que d'un night-club dont on l'aurait de toute façon refoulé.

166

Il faisait vieux et se sentait vieux, has been, frappé par des pertes de mémoire qu'il s'expliquait par l'abus d'alcool, et par sa solitude : comment se souvenir d'un mot qui n'avait jamais de réponse, d'une action qui n'avait pas de témoin ? Il se faisait penser à un insecte sous une cloche de verre, il avait un grand espace mais peu d'oxygène et finirait par mourir à force de tourner sur lui-même. Et même le cul l'intéressait de moins en moins, ses plaisirs étaient rares, rapides, toujours les mêmes, les histoires des filles du téléphone ne suffisaient plus. Il fallait plus. Pas de l'amour, non, il n'y croyait pas, mais un truc qui pourrait s'en rapprocher, de la tendresse même si ça puait, la tendresse, cela faisait penser aux bonnes femmes de Saint-Servan qui serraient leur gros caniche contre leur ventre en leur fourguant après sous la table, au dîner, un boudoir plein de sucre. Il ne voulait pas de cela non plus. Juste sentir les cheveux de Marlène sous ses doigts, son souffle sur son visage, son parfum qu'il ne connaissait pas mais dont il allait, il se le jurait, s'imprégner pour ne plus avoir le dégoût des femmes.

Il pensait parfois à sa mère. Elle n'aimait pas Marlène. Du moins, pendant le lycée pro, elle la trouvait vulgaire, mal élevée, pensant qu'elle détournerait son fils du droit chemin. Elle disait qu'elle avait mauvaise réputation. Que la rumeur courait vite dans un petit bourg, que Marlène faisait des choses pas très catholiques le samedi soir sur les remparts.

Il avait même pensé un jour qu'elle se prostituait de temps en temps à cause d'une liasse de billets qu'il avait aperçue quand elle avait ouvert son sac un matin pour prendre son paquet de cigarette. Il avait aussi pensé que cela ne le dérangeait pas. Elle pouvait faire la pute, elle restait la plus forte, et si les mecs étaient assez cons pour banquer elle avait raison d'en profiter. Et puis une pute ne tombait pas amoureuse de ses clients donc ça lui convenait. C'était l'amour la merde ou ce que Marlène appelait « l'amour » ; celui qu'elle disait ressentir pour un mec que personne n'avait jamais vu, qui changeait de prénom, elle avait le cœur grand et remplaçait ses soupirants comme les kleenex qui essuyaient ses larmes car ça ne marchait jamais, « tous des salauds, dès qu'ils te baisent, que tu dis que tu es bien, que tu veux voir loin, construire, ils se cassent ». Mais lui ne se serait pas cassé, sauf que lui, Bruno, ne faisait partie ni des clients, ni des amoureux, c'était un bon petit pote assez con pour rentrer sous la pluie en 102, cassé de désir.

Il n'osait pas écrire à Sylvie, sortait son téléphone puis le rangeait aussitôt, il avait peur de la déranger, ignorant où elle en était quant à sa vie, sa santé. Elle l'avait marqué, c'était comme une grande sœur et elle manquait à Supelec, enfin, elle lui manquait à lui car personne n'en parlait, c'était assez dégueulasse d'ailleurs. Ce serait la même chose pour lui s'il devait s'en aller un jour. On le remplacerait et une autre ombre viendrait s'asseoir à son box, serrant les vis et les boulons, taillant ses crayons, une petite machine engloutie dans la grande machine, un écrou de plus qui finirait à la poubelle car, il l'avait remarqué, il y avait toujours des écrous en trop, comme des défauts dans la fourniture, le compte n'était jamais exact et on ne pouvait pas tout garder car les vis et les trous n'étaient pas toujours les mêmes d'un jour à l'autre, c'était comme dans la vie : les apparences restaient trompeuses, on était sûr d'un truc et en fait on se plantait.

Bruno Kerjen était plutôt sûr de son chef, Charles Levens, il le protégeait c'était évident, il l'aimait bien, admirant sa rigueur, son travail, « mon petit Bruno » par-ci, « mon petit Bruno » par-là, il pouvait compter sur lui en cas de plan de licenciement, il ne lui ferait pas d'enfant dans le dos. Charles Levens avait toujours félicité Bruno pour sa ponctualité, pour sa façon de se donner à l'entreprise, désirant le promouvoir et comprenant, du moins il le pensait, ses réticences à avoir de plus amples responsabilités. C'était vrai, la crise menaçait toutes les entreprises françaises, le travail coûtait trop cher, ce qui revenait à dire que lui, Bruno Kerjen, et tous les autres employés coûtaient trop cher à Supelec, et d'une certaine façon ils seraient tous responsables de sa chute si elle devait se produire, tous ; leurs mains n'étaient pas assez petites, leurs âmes pas assez grandes pour accepter de se faire exploiter comme les jeunes Chinois qui préféraient quitter l'école et apprendre tout de suite un vrai métier. Non, ces salauds d'ouvriers français avaient des prétentions : être protégés, gagner plus d'argent, garder leur emploi en dépit des difficultés financières que devaient gérer les pauvres patrons étranglés par des banquiers qui ne voulaient plus attendre ni jouer, s'engraissant quand les autres tombaient dans la faillite, profitant de la fragilité de chacun, attendant tapis dans l'ombre de faire leur profit sur le malheur. C'était ça le monde, mais Charles veillait sur son petit Bruno même si ce dernier n'était pas de la sacoche ; ils avaient un accord secret entre eux, c'était certain, un truc de mecs qui ne s'expliquait pas. Pour cette raison, Bruno Kerjen n'avait pas eu peur quand son chef d'atelier lui avait demandé de le suivre dans son bureau car il devait lui parler :

— Comment ça va, Bruno ?

— Je vais bien, monsieur Levens.

— Je recommence : comment ça va ? Je veux dire, comment vous sentez-vous ? Ici à Supelec ? Comment pourriez-vous définir votre place, votre rôle ?

— Je ne sais pas trop. Je ne comprends pas ce que vous me demandez. Je suis bien ici, vous le savez, ça fait longtemps. J'aime mon travail.

— Je sais que vous aimez votre travail, nous l'avons tous ici remarqué. Je poursuis : comment allez-vous, mon petit Bruno ?

— Mais je vous l'ai déjà dit, je vais bien.

— Vous avez donc changé de coupe de cheveux ?

— Oui j'ai tout rasé, vous savez, la calvitie pour un homme c'est pas top quand même. Ça donne un coup de vieux.

— Je comprends. Mais pourquoi maintenant précisément ?

— Je voulais changer.

— Eh bien voilà, c'est cela que je voulais entendre, ce mot. Le changement, Kerjen, le changement.

— Oui, le changement.

— Donc vous avez un désir de changement ?

— Je sais pas. C'est pas si simple. J'ai eu envie, c'est tout. Cela pose un problème ? Une coupe de cheveux c'est pas le boulot, monsieur Levens.

— Vous le pensez vraiment, mon petit Bruno ?

— Pardon, je ne comprends pas ?

— Je vais vous expliquer. Pouvons-nous faire confiance à un garçon qui n'a pas changé de style de vêtements, de façon d'être, j'ai noté que vous ne vous rendiez jamais à la cantine, ne fréquentiez jamais vos collègues, ni à l'intérieur ni à l'extérieur de nos locaux, depuis des années ; bref, pouvons-nous faire confiance à un garçon qui après tant d'années d'habitudes décide de se raser la tête ? Comme cela, d'un coup, se réveillant un matin et se disant, tiens je vais changer de tête ?

— Je ne comprends pas, monsieur Levens.

— Vous savez, Bruno, nos actes en disent beaucoup plus long sur ce que nous sommes que l'on ne le croit. Nous pensons tout contrôler, tout décider, mais c'est un doux leurre. Comment pourrais-je vous expliquer ? Comment être le plus clair possible ? Voyez-vous, le cerveau, notre pensée pour être plus précis, peut nous jouer de mauvais tours. Nous avons l'impression de désirer quelque chose alors que c'est tout l'inverse, non seulement nous ne désirons pas cette chose, mais en plus nous la détestons, nous la haïssons ; comme pour les êtres, l'objet de la détestation est parfois un objet aimé, mais nous n'arrivons pas à l'accepter, à l'admettre, car plusieurs paramètres font comme des barrières à la vérité. Vous comprenez ?

— Pas tout mais il faut que je réfléchisse.

— Voilà, Bruno, c'est exactement ce que je veux de vous : réfléchir. Prendre le temps. Choisir entre le bon et le mauvais.

— Mais il n'y a rien de bon ni rien de mauvais dans ma nouvelle coupe de cheveux.

— Vous avez émis un signal, Bruno, je sais, cela peut vous paraître aberrant de s'attarder sur trois petits cheveux mais ce geste veut dire bien plus que vous ne le croyez. Les paramètres, Bruno, les paramètres. Nous sommes dépendants des paramètres, ils font un écran de fumée, masquent la vérité. Vous savez, mon rôle ici est aussi un rôle d'observateur. J'en ai vu défiler beaucoup. On croit qu'ils sont tous pareils mais non, ce n'est pas vrai. Chacun a sa propre personnalité en dépit du travail qui lui ne change pas beaucoup. D'ailleurs à ce sujet je sais, fait rare chez vous, que vous aviez sympathisé avec notre amie Sylvie et je voulais vous avertir de son décès. Elle nous a quittés il y a une dizaine de jours, j'en ai été informé par la famille, vous comprenez, il y a un tas de formalités à régler, la sécurité sociale, les points retraite, etc.

— Comment ça, elle nous a quittés ?

— Elle est morte, Bruno, morte. C'est très triste, je sais, je sais...

— Je ne comprends pas.

— Qu'est-ce que vous ne comprenez pas ?

— C'est allé super vite, je voulais lui écrire.

— Ah, Bruno, la vie est une vaste saloperie.

— Oui.

— Comment se passe la vôtre, de vie, enfin, je ne voulais pas dire la saloperie.

— Vous pouvez le dire, c'est la vérité, la vie-saloperie. Ma vie c'est comme mon boulot, ça roule.

— Vous vous plaisez à Vitry ?

— C'est pas vraiment Vitry, c'est en dehors, j'aime bien, à cause des champs, du colza.

— Vous n'avez jamais songé à déménager depuis tout ce temps ?

— Non.

— Donc le changement ce n'est pas trop votre truc.

— Je ne sais pas, non, vous avez peut-être raison, ce n'est pas mon truc.

— Et cette coupe de cheveux alors ? C'est fort comme geste.

— Je ne sais pas.

— Vous ne savez pas grand-chose, mon petit Bruno, il va pourtant falloir savoir un peu plus tous les jours qui arrivent. La direction m'a chargé de faire un bilan sur vous tous. C'est une méthode américaine. Vous êtes un bon élément, mais il y a quelque chose qui m'échappe. Votre diplôme ouvrait d'autres possibilités. Et vous êtes toujours là, au même étage, même service, pourquoi ?

— Je vous dis, c'est pas mon truc le changement. Je veux pas faire de vagues. Je veux juste que ça roule, le boulot, la paye, le week-end, c'est assez pour moi.

— Vous n'êtes pas marié, vous n'avez pas d'enfants, c'est un accident de la vie ou un choix personnel ?

— Un accident de la quoi ?

— De la vie, Bruno, c'est ce que l'on nomme poliment les choses qui ne suivent pas le cours normal de la vie.

— J'aime être seul, enfin je veux dire que ça me suffit amplement de m'assumer.

— Je comprends et, après tout, cela ne me regarde pas n'est-ce pas ?

— Elle a été enterrée où ?

— Qui donc ?

— Sylvie, elle a été enterrée où ?

— En Alsace je crois, je me renseignerai si vous le souhaitez ?

— Merci, monsieur Levens.

— Vous êtes heureux, Bruno ?

— Ici ?

— En général. Êtes-vous un homme heureux qui se réveille le matin en se disant que c'est formidable d'être en vie, de commencer une nouvelle journée, de se dire que tout peut arriver, car l'existence est un mouvement et que tout bouge et nous entraîne, tel un fleuve qui charrie ceux qui veulent bien être charriés ?

— Je ne vois pas la vie comme ça. Je suis heureux d'avoir un boulot, point barre. Sinon le reste, ça ne m'intéresse pas.

— Il y a deux ans je vous ai proposé ce que je pourrais appeler une sorte de promotion. Ce n'était pas mirifique mais vous auriez gagné quelques points sur votre salaire, et surtout, vous auriez eu accès à un autre secteur d'activité. Vous avez refusé sans même prendre le temps de réfléchir. Je n'ai toujours pas compris votre décision.

— Je vous l'ai dit, je suis bien là où je suis. Je ne veux pas plus.

— Vous êtes un garçon assez doué, je trouve, Bruno.

— Je sais me concentrer, c'est tout.

— Vous avez quelque chose de plus que les autres.

— Merci.

— Mais vous avez aussi quelque chose de moins. Je ne saurais le définir mais c'est ce que je ressens. Une sorte de faille.

— Je n'ai pas de faille, je fais mon boulot c'est tout.

— Seriez-vous prêt à travailler encore plus ?

— Oui.

— Pour le même salaire ?

— Oui, je sais que ça ne va pas bien en ce moment. Moi je veux garder mon travail, c'est tout ce que je veux.

— Donc vous seriez prêt à accomplir le travail de deux personnes ?

— Je ne comprends pas.

— Cela n'est pas à l'ordre du jour mais comme vous le savez, mon petit Bruno, les temps sont difficiles pour tout le monde. Nous avançons à tâtons. Nous prendrons les meilleures décisions, dans le respect de tous et dans un souci d'équité. Et je voulais juste savoir si vous étiez capable, moralement j'entends car je sais que vous en avez la capacité physique, d'accomplir le travail d'un autre en plus du vôtre.

— Je ne veux piquer la place de personne, moi.

— Ce n'est pas la question, Bruno. Une réduction d'effectif s'imposera un jour ou l'autre.

— Je comprends.

— Et puis finalement vous ne vous êtes jamais lié à personne ici, si ce n'est avec cette pauvre Sylvie.

— Pourquoi vous dites ça ?

— Je pense que vous êtes un garçon bien plus rusé que vous ne voulez le montrer, Bruno.

— Je ne comprends pas.

— Mais si, mais si, vous comprenez. Dans le fond on se ressemble nous deux. On sait où on va, hein, Bruno ?

— Non, je ne sais pas.

— Moi je crois que oui. Bon, je vais devoir vous laisser. Continuez à être celui que vous êtes, mon garçon. Et n'oubliez pas : les paramètres. Les paramètres, Bruno.

— Merci, monsieur Levens.

En quittant le bureau de son chef d'atelier Bruno pensait qu'il avait été trop con de lui dire merci, de baisser la tête, enfin, son putain de crâne rasé. Quel nul il faisait, il disait merci à un type qui était en train de lui embrouiller les idées. C'était ça qui arrivait : le brouillard et rien d'autre ; il lui mentait et le faisait passer pour un mec qu'il n'était pas. Il n'était ni rusé ni doué, il savait se concentrer, c'était tout, et il n'était pas le salaud qui allait prendre la place d'un autre, jamais ; il voulait qu'on lui foute la paix, c'était tout, toucher sa paye et en faire ce qu'il pouvait en faire, car son vrai problème ce n'était pas les foutus paramètres, c'était son manque de liberté. Bruno Kerjen manquait d'espace à l'intérieur de lui-même. Mais comment l'expliquer avec des mots ? C'était peut-être ça la folie, ce truc étroit qu'il sentait se rétrécir de plus en plus à l'intérieur de son ventre, de sa tête et s'il fixait sur Marlène c'était parce qu'elle ouvrait un nouvel angle. Et là non plus il ne pouvait mettre de mots sur ce qu'il ressentait ; il n'éprouvait aucune nostalgie mais

Marlène était comme une empreinte ; sans le savoir elle était restée sur Bruno comme on pouvait le dire d'un fossile.

Il pensait à Sylvie, elle était partie comme disent les plus crétins, car la mort n'était pas un départ mais une arrivée. Elle avait touché sa fin et maintenant plus rien ne se passerait pour elle. C'était ça la vie, la putain de vie, une ligne de départ, une ligne d'arrivée et entre les deux une course plus ou moins rapide, plus ou moins réussie ; elle était comme son père maintenant mais il ne parvenait pas à comparer les deux morts, l'une le libérant de son passé, l'autre assombrissant un peu plus son présent.

VIII

C'était une petite salle de gym, sans comparaison
avec les grands groupes qui avaient poussé comme
des champignons dans la capitale et sa périphérie
où se croisaient par milliers des hommes et des
femmes, attendant leur tour aux cardio-trainer :
tapis roulant, step, plateaux vibrants, puis dans les
salles ou l'on enseignait la culture physique, les
abdos-fessiers, le TRX ou le Pilate selon le besoin
et le désir de chacun ; certains clubs, les plus grands,
possédaient une piscine, des saunas non mixtes, un
restaurant diététique où l'on apprenait à bien se
nourrir, séparant les protéines des glucides selon une
dernière étude sur l'insuline. Le sport promettait un
bien-être sans pareil. Il prolongeait la vie, renforçait
les os. L'hygiène était au cœur du système. Il fallait
se nettoyer de l'intérieur, se raboter, pensait Bruno
quand il découvrait depuis le siège de son wagon
de RER les affiches quatre par quatre des deux
grands groupes concurrents. On cassait les prix mais
ça restait encore trop cher pour Bruno qui se fichait

bien des saunas et de la diététique, désirant juste soulever un peu de fonte pour élargir ses épaules. Pas besoin de courir sur un tapis, il pouvait le faire au stade de Vitry pour pas un rond, pas besoin de transpirer au sauna, le corps des autres le dégoûtait. Il voulait juste apprendre quelques gestes, se dérouiller.

La petite salle se trouvait au fond d'une impasse, ne payant pas de mine, ce qui plaisait à Bruno : ici, il ne doit y avoir que des boudins, je ne ferai pas tache au moins, avait-il pensé en franchissant la porte du Gym and you.

À l'accueil, une fille derrière un desk un peu trop haut demandait de remplir un formulaire puis de signer une attestation. Le club n'était pas responsable en cas d'AVC ou d'infarctus. Pour le reste (les entorses, fractures, etc.) il fallait fournir un certificat médical mais cela ne pressait pas vu son âge, il était encore jeune, avait dit la fille en souriant, ce qui lui avait fait plaisir sans trop savoir pourquoi car il s'en foutait de son âge, comme de ses fringues, comme de sa nouvelle tête qu'il ne reconnaissait pas toujours quand il surprenait son reflet dans les miroirs qui tapissaient tous les murs du Gym and you.

On avait placé deux palmiers à l'entrée, du plastoc, s'était dit Bruno à cause des deux spots qui les brûlaient depuis le plafond, faisant briller des feuilles trop vertes pour être vraies. La fille lui avait tendu un cadenas et une serviette-éponge jaune, lui indi-

quant le vestiaire et lui souhaitant un bon entraînement, mot que Bruno Kerjen n'avait pas entendu
depuis longtemps lui qui n'avait plus fait de sport
depuis l'armée. Le vestiaire était petit mais propre,
un banc séparait les deux rangées de casiers, vides
pour la plupart. Il était seul, entendait au loin des
voix d'hommes, des coups dans un sac aussi, de la
boxe, avait-il pensé. Il se déshabillait vite de peur
d'être vu à moitié nu. Il avait acheté chez Décathlon
un bas de jogging bleu marine, ressorti ses vieilles
Nike Air, il ne manquait ni de tee-shirts, ni de
chaussettes blanches et molletonnées, achetées elles
aussi par paquets de dix et parfois de vingt pendant
les promotions de janvier ou de juin. Il se dirigeait
vers les voix, au bout d'un couloir. Il y avait une
première salle, une sorte de bocal à cause des parois
vitrées, du parquet au sol, un sac de sable en cuir
pendu au plafond qui lui faisait penser au quartier
de viande qu'il pouvait voir parfois tôt le matin à
Vitry, que les manutentionnaires du supermarché
Cora déchargeaient d'un camion de Rungis.
   Un mec, un Black, en débardeur, portant une
sorte de casque en mousse dure, tapait comme un
malade contre le sac en dansant tout autour, il trouvait ça assez beau, la lutte, la résistance, contre un
objet qui devenait plus fort que le boxeur qui le
menaçait ; un autre mec, le coach sûrement, hurlait,
« vas y défonce-le, défonce-le, place tes jambes,
merde, tes jambes, je te dis, là c'est bon, travaille
le gauche, le gauche, anticipe, bordel, anticipe, là

c'est bien, continue, à fond, encore, le gauche, c'est bien, tu es bon en masse là, tu as récupéré ». Puis voyant Bruno les regarder il avait demandé : « Vous cherchez quelque chose ? — Oui, la salle de muscu. » Il avait ri puis répondu : « C'est pas vraiment une salle mais tu peux bien t'éclater quand même, c'est au fond à droite. » C'était vrai, ce n'était pas une salle comme il pouvait imaginer une salle de gym, mais une petite pièce en long, avec un tapis, un banc, des haltères, une barre fixe, une autre avec deux poids de chaque côté. C'était vieux, pas très beau mais ça lui plaisait, se sentant en dehors du monde et du truc hygiénique des autres clubs. Il y avait un lien avec la souffrance dans cet endroit et une réponse, peut-être, à sa propre souffrance. Le coach s'appelait Maurice. Il l'avait tout de suite tutoyé, ce que n'aimait pas Bruno Kerjen. Les liens ce n'était pas son fort. Il voulait des épaules, pas de la familiarité. Maurice le trouvait pas trop mal à part le ventre qui demanderait des efforts de longue durée mais, pour le reste, il pourrait faire quelque chose, ce n'était pas trop tard. Il lui montrait la meilleure façon de faire des pompes : ne pas trop écarter les bras à cause du look bulldog que beaucoup de mecs avaient et qui au final n'était pas très esthétique, rentrer le ventre toujours car ce qui craignait avec la fonte, c'était le dos, les vertèbres. Bruno l'écoutait attentivement : l'image de Marlène devenait de plus en plus vraie. Sa vie avançait.

La fonte était glacée dans ses mains, lourde, dure, c'était le prix à payer. Maurice ne pouvait pas rester longtemps avec lui, ils n'étaient que deux au club, c'était un peu la galère mais ils arrivaient à faire des trucs sympas, pas des miracles mais quelques changements, et s'il gobait, il pouvait lui fournir du bon matos, des protéines en gélules voire plus, bien plus. Mais Bruno ne gobait pas, du moins pour l'instant, se disait-il, car on ne savait jamais comment évoluaient les choses. Et il n'avait pas peur, c'était pas pire que la bibine après tout, et s'il pouvait gagner du temps pourquoi s'en priver, il avait changé.

Charles Levens lui avait mis la pression, il voulait autre chose dans sa vie, un intérêt à côté de son travail qui commençait à sentir mauvais ; il se préparait un truc, on ne lui disait rien mais il sentait bien le coup fourré. Son père l'avait prévenu de son vivant : « L'entreprise est sans foi ni loi, fiston, si tu venais bosser avec moi je serais un patron dur mais jamais aussi dur qu'un salaud d'étranger. » On ne faisait pas de sentiment, il n'était ni le fils ni le pote de Charles Levens et si les chiffres devenaient mauvais on ne ferait aucun cas de lui, doué ou non, rusé ou non, concentré ou non, un travailleur se perdait dans la masse des autres travailleurs, englouti. Personne n'avait d'importance ni de singularité. On ne les traitait même pas comme des pions puisqu'il n'y avait aucune stratégie, aucune victoire à la clé. C'était des pauvres types que d'autres pauvres types avaient précédés, rien de plus, rien de moins.

C'était tout le poids du monde, de son monde que soulevait au Gym and you Bruno, se concentrant sur son ventre, ses biceps, ses cuisses qu'il fallait tenir pliées, il avait la rage et l'envie, l'amour et la haine ; mais un amour qui n'était pas comme celui des autres : il n'attendait rien de Marlène, il commençait juste à se considérer, lui, en tant qu'homme. Ce n'était pas encore la passion mais il arrivait à se dire que son corps était le sien et qu'il n'était pas si mal, et qu'il fallait le travailler pour être encore plus attirant. Et ce n'était pas grave si Marlène ne succombait pas, c'était toujours cet espace, infime, qui comptait, s'élargissant au fur et à mesure des conseils de Maurice. Il serait sérieux, essayant de se rendre au club plusieurs fois par semaine, et s'il n'y allait pas c'était facile de faire des pompes chez lui, de remplacer les poids par des bouteilles d'eau (un litre égale un kilo lui rappelait Maurice), un dictionnaire, bref, tout ce qu'il avait sous la main et qui pouvait renforcer ses épaules. Il y avait le stade de Vitry aussi, avec sa piste souvent déserte, les jeunes du quartier préférant le foot à la course de fond. Il allait essayer, c'était le moment. Ce n'était pas sa chance finalement, il n'y croyait pas à la chance, mais c'était peut-être les saloperies de paramètres dont parlait Levens, et s'il avait dû faire un schéma de tout ce qui se passait dans sa tête, il aurait dessiné un triangle, Marlène en occupant le sommet.

Le supermarché de Vitry formait un autre espace, bien plus grand que celui dans lequel Bruno Kerjen s'engouffrait quand il commençait à penser à son amie de jeunesse, la diva du lycée pro qu'il reconnaissait alors dans les couloirs à son pas : elle était la seule fille à porter des escarpins. Les travées formaient un labyrinthe que chacun suivait selon un ordre défini ; on commençait par la nourriture, ce que Bruno nommait les déchets nettoyés, on finissait par le « sec », le papier toilette, les détergents, les éponges et par le liquide, la bière et le vin pour Bruno, éléments qu'il ne pourrait éliminer malgré les conseils de Maurice qui lui avait dit de mettre la pédale douce sur la bibine pour optimiser ses résultats.

Bruno ne savait pas ce que signifiait dans ce cas-là « optimiser », et puis l'optimisme n'avait jamais été son affaire, ça c'était pour les meufs, pas pour lui. Et même s'il se faisait des films avec Marlène, car il s'en faisait, il retombait très vite sur ses pieds, persuadé qu'elle ne voudrait jamais de lui, que sa vie était trop minable pour ça, qu'elle accepterait un verre ou deux et qu'elle verrait très vite que le gentil Bruno était un pauvre péquenot qui n'avait même pas eu l'intelligence de profiter de Paris, de sa folie, car c'était ainsi que l'on décrivait la capitale à la télévision, lieu de toutes les fêtes et de toutes les libertés, temple de l'art et de la culture ; mais fallait avoir du fric pour tout ça et surtout être dans la bonne case, celle du plaisir. Bruno Kerjen ne pensait jamais à l'art, ça ne lui manquait pas, il n'en avait ni le goût ni l'habitude, son émotion il la puisait dans l'alcool parfois quand il arrivait à décoller de Vitry, à refaire sa vie à l'envers, à retrouver un coin de son enfance dans lequel il avait pu se sentir heureux un instant. Alors non, se disait-il dans les travées du Cora de Vitry, pas question de me passer de ma bibine, et tant pis pour mon bide, c'est tout ce que j'ai pour décoller, me perdre ou me retrouver, je m'en fous, c'est tout ce que j'ai pour que mes soirs s'ouvrent. Ça faisait comme un coup de canif la bibine, ça déchirait un truc fermé, le perçait, il n'y avait qu'à plonger dans la fente et se laisser prendre par les idées qui se déroulaient comme une corde. Et il savait la saisir la corde, parfois, et il savait remonter la pente quand il était bourré, il était plein de force, plein d'espoirs, et il s'en foutait de se mentir à lui-même, ce qui comptait c'était le petit kif qu'il en tirait. Il en était réduit à ça et on ne lui enlèverait pas ce petit plaisir qui, à force, il le savait aussi, le fragilisait. Plus on rêvait, plus il fallait payer ses rêves. Il y avait une loi du plaisir, il l'acceptait. Il était prêt à payer pour Marlène aussi. Il ne compterait pas, ni en temps ni en argent. Il avait quelques économies, ses organismes de crédit – Cogedim, Cofinoga, Cetelem –, grâce auxquels il avait pu s'acheter de l'électroménager un peu haut de gamme, le relançaient tous les deux mois pour augmenter ses prêts qu'il avait bientôt fini de rembourser. On lui proposait un crédit stable, plus intéressant que le revolving dans son cas, car il était un bon client en dépit de son salaire modeste. Il payait ses traites, ne débordant jamais sur l'échéancier. Il pouvait compter sur eux, un coup dur dans la vie pouvait arriver, ils étaient là pour ça, proposant un taux certes astronomique de dix-sept pour cent mais invariable, ce qui était une aubaine par les temps qui couraient. On l'avertissait des nouveaux produits financiers par courrier et un jour par téléphone ; il avait failli se laisser convaincre mais n'ayant aucun achat important en vue, il avait refusé.

Pour Marlène ce serait important. Il manquait d'espace encore, sa marge de manœuvre était réduite, et plutôt que de se retrouver à découvert sur son compte de la Société générale et avant de toucher à son assurance-vie, il pourrait contracter un nouveau crédit. D'une certaine façon cet argent qu'on lui prêtait n'existait pas. On le virerait sur son compte, c'était une petite manipulation informatique, voilà tout. Comme du faux argent puisqu'il ne le gagnait pas. On comptait sur son sérieux, et en effet ils pouvaient lui faire confiance ces enfoirés. Au pire, si les choses tournaient mal, il déposerait un dossier de surendettement à la Banque de France, se mettrait en rétablissement personnel, il n'avait pas d'enfant et il ne pouvait pas rater le coche une deuxième fois avec Marlène. Ce genre de femme devait aimer sortir, faire la fête, partir dans les Relais & Châteaux, boire du champagne. Il était temps de vivre enfin. L'argent c'était rien, que du vent ; tout le monde en profitait, alors pourquoi pas lui. Il avait été bien trop raisonnable, et d'autres paramètres, en effet, avaient surgi. Le paramètre du cul de Marlène, le paramètre des seins de Marlène, le paramètre de la beauté de Marlène. Elle avait un prix, il s'arrangerait. La société ne lui avait jamais rien donné, il était temps de se servir dans les caisses déjà bien vidées par les autres, prendre ce qu'il restait, se faire du bien, pour une fois. Les lendemains n'existaient pas, ils se ressemblaient tous, il devait essayer une autre piste maintenant, se réveiller.

Le supermarché de Vitry comportait une annexe qui ne communiquait pas avec le reste du magasin, obligeant les clients à ressortir pour y pénétrer. Sous une verrière, on avait organisé le département Bricolage : bois à la coupe, peinture, rouleau de papier imprimé, outils. Bruno avait décidé de repeindre son appartement. Il n'était pas vraiment sale mais la tache noire de sa chambre commençait à l'agacer. Elle n'avait pas bougé ces derniers temps mais elle était toujours là comme pour le narguer et lui lancer : c'est toi-même que tu regardes, espèce de laideron. Le prix des peintures variait selon leur qualité, il devait choisir la plus épaisse possible qui recouvrirait enfin l'excroissance qui avait poussé à l'intérieur de son plafond sans aucune raison. Il avait le droit d'y croire, Marlène viendrait peut-être un jour chez lui, certes un trou à rat, mais qui restait propre et parfois, par miracle, lumineux. Ce n'était pas la folie mais c'était chez lui, il n'y avait plus sa mère dans les parages pour le surveiller, le surprendre en train de se masturber ou de ne rien faire du tout, ce qui avait le don de l'exaspérer, « bon sang, Bruno, il va te pousser des racines dessous toi si tu restes immobile comme ça ». Des racines il en avait des kilomètres, de la corne bien dure qui le reliait à un enfer qu'il sentait vibrer sous ses pieds, craignant un jour d'y tomber sans retour possible vers le monde normal qui n'était pas très joyeux mais qu'il connaissait. Cet enfer sous lui il l'avait imaginé enfant et il revenait de temps en temps quand Bruno Kerjen perdait les pédales.

Le vendeur lui conseillait une peinture lavable, plutôt brillante que mate car moins fragile, il ne comprenait pas trop l'histoire de la tache, pour lui c'était simple, seule une fuite pouvait salir un plafond, Bruno n'insistait pas, personne ne pouvait comprendre après tout, pas même lui. Au début, il avait pensé repeindre sa chambre en noir pour absorber la tache, puis s'était dit que c'était trop la mort, le noir, et que ce n'était pas une bonne idée même s'il s'en foutait de la mort, elle pouvait venir le prendre dans son sommeil : sans l'attendre il ne la craignait pas. C'était plutôt son enfer sous ses pieds qui lui faisait peur, cette sensation qu'un truc horrible pouvait arriver et qu'il tomberait dans un trou plein de feu et de serpents ; c'était une peur d'enfant, il le savait, mais elle était bien là, comme un mur que l'on se prend en plein visage. Il avait fini par choisir du blanc.

Il passait devant le stade de Vitry, la piste, comme à son habitude, était vide, il n'avait pas encore le courage de venir y courir, les jeunes du quartier ne manqueraient pas de se foutre de sa gueule.

Il aimait la peinture, son odeur, la façon dont elle lissait les murs de sa chambre puis de son petit salon, elle recouvrait ces dernières années qui étaient passées si lentement et si vite aussi ; lenteur des jours qui se ressemblent, rapidité de sa jeunesse envolée ; il avait vieilli, se sentant fatigué de l'intérieur, mais l'espace était là, infime toujours, mais il existait. Il faisait des croix comme le lui avait indiqué le vendeur, des croix sur une partie de son passé, des croix sur ce qu'il était, des croix sur ses nuits de galère avec les filles du téléphone, des croix sur Charles Levens et ses putains de mots qui ne voulaient rien dire de clair, mais pas de croix sur la pauvre Sylvie qui venait de mourir, effaçant son numéro de téléphone de peur de lui envoyer une nuit, trop bourré, un message. Elle allait lui manquer, même s'ils ne se connaissaient pas vraiment, il avait aimé son regard sur lui, sa bienveillance dont il n'avait pas l'habitude ; il n'avait jamais éprouvé de désir pour elle, donc jamais de haine, elle faisait partie de ces femmes qui constituent la masse des voyageurs, invisibles et douces, dont le cœur cassé ne livrait jamais

ses secrets. Sylvie cachait quelque chose, et elle avait
fini par l'emporter. Il n'osait pas demander l'adresse
de sa famille en Alsace à Levens, ni celle de son
mari, de ses enfants, à qui il aurait bien envoyé un
mot mais pour dire quoi ? « Bonjour, je m'appelle
Bruno Kerjen, Sylvie ne vous a certainement pas
parlé de moi mais je l'aimais bien, il nous arrivait
de descendre l'avenue d'Italie ensemble, elle disait
que j'étais un type bien mais que ma maladresse
avec les autres et en particulier avec les femmes était
mon principal défaut. Je voulais vous adresser toutes
mes condoléances, vous dire que je pensais à vous
car je sais ce que vous ressentez. Tout est fini et
rien ne reviendra plus, rien. Vous allez faire de
drôles de rêves puis des cauchemars parce que les
morts reviennent toujours par la pensée, c'est leur
seul moyen d'exister d'ailleurs. Mais ne croyez ni
aux fantômes ni à l'au-delà, ça n'existe pas. La vie
est assez mal faite pour qu'il n'y ait plus rien du
tout après, c'est comme ça, c'est la chienlit de la
vie, et vous aurez beau regarder vers le ciel, chercher
un signe parmi les nuages, vous ne trouverez rien,
aucune trace de votre épouse, de votre maman, la
mort c'est du sable emporté par le vent. Je voulais
vous dire aussi que j'aurais aimé aller à son enterrement, voir son cercueil, partager vos larmes, car
qui me dit que Sylvie est vraiment morte, hein, qui
me le dit ? Elle est peut-être partie en voyage, vous
laissant en plan, ciao, bye bye, elle en avait peut-
être ras le cul de vos gueules, parce que même si

je ne la connaissais pas très bien, Sylvie, je sentais qu'elle avait une boule de tristesse au fond d'elle, un truc qu'elle n'a jamais pu vous dire : l'autre chienlit de la vie c'est de vivre avec un poids que l'on ne peut partager avec personne. » Mais bien sûr il n'écrirait pas car c'était facile de dire des beaux mots dans sa tête mais après c'était une autre paire de manches de les aligner, en ordre, jolis, c'était pas son truc l'écriture, il pouvait se dire des choses à lui tout seul, qui lui paraissaient intelligentes mais qui se vidaient de leur sens dès qu'il fallait les écrire, et puis ça ne se faisait pas de dire le fond de sa pensée, tout le monde agissait ainsi, on avait en soi des tonnes de haine, de rage, mais impossible de les faire sortir, alors ça dévorait de l'intérieur, comme Sylvie qui s'était laissé grignoter jusqu'à la fin.

Il y avait un magasin Vert à la sortie de Vitry, dans une zone industrielle où l'on avait regroupé des grandes marques de vêtements à prix discount, marchandise invendue qui était retournée à l'usine et que l'on présentait au kilo à des particuliers ou des grossistes qui, à leur tour, les écouleraient tant bien que mal à Paris. On disait que des dealers opéraient dans les parkings des magasins et pour cette raison Bruno avait garé la camionnette qu'il avait louée à l'extérieur, laissant les portes ouvertes puisqu'il n'y avait rien à voler, de peur qu'on ne lui fracture une serrure. Il avait loué pour la demi-journée, opté pour l'assurance la plus basse, ce genre de frais lui semblant ridicule pour deux ou trois plantes qui viendraient arranger un peu son balcon miteux dont il avait raclé les fientes au couteau, lessivé le carrelage ainsi que les barreaux qui séparaient du vide. Vert proposait des engrais, des fleurs en pots, des arbres de toutes les tailles, de jeunes pousses, un département bio que regardait Bruno Kerjen avec indifférence, déambulant entre les rayons de son, d'épeautre, de poudre de ginseng, de morceaux étranges en vrac dans un cageot, de gingembre brut, de graines dont il ne connaissait ni le nom ni l'existence : tout cela servait à nettoyer les intestins des uns et des autres, à purifier le foie, à destocker l'organisme, était-il écrit sur les petites étiquettes explicatives, du pipeau pensait Bruno, et un comble pour tous ceux qui s'empiffraient la semaine et s'offraient une cure de bonne conscience en achetant sans compter – parce que l'on ne comptait pas pour la santé – des produits étrangers, pour la plupart asiatiques car c'était bien connu, là-bas ils savaient mieux faire que chez nous, on le lui avait déjà fait remarquer au sein même de son entreprise.

Un étage était consacré aux animaux dits propres à la domesticité. Il s'attendait à trouver des chiens et des chats mais il avait encore tout faux, on pouvait s'acheter ici un furet, un cochon d'Inde, un lapin nain et choisir l'un des trente canaris agrippés au grillage de la volière, hurlant comme des enfants en colère. Il s'attardait devant les oiseaux, halluciné par leur plainte qui n'était pas un chant mais bien un cri de détresse, hésitant à en choisir un puis revenant sur son idée, stupide, n'arrivant déjà pas à prendre soin de lui.

Bruno Kerjen achetait de la terre, deux pots, de l'engrais, puis deux arbustes qu'il planterait. C'était nul mais il fallait faire quelque chose pour son balcon. Les femmes aimaient les fleurs, lui les détestait, ça faisait penser à la mort et à la pourriture les fleurs, et ça marquait trop les saisons donc le temps qui passait. Marlène aimerait son petit balcon, il en était certain, c'était le seul avantage de son appartement miteux et il ne fallait rien négliger désormais, même s'il fallait prendre sur soi. Et il prenait sur lui, la terre lui rappelant Sylvie puis son père, enlacés dans une danse macabre qu'il viendrait rejoindre un jour ou l'autre, nul n'échappant à son putain de destin.

Les pots rendaient encore plus miteux son balcon qu'avant mais il avait essayé et s'en félicitait. Au loin les champs de colza faisaient comme des flaques jaunes, d'un produit venu d'une autre planète qui devait être toxique vu l'angoisse qui lui serrait la gorge. Il avait acheté deux petits tabourets en bois naturel chez Vert, s'asseyant sur l'un d'eux. Il se sentait seul, comme d'habitude, mais cette fois-ci il en souffrait vraiment. La bière ne le rendait pas plus léger ni les bouffées de sa clope qu'il recrachait vers le ciel, maudissant l'homme qu'il était. Espèce de va-nu-pieds, s'était il dit en crachant dans l'un des pots encore vide, il n'avait pas eu le courage de le remplir de terre, d'engrais et de planter les deux arbustes ridicules qui se casseraient au moindre coup de vent.

Gilles avait laissé plusieurs messages sur le répondeur de son téléphone portable : « Ducon, faut que tu me rappelles. Tu deviens lourd là, il faut absolument que je te parle », « Tu glandes quoi, Bubu ? T'as eu mon message ? Tout va bien ? Tu deviens flippant parfois, t'as vraiment un problème je pense, ouais, un grave problème mon vieux », « Tu fais chier, mec, rappelle-moi ! Je vais pas te courir après pendant cent sept ans. Tu crains là, vraiment. Tu sais quoi, on dirait que les équinoxes sont en avance. Je te raconte pas l'état de la mer, c'est un festival. Trop beau. Non, grandiose même ! Faut que tu viennes, c'est les vacances pour tout le monde, et même pour toi, enfoiré », « Eh, mon pote, devine avec qui je suis encore ce soir ? Je te promets ça va te trouer le cul et tu vas me bouffer dans la main. Et je suis assez con pour te pardonner encore. Mais là déconne pas, d'accord, tu rappelles illico, OK ? ».
Puis la voix de Marlène s'était posée sur celle de Gilles l'effaçant comme si le répondeur comportait deux bandes distinctes, l'une gardant un message, l'autre s'autodétruisant. « Salut Kerjen, je me demande si tu vas reconnaître ma voix après toutes ces années. Oui, vraiment je me le demande et en fait, si je réfléchis bien, j'adorerais que tu la reconnaisses

ma voix, ce serait comme un signe du ciel, tu vois ce que je veux dire ? Le signe que rien ne passe et que l'on revient toujours à son premier rivage. Tu vois c'est la Bretonne qui te parle. Je suis avec Gilou au Val, on attaque la deuxième bouteille de rosé, il fait bon, ce n'est pas encore la grande chaleur mais on est vraiment bien. C'est Gilles qui a eu l'idée de t'appeler, il est un peu fou le Gilou, comme avant mais on rigole bien tous les deux. Que deviens-tu ? J'espère que la vie est gentille avec toi, enfin, je suis un peu conne de te demander ça, la vie n'est pas une fille, hein ? Elle n'est ni méchante ni gentille, elle fait des surprises, bonnes ou mauvaises. En tout cas, Bruno, j'espère que toi tu nous feras la surprise de venir bientôt ici, je suis certaine que l'on a quantité de choses à se raconter, tu vois, c'est comme si on était tous sur la même trajectoire en fait. Voilà c'est plutôt ça la vie, je viens de comprendre, c'est une histoire de routes qui se croisent ou pas, de décisions que l'on prend ou pas, de retour en arrière aussi. Moi c'est retour vers le passé là, je pensais que je ne supporterais pas et tu vois je me sens bien, pas méga-heureuse mais relâchée ; c'est comme si un poids était parti, je me sens plus légère, en apesanteur. Tu la connais cette chanson de Calogero ? J'adore, c'est l'histoire d'un type et d'une fille dans un ascenseur, c'est juste planant : *En apesanteur/pourvu que les secondes soient des heures/en apesanteur/pourvu qu'on soit les seuls/dans cet ascenseur/dans cet ascenseur...* Bon je suis en train de bouffer toute la mémoire de ton répondeur, je vais arrêter là, on t'attend, Gilles me fait des signes alors je vais raccrocher, je crois que j'ai explosé son forfait, je suis morte de rire, allez, salut Kerjen, à la revoyure, comme disent les ploucos d'ici. »

Bruno avait écouté à plusieurs reprises le message de Marlène, ivre mais classe, avait-il pensé, s'étonnant qu'elle se souvienne de lui, qu'elle veuille le revoir, qu'elle traîne avec ce raté de Gilles, ses mots étaient beaux, intelligents, on sentait la femme, comme avant, quand ils bavaient tous au lycée pro sur son cul mais aussi sur ses manières : elle avait une façon de bouger qui n'appartenait qu'à elle, séchant sur place toutes les petites connes qui lui en voulaient. Elle était sexy Marlène, et bien plus encore, elle avait un truc, mais quoi ? Un truc tellement attirant, se répétait Bruno, mais oui, quoi ? Ce n'était pas que le cul, les seins, la façon de parler, de fumer, de boire ses verres, elle aimait boire déjà à l'époque et tenait mieux l'alcool que tous les mecs du bahut. Oui c'était quoi qui le faisait bander comme ça ? Quoi ? Puis il trouvait, oui, il trouvait, debout, sur son petit balcon de merde, dressé dans la nuit. Marlène faisait peur. Avec elle, on était en danger. Et c'était cela qui l'avait tout de suite attiré et qui le rendait dur quand il sentait sa voix traverser sa peau, éclater son cerveau. Et plus il écoutait le message, plus il trouvait que tout clochait : il n'y avait aucune raison qu'elle veuille revoir un mec comme lui, aucune. Il y avait autre chose derrière tout cela, et il aimait parce qu'il était prêt à tout, il s'en foutait de lui, elle l'avait déjà chopé avant même de la revoir, il était déjà perdu avant même de la retrouver, il saignait avant même d'être blessé, et c'était bon, oui c'était tellement bon parce qu'il sentait toute sa peau battre, et tout son sperme circuler et il pouvait toutes les appeler les grognasses du porn-tel, aucune histoire ne le ferait autant jouir que le danger qu'annonçait en secret Marlène, aucune, c'était ça la vraie vie, le risque, la chute, la fin de tout.

Il ne rappelait pas Gilles, restant dans la nuit, comme un cinglé, chaud, brûlant, complètement infiltré par les mots de Marlène, elle était en lui, elle le baisait et non l'inverse. Et il aimait ça, il se laissait faire, elle le baisait par la pensée et il en redemandait tout en étant conscient qu'un truc clochait, c'était impossible qu'une fille comme Marlène s'intéresse à des mecs comme Gilles et lui, impossible. Mais il ne voulait plus se poser de questions, il se sentait dans un autre état, ce n'était pas comme d'habitude et c'était l'essentiel : quitter ce qu'il connaissait déjà, avancer, peut-être dans le noir, mais avancer enfin.

IX

Peu importait l'issue, il était déjà pris au piège de celle qui lui avait annoncé un destin hors du commun et qui se retrouvait à faire des shampoings au fin fond de Rothéneuf. D'une certaine manière, ils étaient à présent à égalité. Ils avaient fait du chemin depuis le lycée pro, pris des claques, l'avenir n'ayant pas tenu ses promesses. Bruno Kerjen n'avait peut-être rien à gagner, mais il n'avait rien à perdre non plus. Il était temps. Il allait partir à Saint-Servan. Charles Levens lui devait quelques jours de récup et n'y voyait aucun inconvénient, ce qui avait étonné Bruno. Le travail avait baissé en densité. Les cadres à remplir étaient moins nombreux. Bruno refusait de faire le lien entre la dernière discussion avec son supérieur et la chute soudaine de la productivité.

Supelec affrontait la tempête, sa structure à taille humaine l'avantageant pour l'instant. Il était un bon élément, le meilleur de son étage peut-être, il serait le dernier à être liquidé. Il n'avait aucune raison de s'inquiéter. Et puis les choses étaient différentes maintenant. Le putain de monde était en train d'éclater mais lui il avait un truc tout neuf dans sa vie, une sorte d'étoile filante, un cadeau qui lui arrivait tout cuit dans le bec. Bien sûr il ne fallait pas rêver, Marlène, même à Rothéneuf, restait une diva, mais elle l'avait dit, elle désirait le revoir, cela lui ferait plaisir, au nom du bon vieux temps. Alors Levens et Supelec ne comptaient plus comme avant. C'était différent maintenant ; l'espace s'ouvrait de plus en plus, il pouvait y fourrer sa main, et même l'autre main, et un jour il y fourrerait son corps en entier, et il lui dirait à Levens le connard qu'il était. Marlène lui donnait de la force et personne ne pouvait lui retirer ça, personne. C'était son kif et même s'il était en train de se planter il l'avait décidé tout seul. Pour une fois, il avait choisi le tour qu'allait prendre sa vie. Pas un grand tour, c'était clair, mais un petit tour de manivelle qui remettrait tous les compteurs à zéro. Oui, c'était ça qu'il voulait, repartir, recommencer, comme le pauvre blaireau du lycée pro qu'il avait été. Ce n'était pas glorieux mais c'était déjà ça. Il avait une vision de Marlène, la savait fausse mais s'en foutait, grâce à elle il sortait de la masse des voyageurs du RER puis de la gare de Vitry, il était un homme avec une histoire qui allait se faire, il l'avait décidé, il en était fier, préférant se prendre une tôle plutôt que de rester invisible, happé par le vide.

Décathlon proposait une ligne de vêtements plus élégante que sa ligne de sport. Bruno Kerjen, se sentant incapable d'entrer dans un magasin, essayer un pantalon, une chemise et pourquoi pas une nouvelle veste de costume qu'il porterait sur un jean, cela se faisait, il l'avait vu dans la rue, avait décidé de s'y fournir en nouveaux vêtements. Tout devait être parfait pour son prochain voyage en Bretagne. Les femmes aimaient les hommes élégants, il ne l'était pas mais pouvait améliorer son allure en achetant du neuf qui lui donnerait une nouvelle assurance ; c'était bien connu les fringues, comme la fibre que l'on travaille selon Maurice, assuraient une silhouette. Il avait choisi trois nouvelles chemises, deux unies, bleu ciel et blanche, une à petits carreaux vichy rouge à manches courtes, les jours devenaient plus doux, deux pantalons beiges en toile de coton, un blouson coupe-vent plus léger que son Schott qu'il prendrait pour le voyage, toujours utile pour les nuits au bord de la Manche. En se regardant dans le miroir de la cabine d'essayage il avait trouvé son corps blanc, répugnant mais un petit peu plus musclé qu'avant, le gainage commençant à faire son effet. Il s'achetait de nouveaux slips chez Cora, pas chers qu'il essayait chez lui, dans sa chambre où il venait de fixer un miroir en pied : les jambes écartées, bien droit, la tête fraîchement rasée, il faisait gonfler ses épaules, encore trop fines à son goût mais qui pouvait déjà rassurer une femme inquiète. Il avait perdu du ventre en dépit de son alimentation toujours trop grasse, hésitait à se raser les aisselles comme il l'avait vu à la télévision dans un dossier sur les hommes modernes. Il levait les bras, trouvait ses poils excitants, blonds, bien fournis. Il n'arrivait pas à regarder son visage, c'était ça son problème, sa tronche. Il n'était pourtant pas laid, mais son regard lui rappelait celui de son père, bleu, froid. Il passait sa main sur ses cuisses, sur ses fesses, sa peau était assez douce, s'arrêtait sur son sexe qui commençait à grossir alors qu'il n'avait aucune pensée particulière sinon celle de devoir appeler son banquier pour se virer deux mille euros sur son compte courant depuis son assurance-vie, opération qu'il n'avait jamais effectuée en dix ans, épargnant comme une fourmi les miettes que ses charges fixes lui laissaient. L'assurance était au nom de sa mère, il était temps d'en profiter, il pouvait crever demain après tout, personne ne décidait de l'heure de sa mort, même pas les mecs qui tentaient de se suicider, comme Gilles qui s'était raté le jour de ses trente ans. Bruno n'avait jamais oublié ses paroles, il y pensait souvent, plus par tendresse pour son pote que par peur que cela ne lui arrive : « Tu sais mec, ça vient sans prévenir ce genre de truc, en fait tu le décides pas, c'était comme une voix à l'intérieur de moi qui me disait de le faire, mais pas une voix humaine tu sais, un truc genre qui vient du tréfonds, de très loin, d'un endroit qui te dépasse, et c'est la voix qui te dit de tout faire, c'est comme

202

un guide, oui, un guide de la mort, alors tu l'écoutes et tu obéis, tu mouftes pas, parce que c'est pas la mort qui fait peur, ça c'est rien, c'est la voix, comment elle t'explique, t'ordonne, cette voix, je te promets, tu ne l'as jamais entendue de ta vie, ça pourrait être celle d'un robot, c'est ça, un putain de robot qui te dit d'aller dans l'armoire à pharmacie, de prendre la boîte de médocs qui fait dormir, de l'ouvrir, de la vider dans ta main, de prendre un grand verre d'eau, d'avaler tout d'un coup, de retourner dans ton lit et d'attendre bien sagement sans appeler ou prévenir personne car faut pas que tu flippes, t'es pas tout seul, la voix veille sur toi et elle va attendre avec toi que les médocs fassent effet et tout va bien aller, c'est comme un long sommeil, profond, un sommeil comme tu n'as jamais connu et c'est bien mieux que le shit et rien à voir avec l'alcool, tu décolles total et tu vas là où en vie tu ne pourras jamais aller, et tout est calme. C'est comme ça que c'est arrivé, et le bol c'est que je n'avais pas la bonne dose, c'est ce que le toubib m'a dit quand je me suis réveillé deux jours plus tard comme un con seul dans mon lit, en plus ce qui m'a fait le plus flipper c'est que je m'étais pissé dessus. C'est une question de dose, fallait pas moins ni plus mais c'était pas la dose pour crever. Et maintenant j'ai la putain de peur qu'elle revienne la voix, le robot, c'est l'ange de la mort je crois, mais c'était pas mon heure. » Bruno, lui, n'avait pas peur, fréquentant le tréfonds depuis des lustres.

Son banquier lui avait posé des questions, étonné de son appel, de sa demande. Bruno Kerjen ne s'était pas démonté, c'était son argent, il en faisait ce qu'il voulait. Son banquier lui avait proposé un crédit-réserve plutôt que de toucher à son épargne, Bruno avait répondu qu'il verrait plus tard mais que c'était pressé. L'argent ne serait débloqué que sous dix jours, et il devait faire un courrier notifiant qu'il procédait au rachat partiel de son asurance-vie, rachat d'un montant de deux mille euros, ce qui avait fait penser à Bruno Kerjen que sa vie ne valait pas grand-chose.

Il réservait sa place de train en seconde classe, tenté par la première mais il ne fallait pas exagérer quand même, hésitant à prévenir Gilles de son arrivée. Il lui enverrait un SMS depuis Saint-Servan, ce serait sa surprise.

Il n'avait pas peur du tréfonds ou de l'ange de la mort mais la perspective de voir Marlène commençait à le terrifier. Allait-elle le reconnaître ? Voudrait-elle prendre un verre avec lui ?

La gare Montparnasse avait changé depuis longtemps mais il en gardait encore un souvenir désuet, quand son père un jour l'avait emmené à la capitale pour la première fois, lui faisant descendre la rue de Rennes jusqu'à la Seine. Son père venait signer un contrat avec la société Ricard, ils avaient passé deux jours ensemble dont il gardait les images de la tour Eiffel, du Trocadéro, des Champs, lieux qu'il ne visitait plus depuis son installation à Vitry. La gare Montparnasse n'avait pas été encore rénovée, elle ressemblait aux gares de province tristes et poussiéreuses, ce qui lui faisait dire à l'époque que toutes les gares de Paris avaient quelque chose de la région qu'elles desservaient. Image qu'il avait gardée pour toujours en lui comme l'un des derniers souvenirs de son père avec qui il avait dû partager une petite chambre d'hôtel dans le quartier des Abbesses, se plaignant au petit matin des ronflements de ce dernier sans lui avouer que c'était surtout son odeur qui l'avait gêné, odeur forte de l'homme qu'il devait à son tour avoir sur sa peau et qui, selon sa mère, rendait folles toutes les femmes mais il en doutait. Il avait acheté un after-shave puissant au cas où, mieux valait puer la cocotte que puer tout court. Il n'avait pas trouvé de blazer chez Décathlon, en achèterait un au marché de Paramé, avait ressorti une paire de mocassins tout neufs, noirs, qu'il avait lustrés avant son départ avec du cirage en stick.

Le train était complet, on partait en vacances de Pâques alors que lui, Bruno, le pauvre con bien consciencieux, n'avait pris que deux jours qui s'ajouteraient à son week-end car il n'avait pas « posé » ses vacances comme le faisait tout travailleur organisé, même si Supelec appliquait des règles drastiques en matière de congés, préférant se débarrasser de ses ouvriers en période creuse : les trois premières semaines d'août. Ce n'était pas conforme à la loi mais chacun s'y pliait, le travail se faisant rare en France sur le marché des composants électroniques et l'heure semblant grave d'après la rumeur qui commençait à se transmettre d'étage en étage. On ne savait pas trop ce qui était en train de se passer mais un ouvrier syndiqué les avait prévenus d'un nouveau classement venu des États-Unis, on donnait des noms à chacun d'entre eux selon leur potentiel et leur investissement dans l'entreprise, puis on déciderait de leur sort. Bruno ne voulait pas trop y penser, il se faisait confiance, n'ayant selon lui commis aucun faux pas, Charles Levens l'avait questionné pour le connaître un peu plus, c'était tout, et au pire, il se passait autre chose maintenant dans sa vie.

C'était comme dans un film. Il faisait les choses et se regardait en train de les faire : composter son billet, marcher sur le quai, chercher sa voiture, monter dans son wagon, s'installer à sa place, regarder les voyageurs fumant leur dernière cigarette, se faire avaler par le paysage qui défilait derrière la vitre. Il se sentait bien, peu angoissé ; il avait prévenu sa mère la veille, elle était heureuse, ignorant qu'il ne venait absolument pas pour elle. Marlène avait tout envahi. Il se montait la tête, il le savait, mais voulait y croire.

Dans le journal qu'il avait acheté au Relay H il y avait un article sur une équipe de foot de seconde division qui, match après match, écrasait les équipes confirmées ; l'article titrait « la force de l'innocence ». Bruno se voyait ainsi, parti de très loin, jouant très petit, promu à un nouvel avenir. Sa victoire était proche. Il fermait les yeux, se faisait son histoire puis la défaisait aussi vite : il n'avait aucun don pour le bonheur, Marlène n'en voudrait pas, il n'avait pas grand-chose à lui offrir, il resterait en deuxième division. Quand il pensait à son échec, car ce serait un échec, un putain d'échec même, il avait envie de quitter son siège et d'aller se mettre minable au wagon-restaurant du train, au moins l'alcool l'apaisait. Mais il restait collé à sa place comme le pauvre type qu'il était. Le printemps avait changé les champs, les arbres, la Vilaine moins sombre avec le soleil perçant les derniers nuages. La Bretagne se déroulait pour lui, c'était son pays, il venait de là, de cette tristesse qu'il avait fuie et qui l'appelait à nouveau. Il restait le plouc qu'il avait été, celui dont Marlène se moquait il y avait quelques années.

En arrivant à la gare de Saint-Malo il croyait voir Marlène partout. Plus rien n'existait, ni la rumeur des passagers, ni celle de la circulation, ni le Sillon, ni la mer, ni la porte Saint-Vincent, ni les remparts gigantesques qui avaient protégé la ville des invasions. Marlène avait tout pris, toutes les femmes portant son visage. Et bien plus encore. Ce n'était pas seulement Marlène, c'était lui avec Marlène. C'était l'histoire qui s'accélérait, qu'il ne pouvait contenir et qui se désossait aussi vite car rien n'existait, il s'était monté la tête, tout le monde s'en foutait de lui, tout le monde. Il hésitait à reprendre un train, à rentrer à Vitry, à oublier son délire, parce qu'il fallait bien se l'avouer, c'était un vrai délire, un de ceux qu'il avait déjà eus dans cette Bretagne de merde il y a bien longtemps, sa jeunesse le rattrapait, il redevenait le minable qu'il avait toujours été, sans rêves, sans vrais rêves, c'est-à-dire sans rêves qui peuvent se réaliser ; tout était dans sa tête et tout y resterait.

Il continuait à marcher, son sac n'était pas lourd, Saint-Servan pas si loin à pied, il gardait la tête baissée de peur d'apercevoir Gilles, son ami qu'il était en train de trahir. Il ne l'avait pas prévenu, hésitait encore à l'appeler. Il n'avait peut-être pas peur du tréfonds, mais il avait peur de la suite des choses. Et il avait peur de Marlène comme il avait eu peur de toutes les femmes, c'était ça son problème, les femmes, le corps des femmes, la voix des femmes, l'odeur des femmes, le secret des femmes, le sexe des femmes, le désir des femmes qu'il n'avait jamais senti sur lui, ou détecté, et l'amour des femmes qu'il ne connaissait pas. On ne lui avait jamais dit je t'aime. Et il ne s'était jamais aimé. Il se rassurait en pensant qu'il faisait partie d'une catégorie d'hommes, que le monde était composé d'autres gars comme lui, et que ce n'était pas si catastrophique que cela. Il était en vie, marchait vers la maison de sa mère, montait un plan pour revoir une meuf, et après tout, ce serait peut-être une connasse de plus, car les femmes se rangeaient aussi par catégories, et Marlène n'y échapperait pas. Elle était comme les autres, il ne devait pas avoir peur.

X

Bruno Kerjen avait acheté des chrysanthèmes car c'était les fleurs destinées aux morts, on le lui avait toujours répété enfant, il ne les aimait pas mais respectait la coutume. Le fleuriste jouxtait les pompes funèbres, logique avait-il pensé en payant le pot qu'il allait déposer sur la tombe de son père. C'était la première fois qu'il la fleurissait vraiment. Il le faisait pour sa mère et non pour lui ne désirant pas se donner bonne conscience. Il n'avait jamais aimé son père, ne l'aimait ni plus ni moins depuis sa mort.

Il avait pris une douche chez sa mère, s'était changé, il portait son pantalon neuf, beige, avec une chemise bleu ciel, ses mocassins bien cirés. Sa mère l'avait remercié pensant qu'il s'habillait ainsi par respect pour son père. C'était des conneries cette histoire de respect, comme si les morts nous voyaient, nous jugeaient, comme s'ils sortaient de la terre, fendaient la dalle, admiraient la tenue, la mine de celui qui les visitait. Bruno Kerjen ne croyait pas en l'au-delà, comme il ne croyait pas trop en la vie non plus ; on était de passage et pour les uns le passage serait plus épineux que pour d'autres. C'était ça la vérité. Et Marlène était sa nouvelle épine dans le pied.

Au cimetière, c'était surtout à Sylvie qu'il pensait et non à son père, choqué par le silence des employés de Supelec. Personne n'avait évoqué sa mémoire, personne n'avait manifesté ses regrets, sa tristesse. On n'existait qu'à l'intérieur de l'entreprise, une fois parti on était déjà crevé. Sylvie était morte bien avant de mourir, il le serait à son tour si on le licenciait.

La tombe de son père était propre, fleurie, sa mère veillait sur son défunt mari. C'était bizarre à chaque fois de voir son nom de famille inscrit sur une tombe. Bruno Kerjen n'aimait pas cela, y voyant un mauvais présage.

Il déposait ses fleurs, en arrachait le film transparent qui les protégeait. Le soleil tapait sur son crâne, il commençait à transpirer, ce qui le stressait encore plus. Il allait voir Marlène, c'était décidé. Il n'espérait trouver aucune force pour ça sur la tombe de son père, mais il ne pouvait s'empêcher de lui lancer « j'espère que tu vas m'aider mon vieux sur ce coup-là. Je sais que tu n'entends rien là où tu es, j'imagine en plus que tu dois être dans un sale état, mais j'ai besoin de le dire à quelqu'un, et toi au moins je sais que tu ne me mettras pas des bâtons dans les roues. J'ai confiance en personne, pas même en Gilles, mon pote de toujours. Faut que j'y arrive tout seul, et tu sais, j'ai tellement peur. Et je me dis que c'est à cause de toi si j'ai peur. Je t'en veux, t'es qu'un salaud, alors t'as intérêt à m'aider. Oui j'ai les boules parce que j'ai toujours eu honte de moi. Et tu sais pourquoi ? Parce que toi connard t'as jamais été fier de moi ».

Un jour sa mère lui avait dit qu'il n'aimait personne, ni les vivants ni les morts, et en quittant le cimetière de Rocabey il se demandait s'il était encore vivant comme avant, comme à Vitry, ou chez Supelec, ou si un autre homme avait pris sa place, à cause des nouveaux vêtements et de son ventre qui serrait, comme pris entre les pinces d'une tenaille. La mer était haute, ses rouleaux claquant contre la digue de Rochebonne, l'air était plus doux, mélange de parfums des mimosas et des troènes du jardin des villas que l'on commençait à voir s'ouvrir les unes après les autres : l'hiver était fini. La vieille Simca de son oncle avançait avec peine, il longeait la côte, en marche vers une histoire qui n'existait pas. Il n'était pas pressé d'arriver, s'arrêtant sur le parking de la plage du Pont qui semblait rétrécir d'année en année. On avait construit sans relâche depuis dix ans, détruisant ses repères. Sa jeunesse était bien loin, Marlène ne le reconnaîtrait pas. Il avait hésité à lui acheter des fleurs en même temps que les chrysanthèmes puis s'était dit qu'elle lui foutrait la honte car ce genre de femme devait détester les mecs romantiques, les pires au lit, avait-il entendu à la radio un jour lors d'une émission sur les problèmes de couple. Le romantisme c'était pour les bande-mou, un mec un vrai n'avait pas besoin de cela pour séduire une fille. Et puis des fleurs pour annoncer quoi ? Leurs retrouvailles ? Elle s'en foutait. Ils ne se connaissaient plus, s'étaient à peine connus. On n'offrait pas des fleurs à une revenante. Et d'une certaine manière Marlène n'existait pas. Il savait si peu de choses d'elle. Elle restait une inconnue comme les milliers de femmes qu'il avait pu croiser dans la rue, pire elle avait un truc immatériel en elle, et il s'était comparé aux mecs qui jouaient à la vraie vie sur Internet, jeux dans lesquels on pouvait choisir sa femme, sa maîtresse, sa maison et pourquoi pas ses marmots. Il en était réduit à ça, il avait inventé Marlène et donc elle n'existait pas vraiment.

Sur le parking de la plage du Pont il regardait les petits cons de Paris préparer leur planche à voile, leur 4/7, croyant connaître la mer, y glissant comme des fous, sûrs d'eux. C'était son pays, bordel, pays angoissant mais à lui quand même. C'était ces mêmes mecs qui avaient fait rêver Marlène. Elle croyait au prince charmant, elle se retrouvait au point de départ. Au moins, ils avaient ça en commun : la stagnation.

La mer commençait déjà à descendre, il avait pensé que les éléments, les astres et le temps tournaient et qu'il n'arrivait plus à faire partie de rien, sinon de son projet fou de retrouver une femme qui ne l'attendait pas. Il inspectait son visage dans le rétroviseur de la voiture, il avait meilleure mine que la veille, ses yeux semblaient plus bleus, son crâne moins chauve puisque ses cheveux repoussaient, faisant des petits points comme de la barbe et qui lui donnaient un air moins sévère. Son pantalon était impeccable, il transpirait encore mais c'était bien, ça faisait viril, il repartait, sans angoisse mais sans excitation non plus : tout était devenu comme blanc à l'intérieur de lui, sans relief ni épaisseur.

Il s'était garé en retrait du salon de coiffure mais assez près pour surveiller les allées et venues. Il ne bougeait pas. Il n'avait pas peur de lui maintenant, mais d'elle. Peur d'être déçu, de casser son joujou, son faux rêve qui l'avait bien fait bander ces derniers jours. Il lui en voudrait de ça, même si ce n'était pas juste. Marlène n'avait pas le droit de briser son espoir. Elle pouvait refuser ses avances, il le comprendrait très bien, mais elle ne pouvait pas ne plus lui plaire. C'était injuste de sa part mais c'était comme ça, et il avait beau chasser cette idée de sa tête, elle revenait comme une évidence. Non, il ne voulait vraiment pas être déçu. Il préférait qu'elle le maltraite, qu'elle le repousse, qu'elle l'humilie mais elle ne pouvait pas ne pas renter dans le cadre qu'il avait préparé, à l'exemple des cadres qu'il remplissait chez Supelec. Il avait construit un petit moteur, établi des connexions, la machine, elle, ne

213

pouvait que marcher. Il était un bon ouvrier, il serait un rêveur satisfait. C'était nul de penser ainsi, pas digne même, mais il s'en foutait, d'une certaine manière c'était le peu d'orgueil qu'il restait en lui. Elle avait tous les droits Marlène, sauf celui d'être devenue un boudin. Gilles lui avait dit qu'elle était restée bonne mais Gilles avec la picole pouvait se faire n'importe quelle nana à partir du moment où elle était OK pour ouvrir les cuisses et l'accueillir. Il n'était pas trop regardant en dépit de ses grands discours sur la beauté des Brésiliennes, Bruno l'ayant vu à plusieurs reprises repartir avec un beau petit cageot qu'il tenait par la taille, fier de sa pêche, alors que le cageot en question s'était pris des râteaux toute la soirée. Pas regardant le Gilou, donc méfiance. Garé en retrait il gardait la possibilité de partir assez vite sans que Marlène le remarque. Il attendait. Elle ne sortait pas. Il était certain qu'elle travaillait au salon, il le sentait.

Il avait quitté sa voiture pour fumer une cigarette. La place du bourg était quasi déserte mais des clientes commençaient à franchir le pas du salon, dans un sens puis dans un autre. Et puis elle est arrivée. Marlène n'avait pas changé mis à part sa couleur de cheveux. Le noir lui donnait encore plus de caractère. Elle portait un pantalon moulant, une chemise très ouverte, ses seins n'avaient pas bougé malgré le marmot, relevait Bruno Kerjen, le cul non plus, les gestes non plus, la façon de rejeter sa che-velure en arrière, d'allumer sa cigarette, de s'appuyer

214

contre le muret de l'entreprise familiale, comme
avant. Elle ne l'avait pas remarqué, et c'était normal, il n'était pas remarquable, figé, glacé, occupant la pire des places, celle des losers habitués à
perdre. Il la regardait comme il aurait pu regarder
la mer, les arbres, les champs de blé dans le vent,
elle faisait partie de la nature, de l'espace et, bien
plus encore, elle était le nerf de l'espace. Il se sentait avalé par sa vision et retournait au point de
départ quand, plus jeune, il n'osait lui avouer son
désir, ses sentiments. Mais il fallait la tourner cette
putain de manivelle, se donner une chance, il fallait l'appeler, s'approcher, et tout s'était déroulé
comme dans un foutu mauvais rêve sans la possi-
bilité d'en arrêter la progression ou de la modifier
à son avantage :
— Marlène !
— Oui ?
— Ça va ?
— On se connaît ?
— C'est moi. C'est Kerjen.
— Ah, mais je rêve ! Kerjen. Bruno Kerjen ?
— Oui.
— Je t'aurais pas reconnu. Tu as tout rasé ?
— Oui.
— Gilles n'est pas avec toi ?
— Non.
— Il a essayé de te joindre tous ces jours. Non
mais je rêve. C'est fou. Kerjen. Ici. Tu n'es pas à
Paris ?

— J'ai pris un congé.

— Tu as raison, le soleil est là.

— Comment vas-tu ?

— Tu vois, retour aux sources. Enfin, pas pour très longtemps. Disons que je me refais une petite santé avant de repartir. Enfin, je ne sais pas quand mais je ne vais pas moisir ici pendant longtemps, le salon, tout ça, c'est un peu l'horreur pour moi, sauf s'il y a possibilité de le récupérer, de le changer, mais la maternelle n'est pas prête à laisser la main.

— Je comprends.

— Oui, Bruno, tu comprends toi, je crois savoir que tout va bien pour toi, non ?

— Je fais aller.

— Gilles m'a dit que tu avais fait ton trou à Paris, bon job, bonne vie.

— On peut dire ça comme ça.

— Kerjen, toujours les mystères, hein ?

— Non, enfin, je veux dire pas vraiment, ma vie, c'est la vie quoi, rien de spécial.

— J'ai appris pour ton père, je suis désolée.

— Ça va, je te remercie.

— Je peux pas trop rester là, on se voit avec Gilou plus tard, ce soir, je vous appelle, d'accord ?

— D'accord, si tu veux. Enfin comme tu veux, tout me va.

— En fait tu n'as pas trop changé.

— Je ne sais pas.

— L'indécis Kerjeunot, ça me fait trop plaisir de te voir, mon vieux. C'est comme un voyage dans

216

le temps là. Elle est loin notre jeunesse pourtant, mais tu vois on dirait hier là. Oui c'est ça, maintenant c'est hier. C'est dingue.

— Oui, c'est dingue, comme tu dis.

— Kerjen, j'hallucine. La bonne blague ! Morte de rire !

Bruno avait regardé Marlène jusqu'au dernier moment, attendant que la porte du salon se referme sur elle et c'était comme si toute la terre s'était refermée sur lui, assommé.

Il roulait vite vers le port de Saint-Malo, il se sentait sale parce qu'il bandait alors qu'il n'y avait aucune raison à cela ; Marlène l'avait à peine regardé, à peine considéré, n'avait pas cherché à en savoir un peu plus sur lui, elle manquait de temps, sa mère attendait au salon, il fallait vite finir la conversation, mais il l'avait trouvée tellement belle, la peau criblée de taches de rousseur comme sorties par miracle sous l'effet du printemps, les seins bien mis avec la fameuse rigole qui les séparait, les femmes sachant mettre en valeur ce qui rendait fous les hommes. C'était cela, il était devenu fous. Fou de son idole de jeunesse. Fou d'une femme qu'il retrouvait. Fou d'un lien aussi fin qu'un fil de nylon. Il avait envie de boire, de se mettre la tête par terre, d'oublier le pauvre type qu'il était et, pire encore, le pauvre type qu'il avait été devant Marlène, incapable de parler, incapable d'humour, soumis, nu comme un ver, démasqué.

Gilles était accroupi près d'une embarcation qu'il amarrait, on pouvait voir ses reins et le début de ses fesses tant son pantalon était baissé, ce qui, en d'autres circonstances, aurait fait rire Bruno, mais il se sentait triste, on venait de lui retirer une part de gâteau, la meilleure des parts, il n'aurait jamais Marlène pour lui, jamais. Quand Gilles s'était retourné il avait tout de suite vu la colère sur son visage et ne s'en défendrait pas. Gilles avait raison sur tout : « Enfoiré, espèce d'enfoiré, t'es ici et tu me préviens pas ? Tu me prends pour qui, Bruno ? Pour ton larbin ? Tu te crois où ? Il y a des règles à respecter, mec, et toi tu ne les respectes pas. Putain, j'ai croisé ta mère, c'est elle qui m'a dit que tu venais d'arriver. Ça fait des jours que je cherche à te joindre et toi rien, que dalle, le silence inter-sidéral, et tu te pointes comme une fleur comme si de rien n'était. C'est pas ça l'amitié, mon pote, pas ça du tout. Moi j'ai toujours été réglo avec toi, tou-jours. Trop bon, trop con, hein ? Je sais ce que tu penses de moi, Bruno, je sais, et ça me met en pièces de le savoir. Tu te dis il ne comprend rien à rien ce pauvre Gilou, alors pourquoi le rappeler, pour-quoi lui expliquer ce que j'ai dans le crâne ? Mais t'es con ou quoi ? Je te connais comme ma poche. Je te connais même mieux que toi, mon vieux. Ouais, mieux. Et je sais que t'es allé direct la voir, je le sais. J'ai raison ou j'ai pas raison ? Ouais j'ai raison. T'es allé voir Marlène dans mon dos parce que t'as trop les boules de la partager. Trop. Ou alors t'as trop la honte de triper encore sur elle. C'est ça, non ? Mais t'es super con parce que moi j'ai essayé de t'arranger le coup. Ouais c'est vrai, j'ai menti. Mais tu crois quoi, Bruno ? Tu penses que si elle connaissait ta vraie vie t'aurais une chance ? T'es vraiment con alors. Tu sais, ce genre de filles, comment elles appellent les mecs comme nous ? Des standards. Voilà ce qu'on est pour elles, standards. Et tu sais pourquoi ? Parce qu'on n'est pas trop cons mais pas méga-intelligents non plus, pas canons mais pas si moches que ça, pas blaireaux mais vraiment pas classes, pas super lookés mais passables dans les fringues, pas super funs mais pas si désespérés que ça, pas trop thunés mais pas sdf non plus, pas pris mais pas libres parce que la liberté c'est un truc spécial que l'on a en soi ou pas du tout. Voilà ce qu'on est Bruno, des middle, des mecs qu'on voit sans voir, qu'on fréquente sans aimer, des mecs comme il y en a tant dans le paysage, des types qui ne manquent à personne mais dont on ne peut pas se passer parce que ça fait ressortir les autres, les têtes de vainqueur. Et quand on était plus jeunes tu sais comment elles nous appelaient ? Non bien sûr que tu ne sais pas, parce que tu ne sais rien, Bruno, en fait t'es pas du tout dans la vie et tu ne connais rien aux meufs. Les Kouros. Voilà qui on était. Les Kouros. Et tu sais pourquoi ? Parce qu'on se mettait tous ce putain de parfum et on avait tous l'impression d'être les rois du monde la nuit, avec notre gel dans les cheveux, nos gourmettes de merde, nos Bombers, nos bagnoles pourries et nos Get 27 qu'on buvait comme du petit-lait et qui nous faisaient dégueuler au petit matin. Et on pleurait hein ? Tu te souviens comme on pleurait. Et on se disait que c'était le vomi qui faisait chialer mais pas du tout. On était tristes à crever parce qu'on savait déjà qu'il y avait des femmes qui ne seraient jamais pour nous. Jamais. Et Marlène elle n'est ni pour toi ni pour moi. Tu comprends ? Zéro chance, vieux, c'est plié, plié, sauf si tu montes un gros bobard encore plus gros que toi mais je ne te trouve pas assez intelligent pour ça. Tu as déjà perdu avant même de jouer. T'es un tocard. C'est tout. »

Bruno écoutait Gilles sans rien dire, partageant son avis. Il avait tout raté avant même de commencer. C'était vrai qu'il ne connaissait rien à la vie et la vie n'avait jamais fait cas de lui. On pouvait peut-être un peu agir sur son destin, mais ses rares essais sur les choses avaient failli. C'était ainsi, comme inscrit dans son sang, ses gènes. Il avait toujours envie de boire. Gilles lui faisait de la peine. Peine de l'entendre dire la vérité, peine de l'avoir déçu. Il avait voulu le prendre dans ses bras mais n'avait pas osé, lui proposant alors d'aller boire un coup intra-muros parce que c'était son pote et que lui, Kerjen, comme l'appelait Marlène, était un vrai bâtard, il avait raison, il était sans morale. Mais il pouvait compter sur lui, il s'était juste emmêlé les pinceaux et ils n'allaient pas se fâcher pour une histoire de meufs quand même. Non, bien sûr que non, avait répondu Gilles, mais Marlène n'était pas une meuf comme les autres, d'ailleurs ce n'était pas une meuf mais l'une des plus belles filles de la région, l'étoile. Ni Bruno ni Gilles ne l'auraient parce que ce genre de femmes se gagnait comme les bons numéros à la loterie, ils n'avaient aucune chance, c'était certain, mais, s'ils la jouaient fine, ils pourraient se rapprocher de quelque chose, ils ne savaient pas quoi mais ils allaient essayer.

Ils choisissaient le premier bar, fallait en finir de la dispute et seul l'alcool les faisait vraiment parler, se retrouver. C'était étrange d'ailleurs, car d'autres mecs s'échauffaient avec la bibine tandis qu'eux se rapprochaient, refaisant le monde, leur château de sable. L'embarcation qu'avait amarrée Gilles était un Zodiac qu'on lui prêtait pour le lendemain, la météo était bonne et il avait prévu une sortie avec Marlène et son mioche car c'était par l'enfant qu'on pouvait approcher Marlène. Bruno était d'accord pour se joindre à eux, excité même s'il y avait encore la soirée pour retrouver Marlène qui, elle le lui avait promis, les appellerait. Gilles avait dit qu'il ne fallait pas trop rêver, Marlène lui avait déjà posé plusieurs lapins, mais comme il était là, ça changeait peut-être la donne, il se trouvait un peu lourd ces derniers jours, elle l'avait sûrement remarqué, donc d'une certaine façon c'était bien que Bruno soit là, ça faisait écran même si ce dernier ne partageait pas cet avis. Il était quand même moins lambda que Gilles, bon sang. Il avait quitté la région, était apprécié chez

Supelec, OK, vivait dans un trou à rat, mais Gilou était un peu clodo sur les bords quand même et ce n'était pas super bandant un mec qui déchargeait les cargos, non vraiment pas. Il ne disait rien, refusant de faire de la peine à son ami. Et puis dans le jeu de la fausse vie il avait une vraie situation, du fric, il pensait à son assurance-vie, qu'il ferait gonfler par un nouveau crédit s'il le fallait. Pour Marlène il ne compterait pas. Ni pour son mioche puisqu'il fallait y penser au gamin, et les mères adoraient que l'on gâte leur gosse, c'était comme ça, c'était animal. De ça non plus il ne parlait pas à Gilles. Il se trouvait un peu salaud sur ce coup-là mais bon, il y avait un rapport de force entre les deux hommes, donc à chacun ses armes. Il avait le fric et même s'il n'en avait pas des masses, il en avait plus que Gilles et les organismes de crédit lui prêteraient, c'était écrit dans les courriers publicitaires qu'il recevait régulièrement : « *Cher monsieur Kerjen, un achat inattendu, un problème de trésorerie passager ? N'hésitez pas à étudier nos offres les plus avantageuses. Un de nos conseillers aura le plaisir de vous aider dans vos choix. Parce que votre confiance est aussi la nôtre.* » Il y avait toujours un astérisque qui renvoyait à une phrase écrite en tout petit en bas du formulaire, phrase que ne lisait jamais Bruno car c'était comme dans les boîtes de médicaments, il valait mieux ne pas connaître les effets indésirables ou les contre-indications concernant le produit, l'essentiel étant de guérir et dans ce cas précis de rêver quelques instants. C'était bon de rêver, avec Gilles qui commandait bière sur bière, il se sentait bien, oubliant Marlène et la honte qu'il avait ressentie, quand elle l'avait regardé, reconnu. Il ne s'en voulait plus, la bibine adoucissait les angles, Gilles parlait de bateau, de moteur, de voile et d'île à découvrir entre Saint-Malo et Guernesey comme si une nouvelle géographie avait poussé dans la nuit rien que pour eux.

Sans se l'avouer ils attendaient l'appel ou le SMS de Marlène qui devait les rejoindre ou leur fixer un rendez-vous ailleurs, car Marlène décidait toujours des choses, avait dit Gilles, c'était ainsi et ce n'était pas grave de lui obéir puisque le plaisir de la voir était toujours plus grand que les contraintes qu'elle imposait. Il ne fallait pas lui en vouloir, elle avait un marmot, était moins libre qu'eux, les deux pauvres types qui n'avaient donné vie à personne et qui, il y avait de fortes chances, ne donneraient vie à personne. Bruno disait qu'il y avait assez de mioches sur la planète comme ça, pourquoi encore ajouter une ou deux personnes, pour quoi faire après tout ? Et puis la finalité était toujours la même : on naissait pour crever. Alors autant éviter les mauvaises surprises à quelqu'un qui n'existait pas encore. Gilles n'était pas d'accord, s'étant déjà attaché au fils de Marlène : Sam, huit ans, brun, yeux noirs, rigolo, le portrait de sa mère, le décrivait-il, sauf les yeux et beaucoup moins chieur qu'elle. D'ailleurs les garçons, les hommes en général, étaient moins chieurs que les filles, les femmes. Ils pensaient avec leur queue, réduisant un grand nombre de faux problèmes. Les femmes ne pensaient pas avec leur chatte, elles avaient besoin d'amour et surtout de reconnaissance dans le cas de Marlène, disait Gilles : « Tu comprends, c'est une princesse cette nana, là elle s'est plantée mais je suis persuadé qu'elle va réussir. À la télé ou au ciné, elle a le physique de l'emploi comme on dit », ce à quoi Bruno déjà ivre avait répondu, « le physique d'une pute, tu veux dire ». « Arrête Bubu, toutes les jolies meufs sont pas des putes, non plus. Et toutes les meufs que tu n'arriveras jamais à te faire ne sont pas des putes non plus. » Bruno n'avait pas répondu, ses idées lui faisaient penser aux rubans que l'on accroche aux cerfs-volants : il était cuit d'alcool et ne voulait pas expliquer ce qu'il ressentait. Marlène n'était pas une pute mais il aurait aimé qu'elle en soit une, juste pour avoir l'occasion de baiser ou d'essayer de baiser avec elle un soir, en payant, juste une fois pour savoir si elle était vraiment bonne et comment ça ferait de s'enfoncer en elle, parce que c'était une promesse cette fille, une sublime promesse et cela le changeait de sa vie : le mur. Avec Marlène tout semblait s'ouvrir ou le faire espérer, et l'espace avait encore grandi en dépit de la honte qu'il avait ressentie en la retrouvant devant le salon de coiffure de Rothéneuf. Il avait eu honte de ce qu'il était, de ce qu'il était devenu. Et même si Marlène ne l'avait pas trouvé changé, non sur un plan physique mais dans son comportement, lui, Bruno Kerjen, savait qu'il n'était plus le jeune homme du lycée pro, regrettant parfois d'avoir quitté la région, de travailler pour Supelec, de vivre à Vitry, il avait peut-être manqué quelque chose, non une vie meilleure mais une vie différente qui l'aurait mis plus tôt dans les pas de Marlène ; car il s'agissait bien de ça, il marchait à présent dans ses pas, comme un chien suit la marche de sa maîtresse, accélérant quand il faut, ralentissant quand celle-ci décidait de s'arrêter. Il était faible, ne s'en plaignait pas, Marlène pouvait tout faire de lui, tout, il n'avait aucun honneur, il se soumettrait à ses désirs et même à son non-désir qui lui avait apparu si flagrant à Rothéneuf mais il ne fallait jamais s'avouer totalement vaincu, un miracle pouvait encore arriver et il avait à demi surgi d'ailleurs : dans le retour inespéré de Marlène. En la revoyant son chapelet d'habitudes s'était désossé, il n'était rien, pire, il n'était plus rien : Marlène avait tout détruit, d'un seul regard, d'un seul mot, d'une seule distance : elle ne se donnerait jamais à lui mais, s'il le désirait, il pouvait la regarder et baver sur ce qu'il n'étreindrait jamais, même en payant. Il devenait triste à force de penser à elle, n'en disait rien à Gilles qui avait commandé deux croque-monsieur car ils avaient attaqué trop tôt l'alcool et que la soirée risquait d'être longue, une boîte de la région, L'Escalier, avait rouvert ses portes, Marlène s'y rendait régulièrement et si elle n'appelait pas, ils pourraient la retrouver là-bas, Gilles en était certain,

Marlène aimait faire la fête le samedi soir, comme au bon vieux temps.

Bruno Kerjen divisait l'espace en deux, il y avait le sien, avec Gilles, dans un bar, à moitié ivre, le cerveau au ralenti, et loin, bien plus loin, celui de Marlène en train de coucher son enfant, Sam, de se doucher, de se maquiller, de s'habiller, de se préparer pour la soirée, deux espaces qu'il ne parvenait pas à relier, manquant d'éléments sur Marlène qu'il avait vue pendant dix minutes à peine, perdant déjà le souvenir de son visage, de sa peau, de ses yeux : que portait-elle alors, comment étaient ses cheveux, lâchés, défaits, et ses mains, et ses ongles, les avait-elle vernis, longs, plus courts, et ses pieds, étaient-ils nus dans des sandales ou enfermés dans des bas comme avant ; bas qu'il s'imaginait retirer tout doucement puis renifler car un chien reconnaissait toujours l'odeur de sa maîtresse parmi les autres milliers d'autres odeurs, et celle de Marlène, il en était certain, était bonne, non, exceptionnelle, sans aucun lien avec l'idée qu'il se faisait de l'odeur des femmes en général. Elle était à l'inverse de sa mère, rompait tout rapport avec ses créatures fantasmées qu'il avait tant de fois appelées comme l'on appelle dans le noir quelqu'un pour vous sauver, vous montrer le chemin vers la lumière ; il n'avait trouvé que l'obscurité, Marlène ne pouvait être plus sombre, c'était impossible, c'était lui la pierre, Bruno Kerjen, le mur de granit, elle c'était le coton, la soie, l'or que l'on n'aura jamais mais dont on récoltait les reflets si on arrivait bien à manœuvrer.

Il devait réfléchir à la meilleure façon pour l'approcher, pour redevenir l'ami à qui elle avait proposé un soir de rester, qui avait loupé sa chance mais qui allait se venger, non d'elle mais du jeune homme qu'il avait été. Il y avait l'argent, la question de l'argent, c'était important, Marlène selon Gilles avait connu des années fastes dans le Sud, elle avait des projets, une intelligence, une agilité devant les choses de la vie que ni lui ni Gilles n'avaient jamais acquises, prisonniers de leurs pulsions insatisfaites, de leurs divagations qui n'avaient jusqu'ici mené à rien. Il fallait changer le cours des événements, c'était peut-être encore possible, l'interstice s'ouvrait à nouveau, avec l'alcool, avec la réalité aussi, il était là, en Bretagne, entre les murs de la ville-forteresse, ce n'était pas rien tout ça, ce n'était pas le hasard, il devait s'engouffrer au plus vite dans la brèche, le temps pressait, Marlène n'attendait pas les retardataires.

Gilles s'impatientait, « bon, mec je vais pisser parce que c'est pas le tout mais la bière ça descend vite. Tu surveilles mon tel et je compte sur toi, tu fais pas le naze, si elle appelle tu prends. Et tu parles, OK, mais sans raconter de conneries, ça te changera, et puis arrête de tirer la tronche, tu me fous les boules là, tu plombes l'ambiance, Bruno, et tu vas finir par nous porter la poisse. Remue-toi, mec, c'est samedi, on est encore jeunes bordel. Ah ouais, je voulais dire, elle craint ta coupe de cheveux, avec ta chemise bleu ciel tu fais mirliton sur le tard, non pire tu fais flic qui a tout raté, pas le mec à qui on confierait une affaire de ouf, non, le pauvre type qu'on a mis à la circulation et qui serait tellement con qu'il se ferait écraser par un camion. Tu vois le genre de mec, ben c'est ça, c'est toi ce soir, tu me déprimes, Bruno, franchement j'aurais été mieux tout seul ou avec les mécanos du port, ils ont plein de trucs à raconter eux au moins, tu vois, ça bouge, ça voyage, ils ont pas le temps de se regarder leur petit nombril de merde, ils donnent putain, ils donnent, toi, Bruno, tu donnes rien, et tu sais pourquoi tu donnes rien, parce que t'as rien à donner, t'es comme un puceau quoi, un puceau de la vie, c'est ce que t'es, Bruno, et je te préviens si tu fais rien pour changer t'auras aucune chance avec Marlène, que dalle, ce genre de meufs elles veulent du rêve, et même si t'as rien à offrir tu peux bricoler deux ou trois trucs, tu peux faire espérer, et même s'il n'y a rien au bout, et que tu sais que c'est foutu d'avance, tu auras au moins fait la blague, tu piges ce que je veux dire, t'auras donné, Bruno, t'auras donné, même quelques heures ou si t'es malin quelques jours, mais t'auras construit un minitruc et tant pis si c'est des foutus putains de mensonges, ouais tant pis parce que la vérité on la connaît tous les deux hein, elle est pas rose, elle est même plutôt dégueu, on le sait, on se la coltine depuis des années, et le pire c'est qu'on s'est arrangé avec, pas de révolte, rien, les bras baissés, la tête par terre et on continue comme des cons, alors là t'as la chance d'arrêter un peu le manège, de le faire repartir dans l'autre sens, et pourquoi pas de décrocher le jambon, même si c'est juste pour un tout petit instant mais de le décrocher quand même ».

Le téléphone n'avait pas sonné pendant l'absence de Gilles qui revenait enfin, Bruno Kerjen en était soulagé, il était incapable de parler à Marlène, il n'avait plus de mots, c'était pire qu'avant, tout s'était vidé à côté de lui, il se sentait à côté des choses comme jamais ; pire que le handicapé des sentiments comme lui disait Sylvie, pire. Il pensait tous les jours à elle, c'était devenu une habitude de plus, il espérait qu'elle le protège, qu'elle lui donne les clés pour Marlène puis s'en voulait de tant de naïveté, les morts ne pouvaient rien pour les vivants, il fallait arrêter de croire dans les films ou les histoires, c'était du toc tout ça, et Sylvie, si elle avait dû aider quelqu'un depuis son ciel, elle n'aurait pas choisi un perdant de son acabit ; parce que c'était ça, Bruno, un perdant qui continue de perdre, c'était la pire des races, de ceux qui n'ont tiré aucun enseignement de leur expérience, de ceux qui persistent dans l'erreur, de ceux qui provoquaient leur propre naufrage. Il voulait bien le décrocher le jambon, mais il n'avait pas le ticket pour faire le tour, restant en plan devant le manège qui tournait et la joie de ses occupants.

— Gilles ?

— Ouais ?

— Je peux te poser une question ?

— Si c'est une question à la con je te dis direct non, parce que tu m'as déjà bien plombé là, j'ai des limites, vieux, faut pas abuser.

— Non je te promets, je veux juste savoir un truc.

— T'es bourré, ducon.

— Pas du tout. Enfin, juste un peu, tu sais, juste la limite où ça va encore, où on peut parler, quoi !

— Mais putain, Bruno, ça fait des plombes que j'attends que tu me parles et t'es comme un con devant moi, genre un poisson mort !

— Parfois t'as des regrets toi ?

— Oh putain, je savais que ce serait une question à la con ! Des regrets de quoi ? On est plus des mômes, Bruno, c'est fini le château et la princesse, la fée et la sorcière, la rivière enchantée et toutes ces conneries : basta, finito.

— Je voulais pas parler de ça ; quand je dis des regrets, t'as pas l'impression que parfois on est persuadé d'un truc et qu'en fait au fond de nous on pense tout le contraire ? Que tout ce qu'on a foutu pendant des années c'était pour s'éloigner le plus possible de ce qu'on voulait vraiment ; comme si on passait sa putain de vie à marcher à l'envers, tu vois ou pas ?

— Ce que je vois c'est que t'es en train de me casser les couilles.

— Non mais Gilou, tu crains, c'est important ce que je dis, je te jure. Parce que ça veut dire plein de trucs. Parce que je crois aussi que les gens qui sont au-dessus de nous, tu vois, les connards qui ont du blé ou du pouvoir, ben ils savent ça sur nous. Ils savent qu'en fait on est des branleurs qui font l'exact contraire de ce qu'ils avaient eu envie de faire.

— Ouais et alors ? Accouche.

— Ben en fait la merde elle vient de nous. Je crois qu'on peut tous faire quelque chose de sa vie. Au début on le sait, mais ça fout tellement les jetons, qu'on fait tout pour que ça n'arrive pas. Et tu sais pourquoi ?

— Non mais tu vas me le dire, Einstein.

— Parce que comme ça on est sûrs de pas se planter tu vois, donc zéro déception.

— C'est sûr, toi tu te plantes depuis le début, et je vais te dire un truc, mec, même si tu t'étais pas planté, tu te serais planté quand même. Parce que t'es de la loose, c'est tout.

— Ouais je sais, et je t'emmerde.

— Pauvre con, tu m'offres la tournée.

— OK, mais juste parce que t'es un sacré bâtard, Gilou.

— Ouais je sais, on s'est trouvés, vieux.

— C'est sûr t'es le truc le plus craignos qui pouvait m'arriver.

— À nous mec ! On a ça au moins, partenaires de loose, putain, soldat du grand n'importe nawak !

— C'est clair.

Marlène n'avait pas appelé, Bruno et Gilles ne lui en voulaient pas, elle était ainsi, pleine de mystère, et des mecs dans leur genre n'avaient aucun don pour percer ou expliquer les mystères, « on n'est pas Gérard Majax non plus ». Ils avaient décidé de se rendre à L'Escalier, sans la prévenir, certains de l'y retrouver, Gilles l'ayant promis à Bruno qui avait confié la Simca à son ami qui semblait ce soir-là mieux supporter l'alcool que lui. Il sentait quelque chose se détacher de lui, comme une part de son corps, quelque chose auquel il ne trouvait ni mot ni définition mais qui semblait rompre de l'intérieur.

L'Escalier avait connu son heure de gloire quelques années auparavant, situé sur la Pointe du Décollé le night-club profitait d'un jardin que prolongeaient les falaises de Lavarde ; on pouvait y accéder par la route, depuis le Sillon jusqu'à Paramé ou par la plage en remontant la digue du pont, puis en suivant un long escalier de pierre creusé dans la roche qui avait sûrement donné son nom à l'endroit, que l'on avait maintenu fermé pour une histoire dont personne ne connaissait les vrais enjeux. Les gens de la région y retournaient comme avant, avait dit Gilles, croisant quelques mecs du lycée pro ou de l'armée. Marlène y passait ses soirées depuis son retour à Rothéneuf, la nuit lui allant à merveille, avait précisé Gilles qui conduisait trop vite. Bruno se sentait fatigué, un peu triste, « si elle avait flashé sur moi, elle aurait appelé ».

On appliquait un tampon phosphorescent sur l'avant-bras de chaque client dès qu'il avait payé son entrée, ce qui avait exaspéré Bruno, « on n'est pas du bétail, putain », mais c'était ainsi, le lieu bordant les falaises, il fallait contrôler le flux entre l'extérieur et l'intérieur de la boîte, entre ceux qui avaient déjà payé et les autres. La décoration avait changé. Le bar était circulaire, la piste séparée par une petite estrade d'où le DJ mixait. Les nouveaux patrons avaient gardé l'étage, le recomposant comme un salon à l'écart, avec des banquettes rouges et des tables rondes et basses, la musique y montait mais moins puissante, on y allait pour parler, voire plus.

Bruno ne se sentait pas à son aise, il avait vieilli pour ce genre d'endroit, se faisant bousculer par de jeunes types surexcités. Les vieux restaient à l'étage, avait-il pensé, cherchant Marlène dans la foule, reconnaissant son parfum sans la distinguer parmi les centaines de corps dansants qui lui faisaient penser à des vers coupés. Gilles l'entraînait directement au bar, il n'y avait que ça à faire, trouvant deux tabourets libres, une aubaine, commandant des Get 27 car la bière endormait, il fallait se réveiller, bouger, exploser, « vivre enfin, Bruno ». C'était vrai, il pouvait ressembler à un flic raté, mais en ouvrant deux boutons de sa chemise, en relevant les manches, il se donnait une tout autre allure, ses épaules avaient durci grâce aux exercices de Maurice tout comme sa queue qui se réveillait elle aussi : Marlène devait être dans le coin.

C'était Gilles qui l'avait vue en premier, sans rien dire au début parce qu'il s'était à son tour senti très bizarre, rien ne se décrochait en lui à l'inverse de Bruno Kerjen, mais s'ajoutait plutôt : il était en colère. Marlène était arrivée avec deux mecs qu'elle tenait par le bras, ses cheveux étaient plaqués en chignon, elle portait une robe blanche, très serrée, des talons hauts. Elle avait vu Gilles puis Bruno, sans les saluer, préférant monter sur l'estrade pour embrasser le DJ qui avait passé sa main autour de sa taille : Marlène appartenait à tout le monde sauf à eux. Elle redescendait sur la piste, ses deux partenaires l'attendant. Ils étaient musclés, bronzés, un genre de militaires eux aussi mais pas en toc, des GIs qui venaient sauver le monde, « éteindre l'incendie au cul de Marlène ». Quand Bruno l'avait vue il avait donné un coup de coude à son ami, « je sais, j'ai vu, c'est bon, ducon », puis Marlène s'était approchée du bar, seule, d'une beauté rare, c'était vrai, la nuit lui allait à merveille se déplaçant dans les faisceaux lumineux que projetaient les spots sur les miroirs à facettes, suivant les lignes folles d'un kaléidoscope qui ne cessait jamais de changer, d'évoluer, à l'exemple de la créature qu'il éclairait. Elle était là, pleine d'envie et de musique, de joie et de désir, comme saturée d'un bonheur qu'elle venait d'inventer, car, c'était bien connu, le bonheur n'existait pas, ou s'il devait exister, il n'existait pas

234

de façon continue : c'était pour cette raison que les gens se trompaient, perdurant dans leur malheur. Il n'y avait pas de bonheur, mais que des bribes, des instantanés, des petits bouts qui volaient ensuite avec le vent pour ne jamais revenir et Marlène à cet instant précis leur offrait un pan entier de bonheur, un bloc, une masse : un monument.

« Salut les boys, alors on s'encanaille ? De sortie ce soir ? J'étais sûre de vous retrouver là ! On m'offre quelque chose à boire ? Bruno, on a un truc à fêter tous les deux, non, c'est un jour spécial, le jour du grand Kerjeunot revenu au pays ! Waouh, je n'en reviens toujours pas... Allez champagne ! Champagne ! »

Gilles avait regardé Bruno, lui souriant, un peu gêné, faisant signe qu'il devait commander pour Marlène, ce dernier s'exécutant, « Une coupe, s'il vous plaît », « Blanc ou rosé ? », « J'en sais rien, Marlène ? », « Blanc, mon blanc-bec, comme toi, et ne me fais pas le coup de la coupette, c'est trop petit pour nous, faut marquer le coup, la bouteille, Bruno, la bouteille », « Ouais, OK, la bouteille. Alors une bouteille ». « Cuvée de la maison, Moët, Ruinart ? » avait demandé le barmaid. « Ben ça dépend du prix », « Premier prix cent trente euros, après ça monte à deux cents », « Ça va, vous ne vous faites pas chier, les gars », « Moët, Bruno, du Moët, je t'en prie, classe, toujours classe le Moët. Et t'inquiète, je te ruinerai pas au Ruinart, Kerjeunot. Ruiner au Ruinart, elle est bonne celle-là ! ».

C'était le moment de faire tourner le manège dans l'autre sens, alors il ne ferait pas son radin ce soir, il avait de l'argent, enfin, dans le jeu de la vie qui n'existait pas, il avait des tonnes d'argent comme il avait des tonnes d'amour pour celle qui le roulerait peut-être dans la farine, mais ce n'était pas grave, il était en train de construire un *nouveau* petit truc, y évoluant avec soudain beaucoup plus d'espace que d'habitude. Marlène buvait vite et bien, jamais ivre, ou d'une ivresse qui n'était pas coutumière : l'alcool lui donnait encore plus de force, encore plus d'éclat, elle posait ses yeux sur Bruno avec une façon bien à elle : ses fentes s'allongeaient, l'excitant lui qui pensait à une autre fente dont il avait envie de caresser la douceur, de s'imprégner de l'humidité.

Ils restaient sur leurs tabourets comme « deux brêles », avait dit Gilles, la regardant évoluer parmi la foule qui s'écartait à son passage. C'était vrai, Gilles avait raison, Marlène était une princesse et bien plus encore, une reine qui pouvait s'offrir tout ce qu'elle désirait, même ce qui n'existait pas.

Marlène s'inventait et inventait les autres. C'était mieux que Gérard Majax.

Les deux mecs dansaient contre elle, l'un devant, l'autre derrière, elle montait et descendait son corps comme appuyé le long d'une barre fixe : ici les deux sexes des danseurs qui la cernaient.

Bruno n'avait jamais ressenti ça, même au lycée pro, il s'était dit qu'il avait déjà gagné, qu'il ne serait plus jamais le même homme. Gilles semblait inquiet à cause du champagne, Marlène lui faisant depuis la piste le signe qu'elle voulait une deuxième bouteille. Bruno recommandait, il était devenu riche et de toute façon il n'avait plus rien à perdre. Il savait aussi que Gilles allait se retirer de la course, peinant à boucler ses fins de mois, ne payant que ses consommations en liquide, privé de chéquier et de carte de crédit depuis plusieurs années. La nuit était à Bruno, et même si Marlène ne venait le voir que pour vider sa coupe, penchée sur lui comme savaient le faire les « chaudasses » dans les films pornos, il gardait l'empreinte de sa main sur sa cuisse comme un petit signe secret qu'elle lui adressait : un jour je serai à toi. Ce jour n'était pas pour ce soir, il ne fallait pas précipiter les choses, elle était intelligente Marlène, elle faisait monter la pression, connaissant les hommes, leur appétit. Tout se méritait et Marlène était bien plus qu'un cadeau. Elle revisitait l'existence d'un coup de baguette magique, il ne lui en voulait pas, elle pouvait bien disparaître à l'étage avec ces deux types, il aurait son heure, il suffisait d'attendre, et de payer. Avant de disparaître complètement, absorbée par la nuit, elle avait promis aux « deux brêles » qu'ils étaient : « Demain Zodiac avec mon Sam. Je vous attends au port à dix heures, OK ? » Ils l'attendraient au port bien sûr, même si Gilles sur le chemin du retour n'avait pu cacher sa colère ni son inquiétude : « Je pense qu'elle s'est bien foutue de nous, vieux, et toi qui raques, qui raques, tu l'as au moins ton blé, ou c'est du pipeau ? En fait t'es peut-être un sale con de menteur. T'es bourré de thunes et tu fais la gueule quand tu dois payer un croque et trois demis, je rêve, mec, t'es pas fair-play là. Bon tu fais ce que tu veux. OK, tu l'as bien fait avancer le manège, bravo, j'y ai même pas cru ; pas que je crois pas du tout en toi mais bon j'avais des doutes, mon salaud, mais là tu m'as séché sur place. Comment elle te regardait ! Un vrai merlan frit, avec ses yeux, ça frisait dans tous les sens, j'ai rien compris. Je suis content mais fais gaffe, t'as vu, elle lève tout ce qu'elle veut cette meuf. Enfin, fais gaffe surtout à ton pognon. Moi je vais me finir au Slow Club, je suis deg. »

Bruno avait déposé Gilles à l'entrée de la boîte du casino qui semblait déserte, il ne voulait pas l'accompagner, désirant s'endormir avec une dernière image, certes fausse ou au pire un peu trafiquée mais qui lui tapait bien à la tête : Marlène avait touché son épaule, sa cuisse, puis lui avait parlé tout bas, la musique avait légèrement brouillé ses mots, mais il en était certain, Marlène avait murmuré : « Tu ferais un bon petit quatre heures, Kerjen. »

La lumière était grise avec l'aube, comme si elle n'existait pas vraiment, faisant des bandes sur la mer qu'il admirait depuis les remparts. Il ne s'était pas souvenu d'avoir une impression de beauté aussi forte. Il n'en avait jamais eu en fait, car ce qui rayonnait en dehors de soi répondait à une nouvelle couleur que l'on portait. Les choses étaient simples, il suffisait de les décider pour qu'elles existent. Et il avait décidé que Marlène serait pour lui un jour, en entier. Il se débrouillerait pour l'argent, il avait quelques réserves, pourrait accepter enfin la promotion de Levens même si Supelec se portait moins bien qu'avant. Il aiderait à relever son entreprise, il avait de l'expérience, du talent, et Marlène lui donnerait de la force. La crise finirait par s'atténuer, la France changerait de gouvernement, les injustices seraient rétablies, il fallait y croire, le monde n'était pas si pourri que ça, il en avait eu la preuve quelques heures auparavant, embrassé par les yeux de Marlène qui, par pitié pour Gilles, il en était certain, n'avait pas osé aller plus loin.

Bruno Kerjen avait une nouvelle assurance qui l'étonnait. Certains êtres avaient besoin de plus de temps que d'autres, il en faisait partie. Son heure était arrivée. L'heure de la bascule : la poisse s'éloignait.

Il avait travaillé sa résistance dans sa chambre, prenant garde à ne pas réveiller sa mère, alternant une série de cent pompes la tête en avant, puis en arrière. Il avait quitté la maison de Saint-Servan en laissant un mot sur la table de la cuisine : *Ne m'attends pas, je fais du bateau toute la journée.*

Il avait traîné jusqu'à l'heure du rendez-vous dans les rues désertes de Saint-Malo puis sur la plage du

Sillon, la mer à demi basse rapprochant le tombeau de Chateaubriand du rivage ce qui lui avait fait penser à son père mais sans haine cette fois. Il était arrivé au port en avance, impatient de partir avec Marlène et son enfant qu'il allait enfin rencontrer. Il fallait miser aussi sur ce paramètre, comme lui aurait conseillé son chef d'atelier : le marmot. Gilles était déjà là, il ne s'était pas couché. Chacun avait fait des courses de son côté, « Salut mec, t'as pris de la bibine, j'espère ? », « Ouais quelques bières, mais je vais y aller mollo aujourd'hui, je suis pas très frais ».

Ils n'avaient rien dit au sujet de la soirée, Gilles semblait encore en colère, non contre Marlène mais contre Bruno. Ce n'était pas une grande colère mais un petit rien d'amertume qui faisait comme un caillou dans la chaussure et qui allait passer aussi vite, avait pensé Bruno. « Elle a intérêt à être à l'heure la miss, le temps va vite tourner au vinaigre. »

Les deux hommes s'affairaient, il fallait vérifier le niveau de carburant, les gilets de sauvetage, les fusées de détresse même si Gilles « s'en branlait de tout cet attirail qui ne servait jamais à rien sinon à encombrer le coffre, qui n'était pas assez grand pour contenir la bière et les baguettes de pain, les fruits et le poulet, les chips et les gâteaux secs pour le petit car les enfants aimaient toujours les gâteaux secs, c'était leur truc, Gilles le savait et ainsi entrait à nouveau dans la course à Marlène. C'était pour lui le filon du gosse, Bruno le lui laissait, il n'aimait pas trop les enfants, par ignorance et aussi parce qu'il n'avait pas aimé l'enfant qu'il avait été.

Marlène lui avait à peine adressé la parole, sautant au cou de Gilles qui l'avait aidé à monter dans le Zodiac, portant ensuite le marmot qui avait crié « Salut Gilou ! ». Bruno s'était tout de suite senti à l'écart, oubliant ses putains de grandes tirades sur le bonheur enfin trouvé, la jouissance enfin possible. Marlène n'avait pas beaucoup dormi non plus mais aucune trace de fatigue n'apparaissait sur son visage. Elle portait un gros pull marin blanc, sans rayures mais avec des boutons sur le côté de l'épaule gauche, qu'elle avait laissé ouvert pour montrer un bout de sa peau qu'il aurait bien léchée mais tout était à refaire, la vie n'était pas si simple, les femmes étaient complexes et il se demandait s'il n'avait pas affaire à la pire des catégories : celle des putes masquées.

« Alors, Bubu, tu bouges ton cul ? » avait lancé Gilles en même temps que la corde qui les retenait au pont. Il avait sauté dans le Zodiac, pris sa place sur le devant afin d'aider Gilles à la manœuvre, relevant les bouées, écartant les petits bateaux de plaisance contre lesquels il ne fallait pas buter, le Zodiac étant un prêt selon Gilles, encore un coup foireux pour Bruno, mais il ne fallait rien dire, le coup était monté pour Marlène, et en dépit de sa légère indifférence il aurait du plaisir à la regarder sous toutes les coutures : des fesses moulées dans son jean à ses pieds nus, ayant retiré ses chaussures malgré le froid, serrant contre elle le gosse qui, c'était vrai, était

241

plutôt mignon pour un enfant ; il ne parlait pas trop, fasciné par le bateau, les coups de gueule de Gilles contre un voilier qui lui avait coupé la route, ne respectant pas la vitesse à l'intérieur du port, « encore des connards de Parigots ! ». Il étaient partis, Gilles poussait le moteur, il connaissait bien son truc, et c'était au tour de Bruno d'être séché sur place. « Quel enfoiré », avait-il pensé, restant audevant du Zodiac de peur de croiser le regard de Marlène qui relèverait son érection d'un rire narquois que lui seul comprendrait. « Petit quatre heures de mes couilles, ouais. » Les femmes étaient des menteuses, il l'avait si souvent entendu, Marlène était une reine en effet, la reine des bobards. Et lui, le pauvre, était tombé dedans, flambant sa carte pour ce que son père nommait de son vivant : une pistarde. Mais il la trouvait encore plus belle que sur la piste, à cause de son enfant peut-être, des gestes inédits : elle le serrait contre elle, caressait ses cheveux, veillant à ce qu'il porte bien son gilet de sauvetage, le protégeait du vent, du froid, une vraie mère, une sorte de louve qu'il « se serait bien sauté quand même, merde ». Elle se tenait sur le siège arrière avec Sam, ça faisait comme une banquette derrière Gilles au volant, il y avait de la place pour trois mais Bruno bandait encore et avait peur de lui parler en fait, peur de n'avoir rien à dire comme à son habitude, figé. Elle avait relevé son jean à mimollet, ses jambes étaient fines, ses ongles vernis de sombre, ça l'excitait comme un dingue, ses doigts de pied parfaits, propres, entretenus comme devait l'être son sexe, petit et rasé de près. Ils se dirigeaient vers l'île de Cezembre, éclairée par le soleil qui pointait enfin, il fallait faire vite, la météo était changeante en cette période, ils pique-niqueraient dans le bateau puis iraient visiter l'île comme ils l'avaient fait tant de fois dans leur jeunesse, croyant aux forces de la nature alors que celle-ci n'était qu'écrasement, injustice. Bruno aurait voulu être plus beau, Gilles plus riche, Marlène célèbre, Sam avec un père qu'il ne voyait plus car il était devenu violent, Marlène le poussant peut-être à bout, lui avait confié Gilles la veille. Chacun marchait de traviole et dans le Zodiac il s'était créé au fur et à mesure de l'expédition une sorte d'équilibre tout autour de l'enfant qu'il ne fallait pas mettre dans l'embarras pour une simple histoire de cul.

Bruno avait décidé de faire un effort, se retournant vers le reste des passagers, le Zodiac ralentissant sa course afin de trouver un point d'ancrage :

— Alors, Sam, t'as quel âge ?

— Huit.

— Huit ans.

— Oui.

— T'aimes l'école ?

— Oui.

— Tu préfères quoi ?

— Les dessins.

— Tu dessines ?

— Non mais j'aime.

— D'accord, c'est bien.

— Toi t'es qui ?

— Moi c'est Bruno.

— C'est qui Bruno ?

— J'étais au lycée avec Gilou et ta maman.

— Tu connais mon papa ?

— Non.

— Elle est où ta femme ?

— Ah, j'en ai pas.

— Pourquoi ?

— C'est pas obligé, tu sais.

— Ben si, pour faire des enfants.

— Ça non plus c'est pas obligé.

— Si, t'es un menteur.

— Ouais, t'as raison, je te fais marcher.

— Tu fais quoi ?

— Je travaille dans l'électricité.

— Tu répares les lampes ?

— Un peu plus quand même.

— C'est pas rigolo comme travail.

— Toi tu veux faire quoi plus tard ?

— Moi je veux être Gilou plus tard.

Bruno pensait que Gilles avait bien travaillé durant ces derniers jours quand il avait retrouvé Marlène, « bien bossé dans mon dos l'enfoiré, ça va pas se passer comme ça » ; Gilles régnait sur le paramètre mioche, en faisait des tonnes, un peu trop parfois. Bruno lui laissait le terrain libre, préférant la compagnie de Marlène qui restait encore froide

à son égard mais un petit coup de bibine la réchauf-
ferait.

Le goulot de la bouteille de bière épousait parfaitement ses lèvres ou l'inverse, Marlène devait bien
sucer, et d'ailleurs elle devait savoir tout bien faire
mais il ne fallait pas y penser, ce n'était pas bien,
il y avait un enfant à bord, ce n'était pas le moment.
Marlène regardait de temps en temps Bruno mais
comme sans le voir vraiment, la soirée de la veille
n'existait plus, le champagne, la musique, les mots,
le petit quatre heures, envolés, il avait l'impression
de ne pas la connaître, de ne l'avoir jamais connue,
elle s'adressait à Gilles surtout, se moquant de son
ciré jaune de vieux pêcheur tout pourri, disait-elle,
puis lui passant la main dans les cheveux, « quel
loup de mer celui-là, j'adore ta tignasse ». Bruno
Kerjen, lui, s'était à nouveau rasé la tête, il était nu,
comme ses sentiments, comme il ne l'avait jamais
été sans doute mais pouvait-il faire pire encore ? Oui
il le pouvait, Maurice lui avait appris la résistance,
il avait encore des réserves, minable pour minable,
autant foncer à présent. Il fallait voir la vérité en
face, ne plus se mentir. Il s'était protégé derrière la
misère du monde, expliquant la sienne par la déroute
de ce dernier : tout était de la faute de la crise, du
gouvernement, des Chinois et de bien plus encore,
du capital qui se transmettait de main en main, qui
fructifiait, grossissait mais jamais dans sa main à lui
qui ne servait qu'à branler son sexe à défaut de
caresser celui de Marlène.

Elle avait décidé le point d'ancrage pas trop loin du récif mais assez près quand même, ça faisait rêver cette partie détachée du continent, puis de l'ordre de ce qu'ils allaient « bouffer, car ça reste de la bouffe et non un putain de pique-nique, faut becqueter, bon Dieu, après tout l'alcool qu'on s'est pris ». Elle était à l'aise sur le bateau, comme toutes les Bretonnes qu'il avait connues, « ces connes naissaient une barre à la main mais c'est jamais la mienne ». Gilles était heureux, il ne l'avait jamais vu ainsi, Sam surveillant ses gestes de « gagnant » : jeter l'ancre, stabiliser le Zodiac, remonter le moteur, vérifier la boussole, se positionner selon le soleil, chasser l'ombre pour Marlène qui ne s'épanouissait qu'à la lumière. Elle était sublime, Bruno se l'avouait, pour la première fois il la trouvait normale, belle mais normale, donc atteignable, à sa portée (enfin, presque). Il allumait ses cigarettes, fou de ses pieds nus qu'elle laissait pendre au-dessus de l'eau, prête à plonger tant elle avait chaud soudain, peut-être à cause de la bibine ou de tous ces hommes qui l'entouraient et qui demandaient chacun une petite place au creux de sa peau qu'elle dévoilait de plus en plus retirant son pull marin, retroussant son jean aux genoux. Elle portait un marcel blanc qui laissait voir les bretelles de son soutien-gorge nacré, Bruno n'en pouvait plus mais il se retenait comme il avait appris à le faire les dernières années de sa vie – vie qui semblait commencer sur le Zodiac piloté par un ami qui n'en était plus un. Gilles ne le calculait plus, il avait autre chose à faire, assurer leur sécurité puis la sienne : le cul de Marlène qu'il aurait au bout de ses doigts un jour ou l'autre, il en était certain : sur l'eau il n'était plus le perdant, il dirigeait.

Ils regardaient tous vers l'île de Cezembre, Sam voulait s'y rendre mais le temps menaçait, ils devraient rentrer bientôt, on ne prenait aucun risque avec un petit. Ils pouvaient encore faire une sieste, la bière et le rosé que Marlène avait apportés tapant un peu, la nuit avait été courte, le mioche comprendrait. Gilles avait déroulé des serviettes de bain qui portaient le logo de la crème Nivéa : un arc-en-ciel, elles étaient un peu sales mais protégeaient du revêtement mouillé du Zodiac. Bruno ne trouvait pas sa place, comme à son habitude, il voulait tout voir et il voyait : Marlène sur le dos, les jambes repliées, elle regardait ou ne regardait pas vers la droite, comment le savoir avec ses lunettes de soleil, « une vraie diva, cette garce », Sam sur son flanc, Gilles au bout de la scène, mine de rien. Puis Marlène dépliait ses jambes pensant que Bruno s'était endormi alors qu'il était là, les yeux grands ouverts, ne ratant rien, c'était toujours bon de souffrir, au moins il se passait un truc au fond de son ventre : elle caressait l'épaule de son connard de copain avec ses doigts de pied aux ongles parfaits dont la couleur faisait penser à du sang qui avait séché depuis longtemps.

Tout était cramé. Bruno Kerjen avancerait son départ pour Paris puis Vitry, c'était vrai, il ne fallait plus croire aux contes de fées, aux trains fantômes, à la rivière enchantée non plus, d'ailleurs il n'y avait jamais cru, on ne pouvait pas lui raconter d'histoires, car il n'y avait pas d'histoire, bien avant les mots, bien avant l'imagination, la réalité était sèche comme de la roche, inchangeable, muette et pesante, il en était conscient, allait dans ce sens, le mauvais sens du manège.

XI

Il ne devait pas faire attention au goût du sang s'il voulait continuer à courir, cela le répugnait mais c'était normal, avait dit Maurice du Gym and you, les poumons sous l'effort intense craquaient de l'intérieur. Bruno Kerjen ne s'en inquiétait pas, c'était le goût, cet horrible goût qui le rebutait à chaque fois au départ de la piste de course de Vitry dont on avait délimité les couloirs à la peinture blanche. Il se comparait à un taureau lâché sur un terrain, s'arrêtant quand il n'en pouvait plus et seulement quand il n'en pouvait plus. Il avait gagné en résistance, se dépassait sans jamais s'écouter. Personne ne connaissait ses capacités, on pouvait aller toujours plus loin. Et personne n'était là pour l'arrêter, le surveiller, le relever quand il trébuchait dans l'indifférence des jeunes joueurs de foot qui s'entraînaient non loin de lui. Plus rien ne comptait, plus rien sauf sa haine.

Il n'avait pas appelé Gilles depuis le Zodiac, avait quitté sans un mot Saint-Servan, détestant les explications et puis il n'avait rien à dire, rien à expliquer, rien à justifier, les choses arrivaient ou n'arrivaient pas, il fallait l'accepter. Il s'était monté la tête, construisant son petit film tout autour de Marlène qui ne voulait pas de lui, mais, il en était certain, qui ne voudrait pas de Gilles non plus. Elle faisait partie de ces femmes qui jouaient sur tous les tableaux sans choisir un numéro, mieux valait s'en tenir éloigné. Marlène menait tout droit à la souffrance, c'était comme un chemin cette fille, un chemin vers un mur, autant s'en défaire avant de s'écraser pour de bon.

Ses habitudes, l'ennui qu'elles pouvaient générer n'étaient pas si terribles que ça après tout, ça roulait, ou du moins ça fonctionnait depuis des années. Bruno Kerjen avait trouvé un équilibre, il ne s'y épanouissait pas vraiment mais, il le savait, il y avait pire que lui, bien pire. C'était Marlène le danger, une saloperie de danger, pas sa vie à Vitry, son travail chez Supelec, ses petits gestes que Charles Levens regardait de plus en plus attentivement, guettant une erreur ou un signe de lassitude. Bruno ne pliait pas, les cadres qui atterrissaient à son box étaient de moins en moins nombreux, « baisse des commandes ce matin encore, baisse des commandes », les Chinois avaient sans doute gagné du terrain mais ce n'était pas de sa faute, il était un employé assidu.

Les fournitures, à leur tour, lui parvenaient incomplètes, il manquait du fil, pas grand-chose mais assez pour l'empêcher d'achever son travail, l'obligeant à déranger son superviseur qui s'inquiétait de son défaut d'anticipation, « ce n'est pas normal, mon petit Bruno, d'habitude il vous reste trop de fil, vous pensez à quoi, il y a quelque chose qui vous chiffonne ces temps-ci ? On ne peut pas gâcher en ce moment vous comprenez ? Nous traversons une période délicate et nous comptons sur vous tous pour la traverser tant bien que mal. Et quand je dis vous tous, je parle surtout de vous, Bruno. Vous êtes l'un de nos meilleurs éléments, vous devez en quelque sorte montrer l'exemple. Vous comprenez, mon garçon ? S'il manque du fil à Kerjen, il va manquer du fil à tout le monde. Et si Kerjen ne peut pas remplir son cadre c'est au sous-sol qu'ils vont trimer. Et s'ils rament au sous-sol c'est la productivité de l'entreprise qui va en pâtir. Et vous savez ce que cela signifie ? Cela veut dire qu'on a cédé, capitulé, qu'on est foutus sur le marché, plus du tout crédibles. Et c'est la clé sous la porte. Vous savez, ça va très vite. On ne contrôle pas ces choses-là alors je vais vous demander de faire un petit effort : gérez votre fil, mon garçon, gérez ! », mais quand Bruno Kerjen « gérait son putain de fil de cuivre de mes deux », il manquait une vis, un écrou, une fiche, compliquant sa tâche sans vraiment l'inquiéter : il apprenait à faire autrement, remplissant les cadres à sa façon parce que l'électricité ça le connaissait. On ne renvoyait jamais son travail, ce qui le confortait dans l'idée que l'on pouvait toujours trouver une solution aux choses qui vous échappaient. Charles Levens ne lui disait pas tout. Les autres ouvriers ne manquaient pas de fil, pas de vis. Leurs cadres arrivaient plus nombreux, il l'avait remarqué sur la palette du matin ; on ne distribuait pas la même chose à tout le monde. Son chef le tenait dans son viseur depuis sa nouvelle coupe de cheveux et l'histoire des paramètres. Bruno Kerjen se demandait dans quelle catégorie on l'avait classé puisqu'un classement existait, classement venu des States alors il ne fallait rien dire, « les Amerloques savent encore mieux que nous, même s'ils sont dans la merde, faut croire en leurs méthodes, c'est quand même un grand pays, tellement grand que j'aimerais pas m'y perdre ». Pour l'instant Bruno Kerjen se perdait au sein de Supelec ; on avait changé l'organisation de son étage. Les employés avaient eu la surprise de découvrir le nouvel alignement des box ; le syndicat parlait d'une méthode d'intimidation : on brisait le train-train pour faire sortir du lot celui qui s'adapterait le plus vite, sans rien dire, sans rien montrer, preuve d'un self-control, gage de qualité pour l'entreprise, qui, c'était officiel, préparait un plan de restructuration.

Le box de Bruno avait été déplacé tout près du passage : il serait sans cesse dérangé par les livraisons de matériel, les allées et venues de Charles Levens puis des autres employés qui avaient droit à leur pause cigarette, deux par jour, puis celle du déjeuner qui durait dix minutes de plus que d'habitude. Sa place n'avait rien de stratégique, on le soumettait à une nouvelle épreuve : géographiquement, il avait déjà un pied en dehors. Près de la porte on ne l'incluait plus comme avant au service : il avait voulu se démarquer de ses collègues, on le démarquerait davantage. Il ne voulait pas prendre rendez-vous avec Levens, ce dernier attendant un signe de faiblesse, faisait comme si de rien n'était en dépit de la charge de travail qui diminuait de jour en jour. Il ne quittait pas son box, dessinait des traits sur un carnet, des schémas étranges qui reflétaient sa pensée, « on veut m'embrouiller mais je tiendrai bon ». Au fur et à mesure du temps, Bruno Kerjen semblait se détacher de son entreprise, on ne le considérait plus : il ne serait même plus un problème.

Maurice voulait qu'il apprenne à boxer, il avait l'esprit, l'endurance, il en était certain, il était trop vieux pour faire une carrière mais c'était dommage de laisser passer un tel potentiel, et puis la boxe était un vrai sport de mec, ça faisait sécréter des endorphines et donc bander plus fort. Bruno avait durci de l'intérieur, Maurice était satisfait de sa nouvelle « fibre » mais le ventre ne bougeait pas, à cause de son alimentation de « goret », plaisantait-il. Il était temps de décoller, avec le sac de sable il gagnerait en densité, mais pas comme avec la fonte, la boxe reposait aussi sur la résistance, elle musclait en profondeur et le sac était un ennemi invisible qui ne risquerait pas de lui défoncer le portrait. Le Gym and you ne fournissait pas le matériel de boxe, gants, casque, protège-dents, chaussures. S'il était intéressé Bruno Kerjen devait investir, cela valait le coup. Il acceptait, après tout il avait encore de l'argent suite à son virement depuis son assurance-vie et il ne fallait pas mégoter sur sa santé, car le sport lui procurait un nouveau plaisir et on savait que le plaisir était une arme contre le mal ou l'ennui, ce qui revenait au même.

Gilles n'appelait plus, « quel enfoiré celui-là », et Bruno ne voulait pas faire le premier pas ; il s'était réorganisé dans sa vie, courant à Vitry quand il n'allait pas lutter contre un adversaire qui n'existait pas au Gym and you. Le souvenir de Marlène s'effaçait. Il refusait de prendre sa mère au téléphone qui appelait pour prendre de ses nouvelles car elle se faisait un sang d'encre pour son fils, détestant ses silences, n'ayant pas compris son départ précipité, ne voyant plus Gilles traîner dans les bars de Saint-Servan comme il avait coutume de le faire après son service au port. D'ailleurs Bruno ne se servait plus de son téléphone du tout, délaissant ses filles du porn-tel car la masturbation lui prenait trop d'énergie. Il se concentrait sur le sac, s'épuisant à battre un ennemi qui avait parfois le visage de Charles Levens, parfois de quelqu'un qu'il ne connaissait pas mais qui devait représenter un symbole de quelque chose.

Son chef d'atelier lui avait donné la possibilité de quitter Supelec plus tôt que d'habitude, vu la diminution du travail à accomplir, il ne « voulait pas l'avoir dans les pattes, ça ne servait à rien ». Il avait cependant l'obligation de se servir de sa carte-pointeuse en quittant les lieux car « Supelec n'était pas un moulin non plus », ce qu'il faisait sans se méfier du piège tendu ; et s'il y avait un piège, il ne le redoutait pas, après tout, qui était assez fort pour lutter contre la crise économique mondiale, qui ? Ce ne serait pas lui.

Bruno profitait de cette nouvelle liberté pour affiner son jeu de jambes, gonfler sa fibre, se faire un corps. L'entreprise allait repartir, ce n'était qu'un passage, mauvais mais temporaire. Le monde allait se relever, il s'était toujours relevé et puis « on n'était pas au Bangladesh, bon Dieu, mais en Europe, en France, un grand pays, soi-disant, alors ils vont finir par se bouger le cul tous ces tocards ». Il finissait son entraînement par quelques tours de stade à Vitry, pour la première fois il sentait naître une passion, acceptant son corps qui n'était ni un outil ni un instrument mais une possibilité de se sentir mieux dans sa tête. Et il se sentait mieux, grâce à l'activité, mais aussi aux pilules que lui avait données Maurice : « Faut pas abuser mais c'est bon pour le moral et la force, Bruno, la force. » La tache noire de son plafond ne transpirait pas encore sous les couches de peinture neuve, les arbustes étaient plantés, ils ne pousseraient pas plus mais ils avaient le mérite d'exister, la vie coulait, pas terrible mais elle coulait sans encombre : Bruno Kerjen n'aimait pas se poser de questions.

Il avait répondu au téléphone car il avait sonné tard dans la nuit comme à l'annonce de la mort de son père. Le numéro de celle ou celui qui appelait était masqué. Bruno n'avait rien entendu à l'autre bout du combiné pensant que c'était une erreur, « bâtards, peuvent pas faire attention en pleine nuit ». puis les appels avaient recommencé les deux jours suivants. Ce n'était pas une erreur, on voulait lui parler, il percevait une respiration fine qui disait – je suis là –, espérant parfois que le téléphone résonne à nouveau et qu'il reste à son tour pendu, muet, respirant, ce qui voulait dire aussi – j'existe.
Il n'avait jamais pensé à Marlène, ils ne s'étaient pas échangé leurs numéros. Un bon mois était passé, elle l'aurait oublié. Pour cette raison il avait été très surpris en entendant sa voix, mais il n'avait éprouvé ni joie ni colère, Marlène était devenue neutre comme toutes les informations du monde qui lui parvenaient. Bruno Kerjen se tenait en marge, comme en attente d'un événement dont il ne connaissait encore ni la date ni les effets.
— Bruno.
— Oui ?
— C'est moi.
— Qui, toi ?
— Marlène, de Saint-Malo.

— Ah, ça va ?

— Écoute, Bruno, c'est idiot, il faut que je te parle, j'ai l'impression qu'il s'est passé un truc la dernière fois, c'est un malentendu je pense, je ne veux pas qu'on soit fâchés tous les deux, je n'aime pas ça, pas nous, tu comprends ?

— Je ne suis pas fâché, tu m'as juste pris pour un con, Marlène.

— Comment tu peux dire un truc pareil ? Je suis choquée là.

— Je sais pas, le quatre heures, le champagne, toutes ces conneries quoi.

— Pourquoi ? Tu penses que tu peux sauter une nana si tu lui offres du champagne, toi ?

— Non, pas du tout, arrête, je ne suis pas un mec comme ça.

— Justement t'es un mec comme quoi, Bruno ? Tu vas la cracher ta Valda ?

— Écoute, Marlène, je ne veux pas d'embrouilles, je ne suis pas d'attaque tous ces temps, c'est la merde au boulot.

— C'est vrai que tu as des responsabilités.

— Je ne sais pas ce que ce connard de Gilou t'as raconté mais je ne suis pas le mec que tu crois.

— Je ne crois rien du tout, Bruno, ce que je vois c'est que t'es un mec qui me plaît, t'as du potentiel mais tu ne sais pas l'exploiter.

— Arrête tes conneries.

— Je te promets, c'est pas courant dans la vie, t'es plus qu'un pote et j'ai les boules que l'on se

257

soit ratés, une fois de plus. Tu vois, je l'aime bien Gilou, mais c'est quand même le roi des ratés.

— Écoute je me lève tôt demain et je n'ai pas envie de parler de Gilou, on se rappelle, si tu veux.

— OK, chef.

— Je ne suis pas un chef.

— À toi de le devenir, Kerjen.

Marlène l'avait rappelé, puis était convenu d'un rendez-vous quotidien avec Bruno. Il remplaçait désormais ses conversations pornographiques par les confidences d'une femme qu'il découvrait au fur et à mesure de ses mots, qui n'allait pas bien, qui avait besoin de lui. Bruno la laissait parler, ne sachant pas faire avec les jolies phrases, acquiesçant parfois, la rassurant, « ne t'en fais pas, t'es pas toute seule, bordel, je suis là ». Il posait le téléphone sur son oreiller, activait le haut-parleur, fermait les yeux et écoutait les histoires de Marlène variant selon l'humeur de cette dernière mais revenant toujours à un point fixe : Bruno Kerjen. Pendant quinze jours il se mit à rêver. Pour la première fois on lui parlait avec douceur, et pour la première fois il voulait bien y croire :

« Tu vois, Bruno, aujourd'hui, je l'avoue, je n'allais pas très bien, du vague à l'âme sans doute, comment expliquer ces choses lorsqu'elles vous arrivent, des choses de bonne femme, dit ma mère ; elle est dure, tu sais, il y a pas mal de travail au salon mais moi je vois plus grand, enfin j'attends encore mais c'est frustrant. Alors je me disais, oui je me sens triste mais j'ai encore une petite flamme tout au fond de moi, toute petite qui ne demande qu'à s'épanouir. Bien sûr il y a mon Sam mais un fils ne peut pas tout pour sa mère, tu en sais quelque chose, il y a une limite à cet amour-là. Non, ma flamme je la donnerai à celui qui saura m'aimer, et tu vois, c'est étrange mais nos appels me donnent beaucoup de joie, j'ai hâte de rentrer, de me dire ça y est, c'est l'heure, il est chez lui, à Paris, et nous allons nous retrouver. Oh, je ne veux pas te gêner Bruno, surtout pas. Je suis une fille clean, tu sais, et si un jour mes appels te dérangent, si tu les juges déplacés je saurai m'effacer. »

« J'espère que je ne te dérange pas, mon Bruno, j'ai si peur de te déranger, tu sais, après tout tu es un homme certainement très occupé, et moi j'arrive là comme ça tous les soirs comme une fleur ; d'une certaine façon je m'invite chez toi, c'est rigolo, non ? C'est comme si on était tout près l'un de l'autre. J'aime beaucoup ta voix même si tu parles peu. Elle est douce et je sais que tu es un grand timide, ça me plaît ça chez toi. Et tu sais ça fait du bien d'être écouté parfois. Alors merci à toi. »

« J'avais envie de t'appeler plus tôt et puis j'ai pensé que je n'avais pas le droit de te déranger au travail, ce n'est pas bien. Ah, parlons-en du travail, ma mère me tape sur les nerfs, elle est si frileuse ! Tu vois on a un bon emplacement à Rothéneuf même si c'est quand même le trou du cul du monde (ça c'est pour te faire rire), il y a du passage, les clientes sont fidèles et l'été ça cartonne, mais moi j'ai une idée, surtout pour l'hiver qui est la saison creuse, mais ma mère ne veut pas en entendre parler. Elle manque d'ambition. Tu vois c'est ça aussi qui m'a plu chez toi, tu as pris des risques, tu as quitté la région, tu n'as pas repris le commerce de tes parents, tu t'es fait tout seul, Bruno, tout seul. J'ai beaucoup de respect pour ça. »

« J'avais l'idée d'une grande vie pour moi mais je pense que j'étais un peu mégalo. L'essentiel c'est d'être bien avec quelqu'un, non ? Moi je le pense vraiment. La vie à deux c'est quand même mieux que la vie tout seul. On partage des trucs, on échange. J'y ai cru, tu sais. J'ai rencontré le père de Sam-Sam assez jeune, tu sais, le coup de foudre, le truc qui te tétanise, tu n'as plus de voix, plus de jambes, tout s'arrête, tu as un petit décompte dans ta tête, et paf, la bombe explose. Claudio avait quarante ans à l'époque, moi j'étais une gamine pour lui, j'avais un peu bourlingué mais très peu par rapport à lui, je bossais dans une boutique de jeans à Menton pour me faire du fric. Je voulais faire du cinéma, tu sais, et j'ai cru, naïvement, que le Sud avec le festival de Cannes m'offrirait des opportunités. Bref, Claudio était avec une meuf ce jour-là, ils sont rentrés dans la boutique et on a flashé tous les deux. C'était comme si on se reconnaissait si tu vois ce que je veux dire. Et on ne s'est plus quittés. Claudio a monté un bar lounge à Nice, ça marchait bien au début et puis tu sais je suis vite tombée enceinte, j'étais moins là, Claudio aimait jouer au casino, il avait de mauvaises fréquentations, bref tous ses potes ont vidé le bar au fur et à mesure des soirées, il invitait tout le monde ce con et il s'est retrouvé avec des dettes sur le dos, il a eu peur, il est parti un temps dans sa famille en Italie, puis il est revenu, il a voulu monter une seconde affaire, on a eu un petit resto de plage mais là pareil, c'est dur le Sud, tu sais, soit tu trempes avec la mafia soit t'aides les flics, tu les renseignes, mais nous on n'était pas des balances, tu vois. Et puis je ne sais pas pourquoi Claudio a commencé à devenir super jaloux, super possessif. Il ne me faisait plus confiance. Il me surveillait, il m'a même mise sur écoute, t'imagines ? Et un jour la baffe de trop, j'ai pris Sam sous le bras et je me suis tirée. Je crois qu'il a tout liquidé et qu'il est à nouveau en Italie, bon débarras d'ailleurs. Ah, les hommes, c'est compliqué, hein, Bruno ? Enfin je veux dire l'amour en général. »

« Tu ne me racontes pas grand-chose de toi, je pense que tu n'as pas eu le temps de vivre ta vie, hein, avec ton travail, et puis Paris ça casse, non ? On dit que c'est une ville difficile, moi je n'ai fait qu'y passer même si j'en rêve souvent de la capitale. Quelle claque ça doit être quand même ! Et qui sait, peut-être qu'un jour tu m'inviteras dans ton château. Eh, détends-toi, Kerjen, je sais que c'est pas un château mais on peut rêver, non ? »

« Je suis énervée aujourd'hui, à bout, marre de tout. Pardon je me déverse un peu sur toi mais parfois je suis débordée par mes soucis. Je ne sais pas si je m'occupe bien de Sam, tu sais. Il a besoin d'un homme quand même, qui ne remplacerait pas son père évidemment mais qui pourrait lui montrer ce qu'être un mec veut dire, ici avec mon père qui commence à être gaga et ma mère la harpie du village, je manque vraiment d'une présence masculine près de moi. Tu sais, c'est mignon, mon Sam m'a dit qu'il pensait souvent à toi, "Bubu de l'école de maman". C'est si craquant les enfants, si craquant, ça nous fend le cœur en deux, hein ? Je suis sûre que tu aurais fait un très bon père, Bruno, mais bon, c'est pas trop tard, c'est l'avantage quand t'es un mec, il n'y a pas cette putain d'horloge biologique qui te tourne au-dessus de la tronche. »

« J'ai mal dormi la nuit dernière, tout se mélange dans ma tête, Bruno, tu sais, je paie un peu les conneries de Claudio, j'ai les huissiers au cul et je ne peux rien dire à ma mère qui m'aide déjà énormément. Bon je ne vais pas t'embêter avec ça. Les problèmes de fric c'est pas sexy, hein ? »

« Si tu avais vu la mer aujourd'hui, à tomber. Je crois bien que l'été va arriver en avance, Bruno. C'est trop bon. Ressortir ses robes, ses jupes, moi franchement je revis. Et ça fait du bien au moral. J'ai la pêche aujourd'hui. Je me sens bien. Et tu sais quoi ? Je me suis dit ça c'est grâce à mon Bruno.

Tu me fais beaucoup de bien, tu sais, beaucoup. Et si je peux t'aider tu n'hésites pas, d'accord ? »

« Tu sais que depuis que je t'appelle je ne fais plus du tout ma fofolle le samedi soir ? Je profite de mon fils, de la côte. On se fait des balades en amoureux tous les deux, on a une Méhari, si tu savais, il est mégafan. On s'amuse bien. Je peux te dire un truc perso ? Tu m'équilibres, Kerjeunot, tu m'équilibres ».

« Tu vois, ce qui peut m'exaspérer chez les gens, mais vraiment, hein, c'est le fait de stagner. J'ai tant d'idées pour ce salon. Tant. En plus ça me permettrait d'être plus légère, parce que je reçois courrier sur courrier de la banque. Quel salaud ce Claudio, il m'a tout laissé sur les bras et pschitt il s'est volatilisé. Tu vois, Bruno, on ne se connaît pas très bien tous les deux mais je sais que tu serais incapable, toi, de faire un truc comme ça. T'es un mec responsable, ça se voit tout de suite. Bon, j'ai pas le moral, il faut que je te laisse. »

« Tu ne t'es pas inquiété au moins, ouais, pardon, mais je n'avais vraiment pas la frite. J'étais sur répondeur tous ces jours, pas envie de parler. Je me suis dit que ce n'était pas cool pour toi mais je ne peux pas t'infliger ça, Bruno. Écoute, c'est un peu grave ce qui est en train d'arriver. Ils menacent le salon de coiffure maintenant, ces salauds d'huissiers. Ils savent que je bosse avec ma mère et ils vont débarquer d'un moment à l'autre. Je ne sais plus trop quoi faire là. Je me sens vraiment perdue, c'est boulesque. »

« Un petit sursis, ouf, la banque dit que si j'aligne huit mille euros ils me laissent un petit répit sans toucher aux recettes du salon ; mais, bordel, comment je vais les trouver, moi ? Je ne vais pas faire la pute quand même ? Non, t'inquiète, je plaisante, mon cul est à moi et je le donnerai à un mec qui me mérite, qui saura me respecter, me protéger, un homme quoi, un vrai, pas tous les connards de la planète que j'ai été obligé de me farcir pendant toute ma jeunesse (ouais t'es gentil je suis pas vieille mais je n'ai plus vingt ans non plus) parce que je croyais au prince charmant. Ah, tu parles d'un prince charmant ! Tous des nazes, et lâches avec ça. Claudio j'y croyais et tu vois le résultat. Bon, j'arrête de t'embêter avec mes petits malheurs, tu m'écoutes, tu m'écoutes et on parle jamais assez de toi. »

« La vie est mal faite, mon Bruno. J'ai beau racler les fonds de tiroirs, comment je vais les trouver, moi, les huit mille balles ? Bon, j'ai mille cinq cents de côté que je peux allonger mais après *very difficult for me*. En plus ça me fait vraiment chier de mêler ma mère à cette histoire, déjà qu'elle contrôle toute ma vie, là si elle me file du fric je peux dire adieu à ma liberté. Et pourtant c'est qu'une question de temps, tu sais. À toi je peux le dire, j'ai un super bon projet mais attention, Bruno, le genre de truc qui te fait bien décoller, hein ? En fait, il y a un an, j'ai vu un reportage à la télévision, et tu vois, j'ai eu le déclic. J'étais comme une conne dans mon salon à Nice, Claudio évidemment était encore de sortie, et j'ai eu la révélation. Je me suis dit, ma petite Marlène, c'est pour toi ce machin. Je t'explique. Tu connais les cabines d'UV? Bon, ben là c'est pareil sauf qu'il y a un truc hallucinant qui n'existe pas en France, ce sont des cabines qui te massent en même temps. Tu piges? T'es crevé, t'as froid, parfait pour ici vu que l'hiver dure dix mois, t'en peux plus, tu te fais un bon coup de bronzette et en plus la cabine te masse. C'est une histoire de capteurs en fait sur la paroi, t'as rien à faire, aucune intervention humaine, il suffit de s'allonger, de fermer la coque et direction le nirvana. Je me suis renseignée, c'est pas si cher que ça, en plus ce genre de truc c'est du leasing, tu étales tes traites sur un an ou deux, le temps de te faire une clientèle et c'est banco pour toi et même pour la banque qui n'aura pas pris trop de risques et qui se gaufrera les intérêts. Bon, le hic c'est que moi je suis pas trop crédible par rapport à une banque en ce moment, qu'il faut un petit apport et que ma mère a peur de se planter même si elle trouve l'idée géniale. En fait il me manque un associé. Mais pas n'importe qui hein? Un mec qui en aurait vraiment, bien solide, et qui n'aurait pas froid aux yeux. »

« Tu sais, Bruno, j'y ai repensé toute la journée à ta proposition qui me touche vachement. Mais je ne peux pas accepter, ça va fausser un truc entre nous. Après tout, c'est rien huit mille boules, je vais bien finir par les trouver, t'inquiète. En tout cas ça fait plaisir de savoir que je peux compter sur quelqu'un. Vous êtes une belle personne, Bruno Kerjen. »

XII

Il s'habituait aux appels de Marlène, la laissait parler comme elle le désirait et si elle avait eu besoin d'une nuit entière pour se raconter, il la lui aurait accordée sans problème. Il était redevenu le confident de sa jeunesse et, plus encore, celui qui écoutait, rassurait, qui allait guérir du malheur. À cause du délai de dix jours, il avait adressé un courrier à sa banque, retirant la quasi-totalité du reste de son assurance-vie (trois mille huit cents euros), n'ayant personne d'autre que lui à nourrir, et après tout, pouvant disposer à sa guise du fruit de ses années de travail. Supelec ne lui faisait pas de cadeaux ces derniers temps, l'ambiance à l'atelier était assez tendue. Il quittait son box plus tôt que les autres, avec l'aval de Charles Levens, devenant en quelque sorte son protégé, « celui qu'il se saute », pensait Bruno sans ce soucier de la rumeur puisqu'elle n'était pas vraie.

Marlène avait besoin de huit mille euros, il ne pourrait lui donner la somme dans sa totalité mais s'en approchait en relançant les organismes de crédit qui lui avaient proposé une réserve à taux fixe, il arriverait à « soutirer » trois mille euros supplémentaires, ce serait son cadeau, au nom de l'amitié et peut-être, pourquoi pas, il le sentait, de l'amour qui commençait à naître. Elle lui avait laissé sur son répondeur un message sans équivoque : « Je crois que je suis en train de m'attacher grave à toi, Bruno. C'est idiot, mais tu me manques. » Il avait confiance en elle, certain qu'elle le rembourserait dès que possible, mais pour l'instant il ne lui disait rien, ne voulant pas gâcher son plaisir à lui. Il s'était renseigné au sujet des cabines d'UV massantes, les Sunny-Vibes qui faisaient un tabac à Los Angeles, les Amerloques avaient toujours un train d'avance, c'était en effet une idée géniale, ils pourraient s'associer, il se porterait garant auprès de ses créanciers, elle avait du bagout, il aurait la force de travail, l'argent. Ils commenceraient petit, à Rothéneuf et pourquoi pas à Saint-Servan, sa mère ayant gardé son fonds de commerce, elle serait heureuse d'avoir son fils sous la main, et rien ne les empêcherait un jour de s'installer à Malibu et d'ouvrir un centre de cabines et de remise en forme ; il avait beaucoup appris auprès de Maurice, ne relâchant pas ses efforts au Gym and you ainsi qu'au stade de Vitry, sa vie s'ouvrait réellement et c'était vrai, il ne se montait pas la tête, Marlène était venue à lui, s'attachait, se prenait à rêver d'un avenir commun, « il parle beaucoup de toi mon petit Sam-Sam » ; il saurait faire avec le fils d'un autre, c'était plus facile, il serait comme un oncle, le sien l'ayant souvent rassuré enfant quand il avait peur que ses parents ne meurent dans un accident le laissant orphelin, « il sera toujours là pour moi, Jean, même s'il n'est pas très finaud », pensait-il à l'époque. Il se sentait calme, pas encore tout à fait apaisé à cause de Supelec mais sur une autre route qui commençait à s'ouvrir pour lui, l'inverse d'une impasse. Il n'y avait aucun mur au bout du chemin sauf la promesse chaude et bandante d'une femme qui l'attendait. Il refusait de se masturber après ses appels, se gardant pour la suite des événements, ils se verraient, c'était certain, se retrouveraient vraiment sans ce connard de Gilles qui avait failli faire tout capoter. La vie ne tenait à rien, cette fois-ci il ne louperait pas le coche.

Les pilules de Maurice le calmaient, il se sentait plus fort en effet mais il avait encore plus de concentration qu'avant. Il la mettait au profit d'un projet qui n'était pas si fou que cela. En leasing les cabines n'étaient pas vraiment chères, ils seraient les premiers sur le marché français, avec la crise, on avait tous besoin de se détendre à bas prix sans avoir à subir l'intervention humaine dont parlait Marlène. Elle avait entièrement raison, elle était si intelligente, le succès des cabines reposerait sur le principe de liberté, principe d'une importance extrême en ces temps ou les soucis financiers entravaient la liberté de chacun. C'était facile, rapide, chacun préservant son indépendance : celle du client et celle du patron. Le point fort de l'idée de Marlène était la nouveauté, on se bousculerait à leur porte, ils déposeraient une sorte de brevet non pas d'invention mais d'exclusivité sur l'ensemble du territoire national. La vie, « la chienlit de vie » commençait à devenir douce, l'été arrivait en avance, Marlène avait toujours raison, cette fille était une perle rare.

Ils avaient projeté de se voir, le téléphone ayant ses limites, et Bruno avait hâte de lui remettre un chèque de six mille huit cents euros afin qu'elle ait le cœur plus léger car une femme heureuse en devenait encore plus belle, plus rayonnante même si la beauté de Marlène atteignait déjà des sommets. Ses courriers étaient partis, il suffisait d'attendre les réponses qui seraient positives, les organismes de crédit ayant tout intérêt à prêter à celui qui ne pouvait pas rembourser dans l'immédiat, gagnant ainsi de l'argent sur la durée.

Ils avaient cherché ensemble une destination pas trop éloignée de Rothéneuf à cause de Sam mais pas dans la région non plus à cause de Gilles, il leur fallait un endroit vierge pour se retrouver, optant pour le Mont-Saint-Michel, à cause de son côté romantique et d'un hôtel qu'ils avaient choisi ensemble sur Internet à deux cent quatre-vingt-douze euros la nuit car en matière de bonheur il ne fallait jamais compter. Le Relais bleu se trouvait non loin du site le plus visité de France, site menacé par la mer qui, on le savait, remontait à la vitesse d'un cheval au galop, donnant à leur destination une touche romantique : « ce qui est éphémère me bouleverse », avait dit Marlène. L'hôtel bénéficiait d'une situation exceptionnelle, le prix de la chambre comprenait deux soins au spa s'ils le désiraient et deux coupes de champagne offertes à leur arrivée, qu'ils pourraient déguster au bar qui donnait sur un vaste jardin ou dans leur chambre, avait relevé l'employée qui avait enregistré la réservation avec un petit rire complice qui avait touché Bruno : il était en couple aux yeux des autres.

Il avait cherché une veste au marché de Vitry, opté pour un blazer avec un écusson, assez cintré, ce qui mettait en valeur ses épaules, ses chemises étaient impeccables, il ne les avait pas portées, peut-être dans l'attente de ce jour qui arrivait enfin même s'il se défendait de se monter trop la tête. Marlène était « folle de joie », Bruno réservait son train en première classe car ce genre d'événement ne se produisait pas tous les jours et qu'il fallait dès Montparnasse partir sur ce qu'il appelait : un grand pied. Il avait appelé son oncle Jean qui acceptait après une longue hésitation de lui prêter son Alfa rouge décapotable, il la laisserait à Saint-Vincent comme d'habitude et il trouverait les clés à la consigne de la gare, casier trente-deux, ce qui tombait bien puisque c'était l'âge de Marlène, comment l'oublier ?

La veille de son départ, il avait reçu deux courriers en recommandé qu'il avait récupérés à la poste avant la fermeture de celle-ci, quittant Supelec encore plus tôt que d'habitude ; l'un d'eux concernait son crédit qu'on lui avait accordé après examen de son dossier, l'autre venait de la place d'Italie :

Cher monsieur Kerjen,

Suite à un nombre inconsidéré d'absences sans aucun motif de votre part, nous vous demandons de prendre contact dans les plus brefs délais avec notre direction concernant votre imminente mise à pied, qui, nous l'imaginons, ne doit pas vous étonner.

Conformément à l'article 124-5 du code du travail, nous nous réservons le droit de ne pas vous verser vos indemnités de licenciement, qui dans ce cas précis ne relève pas de la contrainte économique.

Croyez, cher monsieur, en l'expression de nos sentiments distingués.

Bruno avait relu plusieurs fois le courrier, sans comprendre son contenu, sans s'en inquiéter non plus. Il devait s'agir d'une erreur, un plan de restructuration était en effet en route mais Charles Levens lui avait donné sa parole, « tant que je suis là, mon petit Bruno, il ne vous arrivera rien ». En plus il ne s'était jamais absenté, quittant l'entreprise plus tôt que d'habitude sous le conseil et l'approbation de son chef d'atelier. Tout cela était ridicule et sans fondement, comme quoi il fallait se méfier de l'informatique. Il réglerait cette affaire à son retour, les ressources humaines s'étaient mélangé les pinceaux dans les dossiers, confondant un tocard avec l'un de ses employés les plus doués, les plus assidus, il ne fallait pas en faire un fromage, et puis il était trop tard pour appeler. Seule la voix de Marlène comptait, « je te dis à demain, j'ai le trac et c'est bon de se sentir vivante ». Ses mots l'avaient fait bander.

Le trajet de Paris à Saint-Malo lui avait paru plus court que d'habitude à cause de sa nervosité. Les kilomètres s'avalant les uns après les autres, réduisant la distance entre la capitale et son lieu, il l'espérait, de toutes les réjouissances. Il avait mal dormi, le courrier de Supelec l'étonnait. « Et si ce bâtard de Levens m'avait fait un enfant dans le dos ? » Il avait beau réfléchir, poser et reposer le problème dans tous les sens il y avait quelque chose qui ne collait pas. Il ne s'était pas absenté, remplissant ses cadres certes moins nombreux que d'habitude mais les remplissant avec sérieux tous les jours. Il avait quitté à plusieurs reprises Supelec en milieu d'après-midi mais par ordre de son superviseur, utilisant sa carte-pointeuse comme ce dernier lui avait indiqué de le faire. Tout semblait conforme. Ou alors il n'avait rien compris. Il ne fallait plus y penser, il aurait une explication dès son retour car, même s'il n'y avait pas toujours de solution aux choses, il y avait une explication : le monde, la vie, marchaient ainsi, pourquoi en douter ? Il ne voulait plus y penser, Supelec n'allait pas gâcher ses retrouvailles avec

Marlène quand même, il était au-dessus de ça, de tout d'ailleurs.

Il avait glissé dans une enveloppe le chèque pour Marlène, imaginant sa joie quand elle le découvrirait. Il n'avait pas peur de la revoir, elle s'était confiée, il avait les cartes en main, un carré d'as qu'il dévoilerait au moment où elle ne s'y attendrait pas. Il fallait toujours avoir les femmes par surprise, elles adoraient ça les surprises, ça les faisait fondre, avait-il entendu à la télévision. Et Marlène était une vraie femme qui méritait de vraies surprises.

Elle l'attendait à la sortie de la gare. Elle portait une robe noire, des sandales qui se terminaient en lacets tout autour des chevilles, lacets de cuir qu'il aurait aimé sentir autour de sa gorge, on disait que ça prolongeait l'érection. Sa peau avait bruni, elle allait bien avec sa robe, tout se tenait parfaitement, en accord, comme pour le faire tomber, mais il se l'était promis, il ne tomberait pas, « carré d'as, mon vieux, n'oublie pas, un putain de carré d'as ». Elle avait noué un foulard autour de son cou, qu'elle ajusterait dans ses cheveux pour la décapotable. Elle portait un petit sac de voyage, des lunettes qu'elle n'avait pas pris la peine de retirer quand il s'était approché pour l'embrasser.

— T'as fait bon voyage ?

— Ouais, un peu longuet mais moins que d'habitude.

— Il a pris un autre chemin le TGV.

274

— Hein ?

— Je plaisante, Kerjen, détends-toi !

— Fait beau ici, enfin à Vitry, enfin je veux dire à Paris, grand soleil aussi.

— Ouais, mais l'air de la mer, mon vieux, il n'y a rien de mieux.

— Tu m'étonnes.

— T'es un peu pâlot, toi, non ?

— Comme d'hab.

— Un peu plus, je dirai.

— Si tu le dis. Bon, donne-moi ton sac.

— Pas la peine, pour une nuit j'ai fait léger.

— OK, on va chercher la caisse, elle est à Saint-Vincent.

— OK, chef !

— Putain, je suis pas un chef, Marlène !

— Ah, moi j'aime bien, c'est sexy un chef !

Bruno n'avait pas su quoi répondre, il se sentait assez minable dans son pantalon beige et sa veste trop cintrée qui commençait à l'étouffer, « elle est trop belle pour toi, connard, cette meuf, trop ».

La voiture de son oncle était bien là, pour une fois il n'avait pas déconné, le Jean à qui il avait demandé de ne pas informer sa mère de son voyage ; son oncle lui avait dit qu'il n'aimait pas trop ses coups foireux mais qu'il lui faisait confiance pour la bagnole et qu'il avait intérêt à faire gaffe, sinon il lui casserait la tête. Ils marchaient vite de peur de croiser Gilles. Marlène était moins bavarde qu'au téléphone, différente même, mais elle allait se détendre, c'était normal, il ne fallait pas flipper, c'était facile à distance, mais une fois face à l'autre les putains de paramètres revenaient comme des virus. L'important c'était de ne pas se faire dévorer par ses propres peurs, « bon Dieu, carré d'as, Bruno, carré d'as ».

— Top la voiture, t'as fait les choses en grand.

— Tu m'as pris pour qui ?

— Mais pour personne, Kerjen, pour personne. Enfin, c'est pas ce que je voulais dire. T'es un chef, un king quoi.

— Si tu le dis.

Elle avait noué son foulard autour de ses cheveux, ramassés cette fois-ci par une épingle sortie comme par miracle, ce genre de femmes savait y faire, il n'y avait rien à dire. Il se concentrait sur la route, Marlène ne parlait pas, et quand elle parlait, le vent couvrait ses mots. « C'est mieux comme ça, putain, je sais pas quoi lui dire », se répétait Bruno, poussant l'Alfa à son maximum car il fallait la croire, c'était un king.

Il ne pensait plus à Supelec, avait retiré sa veste, ses bras nus (il portait une chemisette) happaient le soleil, en manque de lumière, de chaleur. Il faisait encore frais mais l'été arrivait, c'était certain, avec la promesse d'une vie meilleure. Il était en train de gagner la partie, à chaque feu rouge les mecs regardaient Marlène, ils pouvaient toujours baver, elle serait à lui, il était déjà à elle. C'était fou d'ailleurs, un peu flippant même de se donner comme ça, sans réfléchir, de foncer, c'était lui et pas lui à la fois, les pilules que Maurice nommait les vitamines lui donnaient un nouvel élan : pour la première fois il croyait en lui, en ce qu'il était, en ce qu'il montrait, en son désir et donc en sa queue.

L'arrivée au Mont-Saint-Michel avait été compliquée, des cars de touristes bouchant les abords du site, « c'est Lourdes ton truc, t'as vu les tronches ? » avait lancé Marlène, agacée par la foule, l'attente, et « tous ces péquenots qui se massent comme des porcs au lieu d'avancer. Avancez, bordel, avancez ». Elle avait appuyé sur le klaxon de Bruno, ce qui avait provoqué en lui une première décharge qui ne manquerait pas de relayer une seconde décharge et ainsi de suite. Les femmes avaient leurs nerfs, il comprenait, la situation n'était pas facile, il était le king, elle avait des soucis. Il serait bientôt temps de lui donner l'enveloppe pour adoucir la situation qui, pour l'instant, n'allait pas dans son sens à lui.

Le Relais bleu était moins joli que sur les photographies du site Internet. Le jardin était à l'ombre, le resterait, le Mont-Saint-Michel bien plus loin que prévu, l'entrée de l'hôtel plus étroite mais l'employée souriante, agréable. Elle enregistrait l'empreinte de carte de crédit de Bruno Kerjen, gardait sa carte d'identité, « je ne vais pas me tirer connasse », puis leur montrait leur chambre, moins spacieuse mais plutôt agréable, s'était dit Bruno :

— Je vous donne deux clés magnétiques qui ouvrent la porte, actionnent l'électricité générale, chambre et salle de bains, votre balcon donne sur le jardin, vous verrez, c'est très agréable, vous avez un coffre pour vos effets personnels, le petit déjeuner est servi en chambre jusqu'à dix heures, sinon au restaurant à partir de sept heures, vous avez un service de spa, massage et sauna mais il faut s'inscrire à la réception avant, toute l'équipe du Relais bleu vous souhaite un agréable séjour, je demande à ce que l'on vous monte vos deux coupes de champagne de bienvenue.

— Merci c'est très gentil à vous.

Marlène avait demandé à Bruno pourquoi il ne lui avait pas donné un petit billet, ça se faisait, « tu crains, pépère », puis le laissait, elle avait un coup de fil à passer, son fils Sam, avait-il pensé mais elle n'avait pas précisé. Elle quittait la chambre pour être plus tranquille, revenait vite, pour le champagne, ce serait parfait.

Bruno Kerjen avait défait son sac en attendant Marlène qui tardait à remonter. Il avait ouvert la porte-fenêtre, le balcon était agréable, c'était vrai, le jardin un peu sombre mais vaste, enfin pas assez vaste pour ne pas surprendre Marlène au téléphone qui faisait de grands gestes. Elle semblait en colère. On montait le champagne, il avait hâte de boire, de « se péter un peu la tronche », parce que l'ambiance était lourde, rien n'arrivait comme il l'avait imaginé, mais c'était normal, il y avait toujours un décalage entre les choses auxquelles on pensait et la réalité de ces choses qui ramenait à la terre, à sa dureté, à son infinie tristesse. Marlène était revenue.

— Tout va bien ?

— Ben ouais, tout va bien, pourquoi ? T'as un problème, toi ?

— Non, pas du tout. Je vais nickel chrome, moi, regarde, champagne.

— Ah, génial ! J'espère que c'est pas du mousseux au moins ?

— Allez ! Santé !

— Ouais, à la tienne, Kerjen ! On va se mettre la tête par terre, OK ?

— OK, si tu veux.

— Ah oui, mon neveu, bien sûr que je veux, on est jeunes, c'est la fête, vive la vie, cool, respire, tout va bien !

— Ouais, je respire, je respire, t'as raison, je suis sous pression en ce moment.

— Faut pas, mon petit bonhomme, faut pas...

Ils buvaient vite, trop vite, Marlène en voulait d'autres, il n'y avait qu'à ouvrir le minibar, « c'est génial, deux demi-bouteilles, c'est bon ça, décollage immédiat », Bruno servait, Marlène buvait, sans l'attendre, sans trinquer, c'était normal, c'était une femme, une très belle femme, elle avait tous les droits. Elle voulait de la musique, qu'il se passe un truc dans cette chambre qui foutait un peu le cafard, non ? Avec son couvre-lit jaune et ses abat-jour bleus

279

de chaque côté du lit, un « repaire de viocs, ton truc », ce à quoi il avait répondu : « Je te rappelle qu'on l'a choisi ensemble », « ouais, enfin c'est toi qui paies, non ? Donc c'est toi qui sais ! ».

Bruno Kerjen ne savait plus grand-chose, hormis que Marlène le faisait bander plus que jamais et qu'il devait se passer quelque chose, il ne raterait pas sa chance une seconde fois. Il était temps de lui donner l'enveloppe, elle serait surprise, elle tomberait de haut, c'était le moment, l'instant T comme dans les films policiers quand on découvre le criminel qu'on ne soupçonnait pas une seule seconde, « faut pas déconner, Bruno, t'es un mec, un vrai, vas-y ».

— Marlène ?

— Ouais ?

— J'ai un truc pour toi.

— Quoi, une bague ? Tu veux m'épouser ?

— Non, enfin, c'est pas ça.

— Eh, relax, je rigole. Bon, c'est quoi ton truc ?

— Écoute, j'aimerais t'aider.

— Je suis pas perdue, tu sais, ça va bien, parfois j'ai le cafard le soir, alors je divague, mais c'est pas sérieux tout ça.

— Ouais mais moi je peux t'aider.

— Ah bon ?

— Tiens, voilà, c'est déjà un petit truc pour éponger.

— Non, Bruno, t'es dingue, fallait pas, c'est un chèque ?

— Ouais.

— Montre ?

— Tiens.

— Six mille huit cents ?

— Ouais.

— C'est énorme. Merci, même si c'est une goutte d'eau dans mon océan de merde, mais bon, attends je suis mal là, je t'avais dit, moi je veux rien, je peux me débrouiller toute seule, Kerjen, t'es un chef, c'est clair mais vraiment je ne sais pas si je peux accepter, je suis touchée, tu sais, c'est bizarre de dire ça mais ça me met mal à l'aise, je t'aime beaucoup, tu comprends ? Beaucoup. En tout cas tu m'enlèves une bonne épine du pied quand même.

Parce que Marlène avait dit le mot « aimer » et qu'elle acceptait l'argent qui était son signe d'amour à lui, les mots ce n'était pas son fort, Bruno avait pensé que tout était ouvert pour lui, que l'instant T s'était transformé en un instant T encore plus grand, plus vaste, un T de dingue comme il n'en existait pas dans la vraie vie, mais même si tout était réel, la peau de Marlène, ses seins, sa taille, la chambre qui les abritait, c'était encore le jeu de la vie qui n'existait pas, le tour de manège était reparti mais il fallait l'arrêter pour le faire repartir dans le bon sens, celui qui existait vraiment, le sens des aiguilles d'une montre parce que le temps c'était ça la vérité, on y était tous soumis, on crèverait tous un jour, pas moyen d'y échapper et contre la mort il y avait Marlène, la sublime Marlène. Il s'était approché d'elle en demandant :

— Une petite bise quand même, non ?

— Oui bien sûr, mon Kerjeunot !

Elle tendait le visage, il visait les lèvres, c'était bon maintenant, elle était à lui, ils étaient liés, par l'argent mais bien plus encore : par la confiance qu'il lui faisait. Marlène avait tourné la tête, il lui embrassait le cou, la tirait vers lui, serrait sa taille contre sa bite, vite, très vite mais pas assez pour qu'elle ne sente pas son sexe dur, qui, il en était sûr, l'avait gênée. Puis elle avait dit, comme pour s'excuser de l'avoir repoussé :

— J'ai la dalle moi, une faim de loup, pas toi ? Ça c'est l'alcool, et surtout le champagne, je ne sais pas si c'est les bulles mais tu vois à chaque fois ça me creuse l'estomac, un truc de dingue. Allez, on s'arrache ? Il doit bien y avoir un truc sympa dans ce bled sauf si c'est vraiment Lourdes et qu'il n'y a rien à foutre du tout à part regarder avec les veaux le Mont-Saint-Michel en train de se faire engloutir.

Bruno avait repris sa veste, il avait envie de pleurer, c'était bizarre comme situation, peut-être que Marlène était finalement une grande timide et que son geste « lui foutait les boules plus qu'autre chose », et puis il n'allait pas pleurer, ce serait la honte, et d'ailleurs il ne pleurait jamais sauf quand il vomissait avec Gilles au temps des bonnes vieilles cuites. Son ami lui manquait.

Il la regardait marcher, des mecs la sifflaient, elle aimait ça, elle ondulait son petit cul bien moulé dans sa robe, plus rien n'existait, à part son plaisir à elle, qu'elle devait élargir c'était ses mots : « On n'a qu'une vie et il faut savoir en profiter sinon c'est une forme de déshonneur par rapport aux parents, et par rapport à Dieu s'il existe. Parce que moi j'y crois à Dieu, mais pas le Dieu de Lourdes, le Dieu qui se montre jamais et que tu dois trouver tout seul dans ton coin, et toi, Kerjen, tu dois y croire, je te le conseille vivement, parce que dans les coups durs de la vie, il y a toujours un petit ange qui vient te sauver, moi j'ai eu Claudio qui veillait sur moi, OK, vers la fin c'était un tocard, mais au début je peux te dire qu'il était réglo, pur, et maintenant moi je veille sur Sam. C'est vrai, ma vie est compliquée mais je ne suis pas seule, tu comprends ? Je me suis prolongée, et tu sais c'est important le prolongement, c'est un truc qui te dépasse mais qui t'inclut aussi, dont tu ne pourras te séparer, jamais, c'est comme l'alignement des planètes, la grandeur du cosmos, le flux des océans, la force des volcans, le mystère des trous noirs, et toi un jour, t'auras ton petit ange, enfin je te le souhaite même si franchement tu ne le mérites pas, et je vais te dire pourquoi, Bruno : moi je me suis confiée à toi, presque tous les soirs, t'imagines, alors qu'il faut se l'avouer, on s'était un peu perdus de vue nous deux, je ne savais plus grand-chose de toi, tu ne savais plus grand-chose de moi, et je t'ai tout raconté, comme si t'étais mon meilleur pote et plus encore, et c'est ça qui me tue, Bruno, t'étais comme un frère et t'aurais pu être plus parce qu'on ne sait jamais comment évoluent les choses, et peut-être qu'il aurait pu y avoir un truc en plus, mais ça c'est pas nous qui le décidons, Bruno, non, pas nous : c'est le temps qui décide. Alors ton ange tu l'auras, il arrivera, t'en fais pas, je le sais, mais ce ne sera pas moi. D'ailleurs je ne veux pas rester ici, avec tous ces demeurés de touristes, et c'est faux, la mer ne remonte pas à la vitesse d'un cheval au galop, les gens racontent vraiment n'importe quoi. Elle est où la mer, Bruno, hein ? Elle est où ? Partie ? Envolée ? T'as pas pu l'acheter avec ton fric de merde ? Je te le demande, Bruno Kerjen, le chef, le king ? Elle est où ? Et regarde-moi quand je te parle ! Pourquoi tu baisses tout le temps les yeux, hein, pourquoi ? Emmuré, c'est ça, t'es emmuré. Et tu sais pourquoi, Bruno ? Pourquoi tu ne parles plus ? Je vais te le dire avant de foutre le camp. T'es prêt ? Je vais te le dire, et tu vas ouvrir en grand tes oreilles et ne jamais oublier mes mots pour la suite de ta vie : t'as aucune réponse à rien, Bruno, parce que tu m'as prise pour une pute. »

Composition et mise en page

NORD COMPO
m u l t i m é d i a

CET OUVRAGE
A ÉTÉ ACHEVÉ D'IMPRIMER
SUR ROTO-PAGE
PAR L'IMPRIMERIE FLOCH
À MAYENNE EN JANVIER 2014

N° d'édition : L.01ELJN000599.A002. N° d'impression : 86226
Dépôt légal : janvier 2014
(Imprimé en France)